peixe
de
mar
revolto

Ivone Lopes

peixe de mar revolto

Labrador

© Ivone Lopes, 2024
Todos os direitos desta edição reservados à Editora Labrador.

Coordenação editorial Pamela J. Oliveira
Assistência editorial Leticia Oliveira, Vanessa Nagayoshi
Direção de arte e capa Amanda Chagas
Projeto gráfico Marina Fodra
Diagramação Emily Macedo Santos
Edição de texto Algo Novo Editorial
Preparação de texto Ligia Alves
Revisão Jacob Paes

Dados Internacionais de Catalogação na Publicação (CIP)
Jéssica de Oliveira Molinari - CRB-8/9852

Lopes, Ivone

    Peixe de mar revolto / Ivone Lopes.
    São Paulo : Labrador, 2024.
    336 p.

    ISBN 978-65-5625-741-9

    1. Lopes, Pietá - Biografia 2. Saúde mental I. Título

24-5069   CDD 920.72

Índice para catálogo sistemático:
1. Lopes, Pietá - Biografia

Labrador

Diretor-geral Daniel Pinsky
Rua Dr. José Elias, 520, sala 1
Alto da Lapa | 05083-030 | São Paulo | SP
editoralabrador.com.br | (11) 3641-7446
contato@editoralabrador.com.br

A reprodução de qualquer parte desta obra é ilegal e configura uma apropriação indevida dos direitos intelectuais e patrimoniais da autora. A editora não é responsável pelo conteúdo deste livro. A autora conhece os fatos narrados, pelos quais é responsável, assim como se responsabiliza pelos juízos emitidos.

*Com carinho, ao meu amado esposo,
que me fez conhecer o amor verdadeiro,
nascido da imensa admiração pelo
companheiro, pai e avô que tem sido
nesta longa caminhada juntos.*

Sumário

Uma história de vida 9
Uma carta para o passado 11
Lembranças mais remotas 15
Uma mãe não desiste de seus filhos 19
Um quarto para três 23
Meu jardim de infância 31
Seremos felizes aqui 35
A vida no barracão 41
A nova cozinheira 49
A coragem invejável 57
Um sonho que não vingou 61
Os primeiros amores 67
Uma nova etapa 75
Foco nos estudos (ou quase...) 83
Helenice retorna à família 89
Os casamentos das filhas 95
A solidão chega para todos 101
Formada e ainda não casada 107
Limites ultrapassados 113
O último casamento 119

O início oficial da vida de casados ················· 127
Novos rumos, mesma história ······················ 135
Novos membros na família ························ 151
De casa em casa ································· 159
Depois da tempestade pode vir mais tempestade,
mas um dia chega a bonança ······················ 173
Uma estrela no nosso céu ························· 181
Mamãe a dois quarteirões ························· 195
Uma nova tentativa ······························ 213
Que comecem as reclamações ····················· 221
A proximidade tóxica ···························· 227
Ressignificando minha missão ····················· 239
Mudanças à vista ································ 253
Uma oferta de paz ······························· 259
Uma carta para Maria Elisa ······················· 265
Um grito de socorro ····························· 269
A piora gradativa ······························· 283
Uma luz no fim do túnel ·························· 293
O dia da internação ····························· 299
O tratamento ··································· 305
Novos voos ···································· 315
A trajetória do papai ···························· 319
Uma nova vida ································· 323
Um relato do presente ··························· 333

Uma história de vida

Bem distante das narrativas encantadas da infância, nas quais o gato calçava botas, a galinha botava ovos de ouro e o cachorro falava apenas inglês, esta história retrata a vida como ela realmente é: sincera e humana em suas mínimas nuances. Trata-se de uma jornada íntima que revela os desafios diários de crescer ao lado de uma mãe que enfrenta transtornos mentais. A autora não adorna nem omite a crueza do cotidiano; é objetiva, evitando clichês na medida certa. Com sensibilidade, ela compartilha memórias repletas de dificuldades e superações. Cada página reflete não apenas a luta, mas também a resiliência e a força que emergem das adversidades.

Logo no primeiro capítulo sou imediatamente atraída pela história de Helenice. O que teria acontecido com ela? Por motivos óbvios, não posso contar mais. Continuo a leitura, incapaz de parar. É ficção, mas tem muito da vida real. Parece surreal, pois desafia a lógica comum — mas não é. A sensação é a de uma família constantemente sujeita a uma montanha-russa emocional. É um testemunho emocionante de como o amor, o cuidado e a perseverança podem nos impulsionar para frente. No final, encontramos um vislumbre de esperança e a promessa de um futuro mais radiante. É uma leitura que, sem dúvida, tocará o coração de todos aqueles que conhecem ou desejam compreender a complexidade das relações humanas. Um aprendizado imenso e necessário.

Roberta Zampetti
Jornalista e escritora

Uma carta para o passado

Q*uerida Ivanice,*
Eu a conheço desde pequena, e sempre soube do seu desejo de contar esta história, mesmo que os motivos tenham mudado ao longo do tempo.

Na infância e na adolescência, a intenção era que o registro funcionasse como um pedido de socorro. Mas, à medida que cresceu, você foi percebendo que todas aquelas adversidades a tinham transformado em uma mulher forte, determinada e focada a alcançar os seus objetivos, levando-a a conquistas que pareciam impossíveis diante de tantas dificuldades que você enfrentou. Assim, o motivo passou a ser encorajar pessoas que viveram ou vivem problemas semelhantes aos seus e mostrar a elas que é possível, sim, florescer em meio ao caos.

Veio então a sua fase adulta. Em tempos de ser esposa e mãe de duas meninas, você arquivou a ideia de escrever sua história. Foram períodos desafiadores, visto que a rede de apoio chamada "mãe" sempre foi, na verdade, uma "filha" impetuosa e de temperamento difícil.

As crianças cresceram e passaram a demandar menos — exceção à "filha" que, na sua certidão de nascimento, aparece como sua mãe. Com essa "filha", o trabalho parecia interminável, tanto que houve um tempo em que você pensou em desistir. E só não desistiu porque Débora e Luísa, percebendo o quanto você precisava de ajuda, buscaram o apoio de suas irmãs.

Quando se chega ao fundo do poço, não há como descer mais. Você se agarrou à corda jogada pelas suas filhas, seu esposo e suas irmãs e, vendo que não estava sozinha, encontrou forças para escalar as paredes. À medida que subiu, a claridade foi aumentando e você voltou a ter esperanças.

Mamãe já estava com setenta e oito anos quando você e suas irmãs, Clarice e Helenice, se uniram e tiveram, enfim, coragem de assinar a internação involuntária dela para um tratamento psiquiátrico. Eu sei que essa foi a decisão mais difícil da sua vida. Mas, você sabe, foi também a mais acertada.

Lembro-me de que você, durante a internação da mamãe, na solidão dos seus pensamentos, comparava o tratamento psiquiátrico dela a uma gestação de risco, cheia de incertezas e inseguranças. Você teve que ser muito forte. O início do tratamento foi repleto de momentos difíceis. Mas, como nem todos os dias são nublados, o tempo ruim foi, aos poucos, dando lugar a pequenas melhoras. E cada avanço levou você a um lugar de confiança e fé.

Eis que, após 32 semanas "de gestação", veio ao mundo um "prematuro moderado", que demandou muitos cuidados, mas que, com o tempo e o trabalho conjunto do trio de irmãs, se tornou uma "criança" de setenta e nove anos cheia de vontade de viver e de recuperar o tempo perdido.

Foi então que o seu desejo de registrar esta história lhe pegou de jeito. Enfim, teríamos um final feliz, ou melhor, um recomeço feliz, não só para a mamãe, mas também para todos os que sofreram em vê-la na escuridão por quase oito décadas. O motivo passou então a ser a necessidade de conscientizar pessoas que têm familiares portadores de transtornos psiquiátricos sobre a possibilidade real de melhoria da qualidade de vida do doente e também da família. Quantas pessoas, encorajadas por esta história, vão procurar ajuda médica para o seu ente querido bem mais cedo do que nós procuramos?, *pensou você*. Quanto sofrimento poderá ser evitado?

E foi assim que este livro nasceu. Eu sei o quanto foi doloroso revisitar um passado cheio de tristezas e desafios. Mas você, determinada e corajosa, foi até o fim! E eis que, após três anos, concluiu o **Peixe de mar revolto,** *um romance em que doses de realidade e* *ficção são misturadas, e no qual nem sempre a história é contada de forma linear.*

De uma coisa eu tenho certeza, querida Ivanice: ao final da leitura, a mensagem que ficará para os leitores será a de que, com fé e perseverança, podemos reverter situações difíceis e até mudar destinos.

Aqui, me despeço de você, Ivanice, criança chorona; Ivanice, adolescente sensível; Ivanice, mulher combatente e incansável.

Darei, agora, lugar à Ivanice madura, segura, realizada, serena e feliz, que hoje faz as pazes com o seu passado ao ver sua "filha" mais velha vivendo, enfim, em paz. Hora de adentrar no mar tranquilo reservado aos peixes que enfrentaram por tanto tempo um mar revolto. Os guerreiros também merecem descanso.

Lembranças mais remotas

Há muito tempo, desde que decidi que um dia escreveria minha história, busco as lembranças mais remotas, mesmo que doloridas. Em todas as vezes, uma cena sempre me vem à cabeça.

— Tire as meninas daqui! Leve-as lá pra fora!

Alguém pegou minha mão e a de Clarice e nos levou para o quintal. As pessoas que estavam discutindo com mamãe ficaram com ela no quarto e uma delas fechou a porta. Eu estava assustada. Gritavam com minha mãe e ela gritava também. E chorava. Mamãe chorava muito.

— Ela é minha filha! Vocês precisam devolvê-la. É um absurdo a foto que vocês enviaram. Que dedicatória era aquela? "Aos tios Valdinei e Maria Pietá, uma lembrança da sobrinha Helenice." Vocês estão loucos? Helenice é minha filha! Vocês precisam devolver a minha filha! A menina já tem mais de um ano.

Eu identificava os gritos, os tapas e o choro da mamãe e pensava: *Estão batendo nela. Se pelo menos o papai estivesse aqui...* Mas eu sabia que não poderia fazer nada. Só ficar muito triste e olhar para o basculante fechado, imaginando o que se passava com minha mãe lá dentro.

Estranho como essa imagem é tão nítida para mim mesmo quase sessenta anos depois. Fecho os olhos, vejo o local onde eu estava: piso de cimento grosso, uma casa à direita e um barracão amarelo nos fundos do quintal não muito grande. A casa era do tio Juca e da tia Ofélia. A porta e o basculante fechados não abafavam os gritos de minha mãe. Eu chorava por dentro, mas nada dizia. Tinha medo de apanhar também.

Com os fatos de que me recordo, aliados aos relatos de minha mãe, Maria Pietá, de minha avó Zita e de alguns tios, além dos documentos do processo que minha mãe moveu contra tia Dorinha e tio Vander, imagino que a história tenha começado assim: logo que minha irmã Helenice nasceu, minha mãe foi internada pelo meu pai num hospital psiquiátrico. Meu avô materno trabalhava na rede ferroviária como chefe de trem. Por isso, tinha que acordar muito cedo para as viagens. Ele permitiu que minha avó cuidasse das duas crianças mais velhas (eu, com três anos, e Clarice, com quatro), mas disse que com o bebê não poderiam ficar.

Minha avó Zita tinha um irmão casado com uma mulher muito bondosa, um grande ser humano: tia Glória. Mãe de três filhos, um deles recém-nascido, ela se ofereceu para ficar com Helenice até que mamãe voltasse para casa. Mas, mesmo com toda a boa vontade, tia Glória não conseguiu dar conta de quatro crianças. Ela não tinha empregada, trabalhava como costureira e morava em uma casa bem simples com meu tio-avô. Tia Glória fazia de tudo na casa: cozinhava, lavava, arrumava, cuidava das crianças e ainda costurava para ajudar financeiramente seu esposo. Assim, em pouco tempo, foi preciso pensar em outro lugar para a pequena Helenice, que, a essa altura, em vez de ganhar peso, havia perdido alguns gramas.

Do outro lado da família, tio Vander (irmão de meu pai) e tia Dorinha (sua esposa) tiveram um bebê um mês após o nascimento de Helenice. Era uma menina, que nasceu prematura, de uma gravidez de seis meses. Na época, em 1965, as maternidades não tinham os recursos de hoje, por isso, passados alguns dias, a criança faleceu. Quem teve a infeliz ideia de levar Helenice para a casa desses meus tios eu nunca descobri, mas foi o que aconteceu. E, claro, não deu certo.

Tia Glória devolveu Helenice para meus pais no dia em que minha mãe estava de passagem em casa, procedimento comum quando os pacientes psiquiátricos estão prestes a receber alta. Papai disse a mamãe que na parte da tarde visitariam seu irmão e a cunhada. Foi no ônibus da ida que meu pai falou:

— Pietá, vamos deixar a Helenice com a Dorinha e o Vander. Lá ela ficará bem. Eles têm toda a estrutura para cuidar da nossa filha.

— Valdinei, isso não vai dar certo. Eu não quero deixar meu bebê.

— Vai dar certo, sim. Vamos deixar a Helenice lá. É só por um tempo, até que você fique boa. Eles vão cuidar bem da nossa filha.

Como as mulheres naquela época eram completamente submissas a seus maridos, foi feito o que meu pai havia determinado: Helenice ficou com meus tios, mesmo contra a vontade de minha mãe.

Ao longo do ano que separa as situações relatadas aqui, a convivência entre mamãe e Helenice sempre foi precária. Até que um dia, após a briga da qual me lembro com tanta vivacidade, o afastamento aconteceu de vez.

Minha avó Zita acompanhou minha mãe ao pronto-socorro e também a uma delegacia para o devido registro das agressões que havia sofrido. Essa atitude levou tio Vander, tia Dorinha, tio Juca e tia Ofélia a decidirem não mais receber minha mãe em suas casas. Era o motivo de que precisavam para afastar de vez minha mãe do convívio com a própria filha. Mamãe insistia em ver sua caçula, mas qualquer aproximação era negada. Já meu pobre pai foi sempre manipulado por sua família, apesar de muito bem tratado pelos quatro. Considero que isso era uma boa estratégia: tratá-lo bem para ter o apoio dele na manutenção de Helenice na casa do irmão e da cunhada.

Nas poucas visitas que mamãe tentava fazer à filha, realizadas principalmente no Natal, acompanhadas por mim e Clarice, era sempre a mesma história: não éramos recebidas. Na volta para casa, mamãe, chorando, parava as pessoas na rua para contar a injustiça que sofrera. Clarice permanecia apática e eu tentava acalmar minha mãe, sentindo vergonha de todos que olhavam para nós, em dúvida ou com o riso estampado no rosto. A volta para casa era demorada. Demorada e triste, muito triste.

Um dia, fomos à missa numa igreja que ficava bem perto da casa do tio Juca e da tia Ofélia. Cruzamos na rua com outro irmão do papai,

tio Gilberto. Ele segurava pela mão uma menina linda, de cabelo preto liso e bochechas rosadas. Mamãe o cumprimentou e disse:
— Que menina linda! É sua, Gilberto?
— Não, Pietá. É sua! É a Helenice.

Assim se passaram longos anos de brigas, discussões, muito choro, tristeza e uma mãe afastada da própria filha a ponto de não a reconhecer.

Uma mãe não desiste de seus filhos

"O pedido não deve ser atendido, a medida liminar tampouco, pois falta à inicial a procuração do cônjuge varão, tutor, no caso, legal de sua filha, esposo da autora e pai da menor."

Minha mãe, mesmo sendo dita incapaz e maluca pelos meus tios, procurou a justiça gratuita para ter de volta minha irmã caçula. As primeiras palavras da contestação do advogado contratado pelos meus tios mostram bem o que era vivido pelas mulheres da época: não podiam procurar seus direitos caso não tivessem "autorização do marido para tanto". E, em caso de divergência, a palavra final seria a do esposo.

Difícil não se revoltar ao ler a manifestação do doutor advogado. Eis algumas de suas colocações no processo: "Pelo amor de Deus, MM. Juiz, a medida pretendida é absurda". "O que será de meu filho, de seu filho, de seu neto, se amanhã um oficial de Justiça (grifo dele) lhe arrancar de seu lar, tão cheio de ilusões e fantasias, em que seus pais são aqueles que tudo sabem, que tudo lhe dão, e entregar a outro que não é o seu?" "Não vamos criar monstros." "Conceder a liminar e posteriormente a procedência da Ação é criar mais um monstro, é fazer mais uma mulher fria, mais uma ladra, mais uma meretriz, mais uma personalidade psicopata, mais uma psiconeurótica para alargar a ala das que vivem sofrendo em nossa sociedade."

Foram páginas e páginas de hipocrisia e de mentiras sem fim. Muito típico de profissionais que, para ganhar uma causa, se valem de qualquer estratégia, qualquer artifício. Chega a dar náuseas ler

"... o marido da Autora jamais consentiria que a sua última filha, o último rebento adorado, fosse entregue a uma anemia total ao lado de sua mãe carnal, pois esta não tem condições de educá-la e sustentá-la". É mesmo? E quem, nesse momento, estava criando as duas filhas mais velhas, as quais, na data de conclusão da manifestação do tal "doutor", tinham sete e oito anos?

É importante que eu assuma desde já que minha mãe é, sim, portadora de doenças psiquiátricas. Porém, o modo como foi conduzida essa malfadada "adoção às avessas" sempre me deixou indignada. Em um dos autos, o "doutor advogado" dos meus tios apresentou quesitos que deveriam ser avaliados pelos peritos, sendo o primeiro deles: "A Autora aparenta estar em constante estado psíquico normal?". Já tendo completado meus sessenta e dois anos, posso garantir que a antiga frase "de perto, ninguém é normal" faz todo o sentido. Por isso acho um exagero a primeira pergunta, uma vez que "constante estado psíquico normal" é tempo demais para qualquer um. Uma hora ou outra, todos nós, reles mortais, saímos do prumo.

Até hoje, fico admirada ao pensar que os ensinamentos de Cristo não passavam nem perto das quatro pessoas egoístas que causaram tanto sofrimento à minha família. Desde que me entendo por gente, uma analogia permeia meus pensamentos em relação a essa situação: comparo a doença psiquiátrica da minha mãe a uma casa que começa a pegar fogo. Em vez de as pessoas que deveriam ter afeto pela família começarem a jogar água para tentar pôr fim ao incêndio, elas entram na casa para ver o que podem tirar dali, o que pode ser útil a elas.

Se minha mãe era tão "perigosa" como tentava, a todo momento, demonstrar em suas manifestações o infeliz advogado, por que ela estaria criando as duas filhas mais velhas? Por que tanta preocupação apenas com Helenice? Teria essa garota "sangue azul" e por isso deveria ser protegida das perigosas e venenosas garras da fera Maria, que, por mero acaso, era sua mãe? Sendo a família de meu pai tão envolvida com a igreja, tão devota, formada por amigos e colaboradores frequentes da comunidade paroquial, jamais teria passado pela cabeça de qualquer um deles que, com aquele *capricho*, estavam destruindo uma família?

Um dia, muitos anos mais tarde, confrontei minha tia Dorinha sobre essas indagações.

— A senhora tem noção do sofrimento que essa obsessão causou a minha família?

— Eu fiz tudo por amor — disse ela, esboçando uma fisionomia de choro.

— Amor? Que danado de amor é esse que sai atropelando tudo que vê pela frente, sem se preocupar com as consequências e com as outras pessoas envolvidas?

Relendo o processo, me veio à memória uma das visitas permitidas após tantas brigas judiciais. Helenice chegou ao barracão em que morávamos levada pela mão por meu tio. Mamãe, eu e Clarice tentávamos brincar com a menina, que se mantinha arredia e tinha ares de desconfiança. Com muito esforço, conseguimos convencer minha irmã a sair de perto do "pai" por alguns minutos, tempo suficiente para que minha tia Linda, irmã de minha mãe que havia ido nos visitar naquele dia, falasse com Helenice:

— Você sabe que essas duas meninas são suas irmãs? E que aquela ali é a sua mãe?

— Sei — respondeu, com o olhar cabisbaixo, minha irmã Helenice.

— E você não tem vontade de vir pra cá morar com elas? Vocês poderiam brincar juntas.

Os olhos da pequena se arregalaram e ela prontamente retrucou:

— Não! Não quero morar aqui! Se eu vier pra cá, essa louca vai me bater muito. Meu pai me disse.

Nos autos, o advogado dos meus tios relatou que Helenice sofria de "pavor noturno". Hoje me pergunto se não estava sendo provocado pelos próprios pais adotivos ao falarem assim com uma criança de quatro anos.

Um quarto para três

Entre tantas brigas dos meus pais que eu e Clarice presenciamos, uma delas teve início quando estávamos assistindo à televisão. Mamãe no meio, eu com quase cinco anos de um lado, Clarice com quase seis do outro, ambas com a cabeça no colo dela. Meu pai chegou bêbado em casa, algo muito comum.

— Você não deu jantar pra essas meninas até agora? Você é louca!

— Dei, sim, Valdinei. Veja os pratos na pia.

— É mentira. Você não deu. Elas vão morrer de fome.

Nós três nos levantamos e fomos para a cozinha. A discussão continuou. Papai gritava muito e, de repente, deu um soco na mamãe, o que a fez cair no chão. Ele então aproveitou que ela estava caída e bateu muito nela, enquanto mamãe só chorava. Eu e Clarice pedíamos para que parasse, mas ele parecia não nos ouvir.

Havia uma mesa de madeira na cozinha. Com a ajuda de Clarice, subi no móvel e, com esforço, alcancei o basculante. Gritamos o nome da vizinha e, em seguida, gritamos socorro. Foi só aí que meu pai parou de bater. Minha mãe continuou um tempo no chão chorando, minha irmã e eu chorando ao lado dela.

Em outra briga de meus pais, quando ela o enfrentou e disse, bem alto, que não iria apanhar mais, ele tirou do bolso uma única nota, deixou sobre o móvel da sala, pegou algumas roupas e saiu. Eu, mesmo na ingenuidade dos meus seis anos, tive a nítida sensação de que ele demoraria muito tempo para voltar.

Meu pai realmente sumiu por um longo tempo. Logo estávamos sem nenhum dinheiro. Morávamos num barracão alugado bem simples, nos fundos de uma casa bonita em Santa Tereza, na rua Amianto. Era comum em Santa Tereza barracões nos fundos das casas. Acho que os proprietários já os construíam pensando em uma renda mensal extra. Eram pequenos, mal-acabados e geralmente apresentavam mofo nas paredes e goteiras em dia de chuva.

Para não passarmos fome, minha mãe começou a vender os móveis. Um a um, tudo foi se despedindo do barracão. A proprietária do imóvel batia palmas no portão quase que diariamente pedindo para minha mãe desocupar o local, caso contrário moveria uma ação de despejo, visto que já havia três aluguéis vencidos.

Mamãe fazia o que podia. Teve um dia em que saiu com um vidro de óleo de peroba para vender e comprar algo de comer para nós três. Minha avó Zita (que era também minha madrinha) de vez em quando chegava com uma sopeira de louça cheinha de comida para nós. Mas vovó não podia fazer isso todos os dias... Um dia, percebi que a sopeira veio colada com esmalte rosa. Ela contou que meu avô tinha achado a sopeira cheinha de comida escondida no forno e a jogara no chão. Brigou com ela e disse que não fizesse mais isso, pois quem tinha a obrigação de nos sustentar era meu pai, e não ele. Nas palavras da vovó, ele era muito "pão-duro". Meu avô era um homem estranho: ora carinhoso, ora muito bravo; ora tranquilo, ora escandaloso.

Nessa época, mamãe andava nervosa. Chorava muito e não tinha paciência para nossas brincadeiras ou brigas de criança. Hoje entendo que devia estar desesperada com a situação na qual nos encontrávamos. Um dia, durante uma briga minha com Clarice, mamãe surtou. Em meio aos choros, gritos e súplicas, disse algo que me deixou em completo pânico:

— Vou acabar com tudo! Morremos nós três e acabamos com essa agonia. Coloco um fim nesse desespero de vida. Vou colocar fogo no botijão de gás. Chega!

Fiquei desesperada. Na minha inocência, imaginei em segundos tudo voando pelos ares, inclusive nós três. Abri rapidamente o portão e fui direto à casa da frente pedir socorro. Subi os degraus voando e bati com força na porta, ao mesmo tempo que pedia por socorro.

A vizinha (e dona do barracão) saiu correndo, e lá chegando encontrou minha mãe chorando, bastante aflita. Com muita habilidade, conversou com ela, com a voz baixa e tranquila. Disse que Deus providenciaria uma solução e que mamãe tinha duas filhas lindas e saudáveis, o que já era motivo de gratidão. Enquanto se acalmava, minha mãe corrigiu:

— Eu tenho três filhas.

~

Por causa do atraso no aluguel, tivemos que nos mudar desse barracão. Já não tínhamos quase nenhum móvel, pois haviam sido vendidos para nosso sustento. Mamãe conversou comigo e com Clarice e disse que iríamos morar num quarto de um apartamento bem perto dali. Era daqueles "quartos de empregada", que a locatária sublocou para minha mãe. Vovó Zita deixou que levássemos da casa dela um colchão de solteiro, para termos onde dormir.

Mesmo em meio a situações difíceis, as crianças conseguem rir. Eu e Clarice rimos muito ao ver mamãe e vovó caminharem pelo bairro de Santa Tereza levando o colchão na cabeça. Em vez de sentir vergonha, ríamos. Era uma maneira de transformar o desespero em piada.

O apartamento para onde fomos não ficava em um prédio. Era um lugar estranho. Um corredor muito comprido e, ao longo dele, algumas moradias, todas parecidas. Colocamos nossas coisas no quartinho. Um estrado de solteiro com o colchão que havíamos acabado de ganhar "de esmola" do meu avô (palavras dele) ocupava quase todo o quarto. Ali dormiríamos eu, Clarice e mamãe. Por mais estranho que soe, minha mãe parecia feliz. Contou para nós que tinha arrumado um emprego ali pertinho, de empregada doméstica, a partir do dia seguinte. Clarice ficaria na casa da vovó

Zita (vovô estava viajando a serviço, para nossa alegria), que a levaria para o colégio após o almoço. Já eu deveria ir com mamãe para o serviço dela.

Eu e Clarice comemoramos a notícia do emprego. No dia seguinte, acordamos cedo e seguimos o roteiro combinado. Fiquei muito sem graça porque, embora tivesse apenas seis anos, já tinha noção de que não era bom que a empregada levasse a filha para o trabalho.

Mamãe iniciou o serviço pelo quarto do casal, arrumando a cama. Para nossa tristeza, uma farpa da cama furou seu dedo indicador e isso bastou para desestabilizá-la. Mamãe sempre foi muito supersticiosa. Quando viu a gotinha mínima de sangue, ficou muito nervosa e disse:

— Esse emprego não vai dar certo! Acabei de furar o dedo de desgosto!

Tive vontade de chorar, mas engoli o aperto na garganta e tentei acalmá-la.

O dia passou voando. Mamãe não conseguiu se sair bem no seu primeiro dia de trabalho. *Será que foi por que machucou o dedo de desgosto?* O almoço saiu atrasado e, no fim do dia, a dona da casa agradeceu, pagou pelo trabalho e disse que mamãe não precisava voltar no dia seguinte. Novamente, precisei engolir o choro — um ato que aprendi com tio Ernesto.

Mamãe é a filha mais velha de meus avós. Depois dela, nasceram tio Gotardo (ou Tado, que conseguiu uma vaga para Clarice no colégio da Polícia Militar), tia Linda (com um nome que tanto combinava com ela), tia Graça e, por fim, as "rapas do tacho", como dizia vovó Zita: tio Mário e tio Ernesto. Eles regulavam na idade comigo e com Clarice. Formávamos uma escadinha de crianças: Mário, Ernesto, Clarice e eu.

Ernesto era muito levado. Eu me lembro de um dia em que ele colocou fogo numa câmara de pneu. Na época, meus avós moravam num sobrado. Estávamos chegando à casa da vovó Zita quando, ainda longe, vimos uma fumaça preta subindo pelos ares. Levamos um baita susto, pois pensamos que se tratava de um incêndio. Corremos apressadas. Batemos na porta e vovó atendeu feliz, ao que minha mamãe falou:

— Mãe! Sua casa deve estar pegando fogo. A senhora não está vendo?

— Não, Pietá. Estou costurando e o Ernesto está na área do tanque brincando. A não ser que... — disse minha avó, meio assustada, correndo para a área. — Ernesto? O que você está aprontando, menino?

Vovó rapidamente pegou um balde com água e apagou o fogo, que já estava altinho. Ernesto levou umas boas chineladas, enquanto minha avó dizia:

— Nada de escândalo! Se chorar, apanha mais.

Ernesto era uma criança "da pá virada". Durante nossa infância, era comum vê-lo apanhando ora da vovó, ora do vovô. Mas vovó não batia com força. Parecia ter pena do filho. Quando era o vovô quem batia, eu ficava com dó. Vovô batia com a correia, desatava o cinto da calça e puxava de uma vez. Dava umas boas "correiadas" e dizia para Ernesto:

— Não vai chorar, seu atentado? Não vai chorar? Então vai apanhar mais, até chorar!

Engraçado pensar que, quando vovó batia, Ernesto gritava alto e fingia chorar para que ela parasse logo. Mas quando apanhava do vovô ele não chorava nem gritava. Um dia perguntei o motivo disso, e ouvi como resposta:

— Não choro! Só por desaforo! Engulo o choro, mas não choro!

Confesso que achei besta aquela pirraça, mas comecei a usar a tática de "engolir o choro" não para não apanhar, mas para evitar confusão.

No dia seguinte àquele em que mamãe perdeu o emprego (que durou um dia), ela acordou cedo e pediu que ficássemos dentro do tal quarto de empregada onde estávamos morando, pois iria procurar um novo trabalho.

Uma hora foi o máximo de tempo que conseguimos ficar, então resolvemos sair um pouquinho com a promessa mútua de ficarmos quietinhas numa área aberta onde havia um tanque. A dona do apartamento estava lavando roupa no tanque e nós fomos dar uma voltinha no corredor comprido.

De repente, desceu correndo um rapaz, com jeito de criança mas tamanho de adulto, e uma senhora, que depois entendi ser a mãe dele, correndo atrás e pedindo que ele parasse. A mulher conseguiu alcançar o menino/rapaz, mas ele ficou nervoso e deu uns tapas nela. Achei estranho ver um filho batendo na mãe. Nisso, a moça do apartamento nos disse que era melhor voltarmos para o quarto, pois aquele rapaz tinha, como se dizia na época, "problemas de cabeça" e poderia nos agredir. Com medo, entramos no pequeno ambiente e fechamos a porta com chave.

Horas depois, mamãe chegou com o semblante triste. Disse que não havia conseguido arranjar emprego. Contou, com a fisionomia bem brava, que estivera em vários lugares, inclusive numa venda, no centro da cidade, e que, quando perguntou para o homem da venda se ele estava precisando de alguém para trabalhar, recebeu como resposta, junto a um sorriso debochado:

— Preciso de alguém para cuidar do meu passarinho. Se você quiser experimentar...

~

Os dias foram passando e problemas foram surgindo no nosso novo e pequeno lar. Ouvi mamãe conversando com vovó sobre a moça que alugara o quarto de empregada para nós, contando que ela recebia um homem no apartamento quase todas as noites. Contou também que, na noite anterior, tinha acordado com um barulho como se alguém estivesse tentando abrir a porta do nosso quarto. Minha avó ficou desesperada e disse que tínhamos que sair dali o quanto antes.

Na noite seguinte, antes de nos deitarmos, mamãe colocou atrás da porta um móvel. Perguntei por que estava fazendo aquilo, mas ela não me respondeu. E eu tive medo.

Dias depois, nos mudamos novamente. Tia Linda e seu marido haviam alugado um barracão na rua Divinópolis e, para nossa alegria, tinham o direito de usar um quarto que ficava no corredor, entre o portão da rua e o barracão. Tia Linda disse que poderíamos morar lá e eu me enchi de felicidade. Sempre gostei demais da tia Linda e do marido dela. Por um momento, vi na figura do meu tio o pai que enfim iria me proteger.

O quarto era maior do que o anterior. Suspirei de alívio quando terminamos a mudança. Foram tempos melhores. Comíamos na casa da tia Linda sempre que vovó não podia levar almoço para nós. Em troca, olhávamos o bebê dela e também lavávamos a louça.

Quando vovô viajava a serviço, nós três praticamente mudávamos para a casa da vovó Zita, e eu amava esses períodos. Mamãe ficava bem calma, e eu, Clarice, Ernesto e Mário brincávamos muito na rua. Era uma festa.

Mas, nesses tempos na casa da vovó Zita, por duas vezes o retorno "surpresa" do vovô estragou a nossa festa. Um dia foi bem na hora do almoço. Vovó gostava de fazer sardinha à milanesa. Como eu considerava a "mistura" a coisa mais gostosa que havia no prato, tinha mania de deixá-la por último. Comia o arroz com o feijão, a salada e o legume, e depois, ao final, comia o frango, o bife ou o peixe, bem devagar... saboreando com tanto prazer que chegava a fechar os olhos. Nesse dia triste, vovó tinha feito a tal sardinha que eu adorava e, quando estava me preparando para comer o peixe, ela entrou na cozinha correndo, falando baixinho, mas bem nervosa:

— Foge, foge, foge! Saiam pelos fundos, seu avô acabou de chegar... Foge!

Mamãe me puxou pela mão e Clarice saiu correndo. Não tive tempo de pegar minha sardinha, que ficou inteirinha no prato.

Conseguimos sair pelo portão enquanto vovô entrava pela porta da sala. Por um triz ele não nos pegou em flagrante. Ele odiava chegar das viagens e nos encontrar lá, porque nossa presença significava mais despesas.

Da segunda vez que vovô chegou de viagem antes do previsto, a situação foi bem mais tensa. Era noite, e estávamos todos tranquilos assistindo à TV na sala. De repente ouvimos o barulho do portão. Vovó olhou pela janelinha que tinha na porta da sala e disse:

— Meu Deus! É o Estevão!

Foi o maior "espanta bolinho" que presenciei na minha vida de criança. Todos correram: mamãe puxando Clarice e tia Graça me puxando. Saímos em disparada pela porta da cozinha, mas dessa vez o vovô percebeu. Da rua, dava para ouvir os gritos dele.

— Elas estavam aqui, não é? É só eu viajar que elas ficam aboletadas aqui! Pode falar, Zita! Eu sou um burro de carga mesmo. Vou morrer sustentando Maria Pietá e suas filhas. Mas isso não vai ficar assim...

Perto da casa da vovó havia a garagem dos ônibus do bairro. Quando vimos que vovô estava no nosso encalço, não sei como, conseguimos abrir a porta de um dos ônibus estacionados ali e nos escondemos lá dentro.

Tia Graça fazia sinal de silêncio para mim e Clarice. Fiquei quietinha, mas tive medo de que vovô ouvisse meu coração, que, a essa altura, batia como um tambor. Ficamos ali um tempo, até deixarmos de ouvir os gritos dele.

Quando restou o barulho da noite, saímos do ônibus. Tia Graça voltou para a casa da vovó, e eu, mamãe e Clarice para nosso quarto na rua Divinópolis.

Meu jardim de infância

Comecei a me queixar com mamãe de que eu queria estudar também. Queria ir para a aula todas as tardes, igualzinho à Clarice. Na época, meu avô tinha comprado uma cota do Oásis Clube e havia colocado eu e Clarice como dependentes.

Acho que, graças ao fato de eu ter carteirinha do clube, mamãe conseguiu me matricular no jardim de infância do local. Que alegria eu senti ao descer aquelas escadas e chegar à minha sala de aula! Eram horas bem felizes. Eu gostava de brincar com meus colegas, adorava minha professora... mas o que mais amava era ficar brincando sozinha com umas pecinhas que simulavam casas e prédios. Na minha inocência, eu montava uma cidade linda e me imaginava morando lá. Um dia, um fotógrafo foi até a escola e eternizou meu momento numa foto que eu adoro.

Infelizmente, essa minha passagem feliz durou pouco, certamente porque minha mãe não tinha dinheiro para pagar a mensalidade. Mas há outras lembranças do clube que também me fazem muito bem. Eu me lembro de passarmos o domingo lá, vovó, vovô, Clarice, Mário e Ernesto. Vovô levava câmaras de pneu para usarmos como boias. Ele me colocava junto com Clarice sentada na boia, segurava nós duas com carinho e sorria para nós. Recordo-me da vovó Zita com seu maiô preto, sóbrio. Em minha memória, o sorriso dela naqueles momentos era de tranquilidade. *Por que não é sempre assim?*

Vovô às vezes saía do prumo por bobagens. Numa tarde em que eu e Clarice estávamos na casa (com o consentimento dele, o que era raro), ele chegou da padaria com duas bisnagas. Quando Mário veio correndo pedindo pão e falando que estava com fome, foi o suficiente para vovô ficar uma fera e tirar o cinto.

Minha avó veio rápido e perguntou por que Mário tinha apanhado. Afinal, o que ele tinha feito de errado? Ao que meu avô respondeu:

— Apanhou para aprender a ter educação.

Mário chorava baixinho, cobrindo o rosto. Vi os vergões vermelhos do cinto nas costas dele. Fiquei muito quietinha. Tinha medo de sobrar para mim.

~

Meu aniversário de sete anos estava próximo quando mamãe me contou que eu iria estudar numa nova escola. Porém, fiquei desapontada; queria frequentar o mesmo colégio que Clarice. Mamãe disse que não tinha conseguido vaga para mim, mas que ia continuar tentando.

O Sandoval (como era chamado) era uma escola bonita. Só que a diretora tinha uma cara muito fechada. Certa vez, ela implicou com minha mãe.

Mamãe tinha um corpo no padrão das modelos da época. Um dia, ela foi me buscar usando uma calça jeans linda e justa, presente de alguém que ia se desfazer da roupa. Foi só ela chegar que a diretora disse, em alto e bom som:

— Das próximas vezes, quando a senhora vier buscar sua filha, faça a gentileza de vir vestida!

Eu juro que levei um susto! Por um momento pensei que, na correria, mamãe pudesse ter esquecido de colocar a calça e tivesse vindo só de calcinha. Mas não, olhei para ela e estava vestida e bonita, apesar de incomodada com o comentário.

Era muito comum eu ficar por último na porta da escola, esperando mamãe. Ela sempre se atrasava. Muitas coisas passavam pela minha cabeça, inclusive a possibilidade de ela ter me esquecido de vez. Quase sempre, quando eu já estava prestes a chorar, eu a avistava com aquele sorriso lindo, como se nada tivesse acontecido. Na mesma hora, me esquecia do atraso e sorria para ela.

Eu me recordo com carinho, mas também certa tristeza, da festa junina da escola. Eu adorava os ensaios. Difícil saber do que mais gostava: da música animada ou de dançar. Fiquei muito entusiasmada, e mamãe também. Ela me disse que faria uma roupa bem bonita para eu dançar a quadrilha, o que fez meu coração se encher de alegria.

A data foi se aproximando e nada de mamãe conseguir um dinheirinho para comprar o tecido e fazer minha roupa. No dia da festa, pela manhã, lá fomos nós numa loja de tecidos, comprar às pressas o pano para o vestido. Mamãe tocava a máquina de costura bem rápido, mas as horas passavam mais rápido ainda, sem trégua. Ela colocou um elástico numa faixa bem comprida de tecido e, de repente, lá estava uma linda sainha franzida. Fez uma blusinha sem manga, no formato de uma camiseta. Vesti a roupa bem depressa e fomos correndo para a escola.

Chegamos lá suadas e quase sem fôlego, e qual não foi minha tristeza quando vi que minha turminha já estava se apresentando. Mamãe me empurrou para dançar, apesar de meus protestos. Era impossível fazê-la aceitar que eu preferia não entrar na dança daquele jeito. Quando me dei conta, já estava na roda, bastante sem graça, sem conseguir recordar os passos que havia ensaiado. A festa não foi como eu esperava, mas era melhor não reclamar, apenas engolir o choro.

~

A vida nessa época não foi fácil. Morar em um quarto não era nada bom. Mas bons momentos surgiam na casa da vovó Zita, e por isso eu rezava muito para que meu avô fosse viajar.

Vovó era sempre alegre, muito carinhosa, engraçada, forte e segura. Eu adorava ir à feira com ela. Antes de comprar, ela provava as frutas e ainda dava para mim e para Clarice experimentarmos também. Chegava à barraca e já ia logo pegando, ora uma banana, ora uma mexerica. Eu desenvolvi por ela um amor imenso. Ficava muito feliz quando mamãe falava:

— Vovó Zita é sua madrinha de batismo, sabia?

Eu me achava privilegiada, já que a madrinha da Clarice era tia Ofélia. Eu não gostava dela, porque aqueles barulhos de tapas na minha mãe que ouvi quando tinha quatro anos nunca saíram da minha cabeça.

Por outro lado, Clarice era uma menina linda! Chamava a atenção por onde passava. Era comum as pessoas pararem mamãe na rua para elogiar a beleza da filha. Não sei se, por isso, mamãe sempre demonstrou uma preferência explícita por ela.

Seremos felizes aqui

Nós três estávamos novamente voltando da casa da vovó certo dia quando, de repente, quem nos alcançou? Meu pai! Sim, que surpresa! Pelos meus cálculos, uns seis meses já haviam se passado desde aquela briga dele com mamãe, quando ele saiu de casa deixando sobre a mesa apenas uma nota de dinheiro. Eu e Clarice imediatamente nos adiantamos para abraçá-lo:

— Papai! Que bom que você voltou! Que saudade!

Mamãe, nervosa, disse que não queria conversar, já que ele havia esquecido que tinha uma família. Ele insistiu, dizendo que aquela situação não podia continuar assim. Depois de algum bate-boca, resolveram que no dia seguinte ele passaria na nossa "casa" para nos levar para um local onde os dois pudessem conversar com tranquilidade.

Que noite longa... Quase não preguei o olho. Fiquei cheia de esperança de que meus pais fizessem as pazes, que voltássemos a ter uma casa normal, com camas para mim e para Clarice.

O dia enfim amanheceu e papai cumpriu a promessa. Levou-nos de táxi para um hotel muito bonito, a primeira e única vez que entrei em um durante minha infância e juventude. Eu e Clarice mal conseguíamos fechar nossas bocas, que eram só sorrisos.

Assim que entramos no hall, um moço com um bonito uniforme, que incluía um chapéu, caminhou em nossa direção. Meu pai disse que queria um quarto conjugado com uma cama de casal e duas de solteiro. *Meu Deus! Vou dormir sozinha numa cama!* Papai preencheu uns papéis e logo subimos para o quarto. Mamãe tentava ficar séria, mas eu, como a conhecia bem, percebia que também estava feliz. Papai e mamãe conversaram (e se reconciliaram) enquanto eu e Clarice só tínhamos olhos para aquela paisagem maravilhosa.

Aquela noite, dormimos no hotel. Eu não cabia em mim de tanta felicidade. No dia seguinte, quando eu e Clarice acordamos, mamãe também parecia estar muito feliz. Pediu para lavarmos o rosto, pois era hora de tomar café. E que maravilha, quantos sentimentos e sabores diferentes! Nunca imaginei um café com tanta variedade, e, se meus pais tivessem deixado, eu teria passado a manhã inteirinha ali. Após o café, fomos até a recepção. Papai acertou tudo, chamou um táxi e nos deixou na casa da vovó Zita.

Fingi estar distraída, mas permaneci atenta à conversa dos adultos. Queria ouvir e entender o que estava por vir. Mamãe contou tudo para vovó, desde o momento em que papai nos alcançou na rua até nossa feliz hospedagem naquele luxuoso hotel. Mamãe contou que tinha feito um acordo com papai: ela iria ao fórum naquele mesmo dia formalizar a desistência da ação que movia contra meus tios Vander e Dorinha para reaver minha irmã Helenice. Mamãe disse à vovó que meu pai a convencera a fazer isso para que pudéssemos voltar a ter uma vida normal.

— Valdinei me disse que eu tenho que pensar também nas meninas, que estão sofrendo com toda essa confusão. Prometeu que, se eu desistir da ação, vai alugar uma casinha pra gente e voltar pra casa.

Meu coração disparou, e tive que me segurar para não sorrir. Vovó concordou que eu e Clarice estávamos sofrendo muito com aquela situação, morando num quarto, dormindo as três numa cama de solteiro. Concordou que minha mãe deveria, sim, desistir da ação, mas não de Helenice. Ela sugeriu que procurássemos um barracão para alugar por ali, bem pertinho da sua casa, pois assim poderia estar sempre conosco, dando assistência e nos recebendo para almoçar sempre que vovô estivesse viajando.

~

No dia seguinte, mamãe providenciou a desistência da ação e, em seguida, já estávamos procurando um barracão para alugar próximo à casa da vovó Zita. Logo encontramos nosso novo lar.

Fecho os olhos e vejo o barracão em detalhes. A entrada com um portão de ferro dava em um enorme corredor estreito, que nos levava a um pequeno quintal cimentado. No quintal, havia uma banheira branca, parecida com algumas que eu já havia visto em filmes. Perto da banheira, um tanque com uma pequena cobertura de telha de amianto. O barracão ficava em um nível um pouco mais baixo que o quintal. Olhando de frente, se viam dois basculantes, um de cada lado da porta. Mamãe abriu a porta e eu vi uma pequena cozinha conjugada com a sala e um balcão de alvenaria dividindo os dois ambientes. Pela sala, entrávamos num minúsculo banheiro que também tinha uma janelinha bem pequena. Do lado oposto, outra entrada levava ao quarto. No cômodo, havia uma janela que dava para uma parede que parecia ser de alguma casa.

Apesar do tamanho, apesar do cheiro de mofo, tudo aquilo significava deixar de morar num quarto na rua Divinópolis.

— Mamãe, aqui é maravilhoso! Vou adorar morar aqui!

— Vamos ser felizes aqui, filha.

~

Enfim nos mudamos! Nossa casa tinha pouquíssimos móveis. No quarto, uma cama de casal, uma de solteiro e um minúsculo guarda-roupa. Na sala, uma bicama, uma mesa com quatros bancos, uma TV sobre uma mesinha. Na cozinha, apenas o fogão e a geladeira. Ainda assim, para mim, aquele lugar se tornou um paraíso.

O quarteirão onde agora morávamos era lotado de crianças que regulavam na idade comigo e com Clarice. Em pouco tempo fizemos vários amigos. Brincávamos muito! Papai vinha pouco para casa, porque continuava trabalhando com representação de relógios e joias e, por isso, passava a maior parte do tempo viajando, longe da gente. Mesmo quando chegava de viagem, mal ficava em casa. Bebia muito e, voltando do bar, dormia apenas de cueca na bicama da sala. Dormia tão profundamente que, se a casa desmoronasse, era bem capaz de nem notar.

Tia Linda era manicure e deu para Clarice um alicate de unha e um vidro de base, porque minha irmã dizia que também queria ser manicure. Papai chegava tão bêbado, mas tão bêbado, que Clarice colocava as mãos dele de molho numa pequena bacia de plástico, empurrava e tirava as cutículas (e muitos "bifes"), passava a base e ele nem se dava conta. Quando acordava, esticava os dedos das mãos e dizia:

— O que será que aconteceu com os meus dedos? Está tudo doendo...

Eu e Clarice caíamos na gargalhada, mas era nosso segredo.

Nessa época, mamãe começou a nos levar à missa das crianças aos domingos pela manhã. Lá conhecemos o padre Henrique, um holandês que falava português bem embolado. Ele criou na igreja um coral com todas as crianças do bairro para cantarmos no Natal. Tudo muito organizado, todo mundo tinha um cartão com seu nome e, ao chegar para os ensaios, um ajudante do padre Henrique batia um carimbo de "presente" ou "atrasado" na frente da data. A regra era: três faltas e três atrasos e a criança estava fora do coral.

Eu e Clarice sempre chegávamos atrasadas aos ensaios, às vezes faltávamos também, e já havíamos sido advertidas. Um dia, quando cheguei esbaforida e bastante atrasada, a pessoa que ajudava o padre Henrique olhou meu cartão e me disse:

— Você já esgotou sua cota de atrasos e faltas. Está fora.

Eu caí no choro. Clarice tentou me acalmar, mas eu nem conseguia ouvir o que ela estava falando. Padre Henrique viu de longe a confusão, parou por uns instantes com o ensaio e veio ver o que era. Com o olhar de avô bondoso, abaixou-se bem pertinho de mim, me abraçou e me levou pela mão para onde estavam as outras crianças. Clarice veio atrás. Entendi que ele havia abonado nossas faltas e atrasos.

Como era lindo o coral de crianças! Padre Henrique se dedicava muito, e o resultado era maravilhoso! Cantávamos na Missa do Galo, quando a igreja lotava, e o coral das crianças do padre Henrique era o ponto alto da celebração. No fim da missa, todos os participantes do coral faziam uma enorme fila e padre Henrique entregava um saquinho com balas, pirulitos e bombons para cada um. Para mim e para Clarice, aquele presente tinha um significado muito importante, já que os Natais na nossa casa se passavam em completa simplicidade, sem nada de diferente, pois era "tudo muito caro".

Eu e Clarice participamos por vários anos do coral. Num dos anos, tive uma crise de choro no decorrer da missa. Mamãe me levou para a área externa e perguntou qual era o problema. Eu disse que não sabia, mas não era verdade. Estava triste de lembrar que no dia seguinte certamente mamãe iria querer ver Helenice, e era bastante previsível o que iria acontecer: palmas no portão, cachorro latindo sem parar, mamãe chorando e xingando no meio da rua, e nós voltando para casa frustradas e infelizes.

O que fazia nosso Natal não ser de todo ruim era a casa da vovó Zita. Ela nos colocava para ajudá-la a montar o presépio e a árvore de Natal. Normalmente escolhíamos um galho seco de árvore e o cobríamos com algodão. Eu nunca havia visto neve, mas a imaginava exatamente daquele jeito. Depois de cobrir todo o galho, colocávamos as bolinhas.

O presépio da casa da vovó Zita ficava muito lindo. Ela sempre colocava um pedaço de espelho para representar um lago e patinhos de plástico por cima. Para representar o chão, vovó recolhia com cuidado, com o auxílio de uma pá de bolo, o lodo verdinho que se formava no muro da casa dela. Eu ficava maravilhada, e aquilo me fazia gostar mais e mais daquela mulher tão especial.

Vovô comprava um pouco de castanhas-do-pará e nozes e vovó deixava que a gente as quebrasse no marco da porta. Era uma alegria quando conseguíamos quebrar a casca e tirar a castanha ou a noz inteirinha. Vovó assava pernil, preparava arroz com passas, maionese, farofa e macarronada com ovos cozidos por cima. De sobremesa, uns docinhos de leite que ela mesma fazia. Vovó Zita ficava horas mexendo o tacho até dar o ponto de cortar. Eu amava ver o doce escuro sendo colocado no mármore branco da pia. Quando mamãe via isso, logo perguntava:

— Mãe! Lavou a pia?

E vovó Zita calmamente respondia:

— Lavei, Pietá...

~

Eu não gostava quando papai levava Clarice e eu para a casa dos meus tios paternos no Natal. Lembro que uma vez alguém me deu uma caixinha pequena de lápis de cor e Clarice ganhou um jogo de varetas. Enquanto isso, as outras crianças ganharam de seus pais lindos brinquedos da marca Estrela.

Estranho é que "gente grande" acha que criança não escuta ou não entende o que eles fazem ou falam. Mas criança escuta, criança entende e criança sofre quando ouve determinadas coisas. A conversa dos adultos no Natal era sempre a mesma quando olhavam para mim e para Clarice:

— Coitadas dessas meninas... O que será dessas crianças criadas por uma louca?

A vida no barracão

O lote onde ficava o barracão em que morávamos tinha outras moradias, além da casa da frente, que era linda. Logo que nos mudamos, mamãe fez amizade com a vizinha, dona Maria, que tinha três filhos: o mais velho, um rapaz de uns dezessete anos; uma menina linda com grandes olhos verdes, que regulava na idade com Clarice; e a caçula, que devia ter a minha idade.

Eu me aproximei da caçula. Na minha cabeça, tínhamos algumas afinidades. Com a ausência de Helenice, eu era a filha mais nova e, assim como minha vizinha, tinha uma irmã maior bem mais bonita do que eu e que chamava a atenção de todos. Brincávamos juntas na rua com as muitas crianças do quarteirão. Nessa época, mamãe chegou a costurar umas calcinhas de tecido para as duas filhas da dona Maria. Lembro que ficaram lindas e que mamãe se orgulhava ao dizer:

— Fiz e dei de presente! Não cobrei nada. Dona Maria é viúva e passa muito aperto.

Eu achava aquilo estranho e pensava, caladinha: *Será que é mais pobre do que nós?*

Dona Maria vivia de vestido preto. Durante os anos em que moramos nesse endereço, não me lembro de tê-la visto um único dia com roupa de outra cor. Aliás, parecia usar sempre o mesmo vestido.

Em que pese minha memória espetacular, não consigo me lembrar de qual foi o motivo que fez minha mãe tomar raiva da dona Maria e nos proibir de brincar com as filhas da vizinha. Fato é que o que antes era uma amizade de repente se tornou uma desavença diária, um verdadeiro inferno. As trocas de ofensas ditas aos gritos pela mamãe e pela dona Maria, cada uma na sua casa, eram constantes.

Mesmo ainda nova, eu já conseguia me dar conta de que mamãe era uma pessoa diferente de todas as outras que eu conhecia. Eu pensava que talvez o motivo dessa "diferença" estivesse ligado a tantas dores sofridas por ela, principalmente por ter uma filha sendo criada por outra família e não ter papai por perto nos dando segurança física e financeira. Independentemente da origem, o fato é que minha mãe era uma pessoa cheia de manias e de rituais para tudo.

Diferente de mim, Clarice nunca teve paciência com essas manias e, desde pequena, se mostrava muito geniosa. Isso parecia intimidar a mamãe. Eu, ao contrário, por ter muita pena dela e, para evitar vê-la nervosa, dizia sim para tudo. Talvez por isso, aliado à preferência que mamãe demonstrava por Clarice, a lavação de roupas tenha sobrado para mim.

Lavar as roupas na nossa casa era um caso à parte. Um processo cheio de rituais que, por isso, tomava bastante tempo. Eu me lembro da bacia de alumínio brilhando, quase um espelho. Lembro dos inúmeros plásticos usados para separar as roupas que eram retiradas do varal ainda molhadas, dobradas, colocadas na bacia e recolocadas no varal no dia seguinte. Isso acontecia porque, quando conseguíamos estender as roupas no varal, já era noite.

Enquanto eu era pequena, minha ajuda significava ficar em pé, ao lado da mamãe, durante todo o tempo em que ela estivesse enxaguando as roupas. Eram bacias e mais bacias d'água. A água ficava tão límpida que dava para beber, se quisesse. Eu só não precisava ficar perto da mamãe em dois momentos: primeiro, quando ela estivesse tirando a água suja da roupa (o ritual da lavação começava assim) e, segundo, quando ela estivesse esfregando. Assim que ela começasse a enxaguar, aí começava também o meu trabalho.

Dali para a frente, horas se passavam. Não se podia sair do lugar, porque a roupa não podia ficar sozinha um minuto sequer.

Se eu ou ela tivéssemos que ir ao banheiro, a outra tinha que ficar ali, de olho na bacia.

— Sabe-se lá se aparece uma mosca-varejeira e pousa nas roupas... — mamãe dizia.

Durante a "enxaguação", uma coisa me encantava: o canto da mamãe. Ela cantava sem parar diferentes melodias, todas maravilhosas. Eu era abduzida, transportada para um lugar em que não cabia tristeza... Eram momentos deliciosos. Eu prestava atenção às letras, cada qual mais linda do que a outra, e assim não via o tempo passar. Com toda a certeza, o meu amor pela música começou ali, ao lado do tanque.

Só lá pelas sete da noite começávamos a estender as roupas no varal. Dado o adiantado da hora, mamãe torcia muito cada peça, até sair a última gotinha d'água. Eu me lembro bem dos calos em sua mão. Depois de torcer, sacudia bastante cada peça antes de colocá-la no varal. Ela dizia que assim secaria mais depressa. Nessa hora, minha tarefa era segurar a vasilha com os pregadores, rezando para não caírem no chão, porque, se caíssem, teriam que ser colocados na bacia e lavados com sabão. Infelizmente, de vez em quando, por mais cuidado que eu tivesse, deixava a vasilha de pregadores cair. Aquilo desestabilizava mamãe. Ela ficava nervosa e me repreendia:

— Como você foi deixar cair a vasilha de pregadores, Ivanice?

— Calma, mamãe. Nós vamos lavar tudo — eu respondia, enquanto chorava por dentro.

Depois da roupa estendida no varal, minha tarefa era ficar sentada num degrauzinho de cimento que havia no muro do terreno, aguardando as roupas secarem, de olho nelas, como que as protegendo de algum perigo. Normalmente isso durava até por volta das onze e meia. Aí, mamãe vinha e começava a tirar as peças ainda úmidas do varal. Vagarosamente dobrando cada uma e colocando-as, separadas com pedaços de plástico para não mancharem umas às outras, dentro da bacia de alumínio para, no outro dia, voltá-las ao varal para terminarem de secar. Era quase um parto. Quando estávamos estendendo as roupas e dava ponto de chover, era tanta Ave-Maria, tanto Pai-Nosso e tanta Salve Rainha que fico imaginando o desespero dos anjos, tentando segurar as nuvens até que a roupa secasse.

Com todo esse trabalho, não é que um dia, quando estávamos estendendo as roupas no varal, a filha mais velha da dona Maria, que havia tomado as dores da mãe, começou a discutir com mamãe e jogou por cima do muro da área um pano de chão ensopado de xixi? Meu Deus do céu, foi aquela confusão! Mamãe saiu completamente do prumo. Para mim, parecia que o mundo ia acabar. Ela gritava, chorava, xingava e, do outro lado, a filha da dona Maria dava gargalhadas e gritava:

— Sua louca! Agora você vai ter que lavar tudo de novo!

Depois de chorar muito, mamãe recolheu as roupas do varal e as colocou na água com sabão para, no dia seguinte, dar início a um novo ciclo de "lavação". E eu engoli o choro mais uma vez, porque não havia espaço para criar mais problemas.

Muito tempo se passou com brigas, discussões e trocas de insultos entre mamãe e a vizinha, tendo inclusive resultado em uma reclamação formal na delegacia. Mas o engraçado era que, na rua, havia um acordo tácito entre as crianças do quarteirão. Assim eu, Clarice e as filhas da dona Maria brincávamos juntas, como se nenhuma desavença existisse.

~

Passamos muitos anos naquele barracão, e várias lembranças da minha infância vêm dali. Mamãe, embora bem diferente das outras mães do quarteirão, era muito alegre e animada quando estava tranquila.

Ela organizava concursos de beleza entre as meninas do quarteirão; comprava folhas de papel de seda para fazer faixas para cada participante. Combinava dois figurinos com quem concordava em participar da brincadeira: um "de gala", que era a roupa mais bonita que cada uma tinha no guarda-roupa, e um maiô. No dia do desfile, mamãe fazia suco e comprava um pacote de rosquinhas para servir aos jurados, que eram os irmãos já adultos ou mesmo as mães de algumas participantes.

Havia três irmãs que moravam em uma casa em frente à nossa que sempre ficavam entre as finalistas. Clarice também — como era linda a minha irmã. Já eu nunca era classificada. Confesso que eu achava o máximo quando as pessoas me perguntavam na rua: "Você é irmã da Clarice?". Ela era conhecida como uma das crianças mais bonitas do bairro, e eu percebia que para mamãe isso tinha um grande significado. Parecia se esquecer dos problemas quando Clarice era elogiada por alguém.

Hoje penso que talvez tenha sido para chamar a atenção da mamãe, e mostrar a ela que eu também tinha valor, que me tornei uma das melhores alunas do colégio. Eu estudava sem parar, fazendo uma pausa só nos dias de lavar roupa. Além de estudar e ler muito, eu amava cantar.

Uma ocasião feliz envolvendo a música foi o dia em que fomos até uma loja de departamentos que havia no centro da cidade para comprar uma radiola portátil. Esse acontecimento ficou marcado em minha memória. Além da radiola, mamãe comprou também LPs e alguns compactos. Mesmo que fosse no carnê, em muitas prestações, não deixava de comprar nada que pudesse fazer as filhas felizes. Ela se desdobrava para nos dar tudo o que as meninas da vizinhança tinham. Quando o produto era muito caro, tentava nos convencer de que podíamos ser criativas e usar algo parecido, mas sem gastar muito.

— Podem acreditar, vocês estão lindas! E não estão devendo nada às suas amigas — mamãe dizia, muito orgulhosa. E ela falava com tanta segurança que eu acreditava, e acho que Clarice também.

~

Nessa época, havia um programa de cantores mirins na antiga TV Itacolomi que se chamava *Roda Gigante*. Eu e Clarice passamos no teste e começamos a cantar no programa, que era realizado ao vivo, aos domingos pela manhã. Éramos apresentadas como "As irmãs Clarice e Ivanice". Mamãe vibrava a cada apresentação nossa.

Cantar me transportava para um mundo mágico, pleno de alegrias. O pianista, que acompanhava as crianças, era um senhor mais velho, muito bondoso, que tinha sotaque estrangeiro. Um dia, ao me perguntar que música eu cantaria naquela semana, eu respondi "Dio come ti amo". Contei que havia ido ao cinema com mamãe e Clarice assistir a esse filme e que ficara encantada, mais ainda com a música. Vittorio, o senhor pianista, abriu um sorriso e disse:

— Sou italiano! Posso lhe ensinar a pronúncia certinha e traduzir a música para que você possa interpretar sabendo o que está cantando. Vou ficar muito feliz em acompanhá-la cantando uma música do meu país.

E assim, em um domingo, para minha alegria e também do músico Vittorio Cordeiro Bevilacqua, cantei "Dio come ti amo". De todas as vezes que cantei no programa *Roda Gigante*, essa foi a que mais me marcou.

Com o tempo, mamãe acabou contando para o senhor Vittorio que tinha outra filha, que estava sendo criada por um cunhado e sua esposa. Conversa vai, conversa vem, o senhor Vittorio acabou descobrindo que conhecia minha irmã Helenice. Na ocasião, ele ensaiava o coral da igreja em que meus tios cantavam. A história sensibilizou o músico, e ele nos convidou para assistir a um ensaio do coral, pois seria uma oportunidade de estarmos com Helenice.

Ao nos ver chegar, meus tios não conseguiram disfarçar o susto e a contrariedade. Minha mãe, eu e Clarice aproveitamos para conversar com Helenice, mas ela não parecia se sentir à vontade em nossa companhia. Assim, não esperamos o término do ensaio e fomos embora.

Ao encontrarmos com o senhor Vittorio na semana seguinte, ele veio sério reclamar com mamãe:

— Dona Pietá, a senhora não me contou a história de sua filha direito. Assim que terminou o ensaio, o senhor Vander e a dona Dorinha vieram bravos conversar comigo. Queriam saber por que eu havia convidado a senhora para assistir ao ensaio do coral. Eu expliquei que fiquei sabendo da história da Helenice e que quis contribuir para que a senhora pudesse estar com a sua filha. Eles então pediram que eu aguardasse, foram em casa e voltaram com um documento no qual consta que eles são os tutores da menina até ela completar dezoito anos. A senhora não me contou que, legalmente, eles são os pais da menina!

Mamãe ficou muito nervosa. Até então, ela não sabia da existência desse documento.

— Então minha filha foi dada de papel passado para o Vander e para a Dorinha sem o meu consentimento? Eu nunca assinei nada! Como pode isso, meu Deus?

Foi um custo para minha mãe se acalmar. Naquele dia, nosso ensaio praticamente não aconteceu. Voltamos para casa com mamãe amaldiçoando papai e toda a sua família. Para ela, foi um grande baque tomar conhecimento daquele documento. Senti muita pena dela e muita raiva do meu pai e dos meus tios.

Hoje imagino que isso deve ter sido possível devido à alegação de insanidade da minha mãe, que continuava criando as duas filhas mais velhas. Como entender a "justiça"?

A nova cozinheira

Quando fui para o segundo ano do ensino fundamental, meu tio Tado, que era policial, acabou conseguindo para mim uma vaga no colégio da Polícia Militar. Eu e Clarice fomos ficando cada vez mais conhecidas no colégio por vários motivos: por participarmos de todas as festividades, pela beleza de Clarice, pelas minhas notas altas e, acima de tudo isso, porque mamãe não passava despercebida em lugar nenhum.

Nossos atrasos para as aulas eram quase diários, o que também nos tornou conhecidas pelos porteiros. Era uma verdadeira luta ir para a escola. Tudo contribuía para não conseguirmos chegar um pouco antes da uma da tarde, o horário ideal. Era raro termos em casa legumes, verduras e ovos para o almoço. Desse modo, quase todos os dias mamãe precisava ir à mercearia antes de começar a preparar a comida, e assim ela sempre se atrapalhava com os horários.

— Mãe, por que a senhora não começa a preparar o almoço mais cedo para podermos sair tranquilas para o colégio? — às vezes eu criava coragem e dizia.

— Não tem jeito. Depois que eu faço a rota de entrega do Yakult ainda vou comprar um legume. Mas se eu começar ao meio-dia, dá tempo — ela argumentava.

Nunca dava. Às 12h50 tocava o primeiro sinal, uma sirene tão estridente que dava para ouvir em todas as ruas vizinhas. Geralmente, quando ouvíamos o primeiro sinal, mamãe se apavorava e colocava comida no prato para mim e para Clarice. Um dia, numa dessas maratonas para almoçar e chegar ao colégio a tempo, aconteceu algo muito engraçado. Mamãe tinha colocado uns pedaços de batata para cozinhar junto com o arroz. Na hora em que escutamos o primeiro sinal, ela ficou nervosa e disse:

— O relógio do colégio está adiantado. Ainda não é meio-dia e cinquenta!

— Mãe, não posso perder aula hoje de jeito nenhum! Tenho prova. Pode colocar só o arroz pra mim, porque não posso correr o risco de não entrar — Clarice respondeu.

Mamãe, contrariada e resmungando que o horário não estava correto, fez o que Clarice pediu, mas foi logo orientando:

— Amassem a batata com o garfo porque não deu tempo de ela ficar bem cozida.

Na primeira tentativa de amassar a batata, o pedaço voou do prato da Clarice porque ainda estava muito duro. Não sei se de nervoso, caímos as três na gargalhada. Depois de engolir aquela "gostosura", corremos para o colégio.

Naquele dia, como em muitos outros, ao chegarmos, a porta já estava fechada. Era uma porta de vidro e dava para ver o disciplinário lá dentro. Mamãe bateu no vidro com a chave, provocando um forte barulho. Primeiro, o homem deu de ombros, mas, dada a insistência de mamãe batendo sem parar no vidro, ele abriu levemente a porta com cara de poucos amigos.

— Deixe as minhas meninas entrarem. Clarice tem prova hoje, não pode perder aula — mamãe logo falou.

— Já é uma e sete, minha senhora. A porta é fechada pontualmente à uma da tarde. Temos dois sinais, para que os alunos se acomodem e os professores comecem as aulas pontualmente.

— Mas o relógio de vocês está adiantado!

— Então o da igreja em frente também está? — ele zombou.

— Sim, está! Pelo amor de Deus, deixe as minhas filhas entrarem. O senhor não sabe das dificuldades que preciso enfrentar pela manhã. Trabalho entregando Yakult nas casas. Antes de ir para casa fazer o almoço, ainda tenho que comprar alguma coisinha na mercearia porque o dinheiro é curto. Meu marido trabalha fora...

Mas o disciplinário se manteve irredutível. Disse que nossos atrasos eram frequentes e que ele já havia feito vista grossa muitas vezes, mas que agora isso tinha acabado. Aconselhou-nos a voltar para casa e, no dia seguinte, chegar no horário certo.

Clarice era uma criança brava, quase não chorava. Ficava com as bochechas vermelhas quando estava com muita raiva. Mamãe parecia ter medo e nunca discutia com ela, ou talvez tivesse respeito por sua beleza ou sua braveza. De repente, mamãe teve uma ideia:

— Já sei! Vou ajudar vocês duas a pularem o muro dos fundos do colégio. Vamos rápido para a rua de trás.

Saímos correndo e chegamos esbaforidas à rua de trás, onde havia um muro alto. Com a ajuda da mamãe, eu e Clarice conseguimos alcançar o topo. Clarice subiu primeiro. Era maior, mais confiante e mais esperta do que eu — que era muito medrosa e nessas horas não conseguia engolir o choro. As lágrimas insistiam em pingar. Pedi ajuda a Deus e consegui pular para dentro.

Clarice correu em direção à sala de aula. Eu fui mais devagar porque precisava conter o choro primeiro. Quando abri a porta da sala, fez-se um silêncio sepulcral. Meus colegas me olharam com uma cara de espanto tão grande que comecei a chorar de novo. A professora me abraçou com carinho e pediu a uma colega que buscasse um copo d'água para mim e chamasse a supervisora.

Tomei a água e consegui me acalmar um pouco. A supervisora me pediu para deixar o material na carteira e me conduziu pela mão até a sala dos professores. Lá chegando, deixou que eu falasse tudo o que estava guardado em mim havia tanto tempo. Chorei baldes, mas depois me senti bem melhor.

~

Ao final da aula, eu e Clarice ficamos esperando mamãe na porta do colégio. Era comum ela se atrasar. *Decerto é culpa do relógio dela que deve estar atrasado*, eu pensava. Quando mamãe chegou, perguntou se tudo havia corrido bem. Clarice disse que tinha conseguido fazer a prova, mas eu resolvi não contar nada sobre minha conversa com a supervisora.

No dia seguinte, mamãe começou o almoço mais cedo. Acho que ela ainda estava tomada pelo susto do dia anterior. Fomos para o colégio correndo, e, graças a Deus, quando bateu o segundo sinal, já estávamos na porta da escola. Mesmo assim, algo estranho aconteceu...

O disciplinário, ao nos ver, pediu que mamãe entrasse também e nos colocou numa sala de espera bem bonita, com tapete, sofá e mesa de centro. Ficamos ali uns cinco minutinhos e, quando a porta da sala principal se abriu, vi o diretor com sua farda impecável. O friso na calça, o quepe e as insígnias militares no seu paletó. Um pouco atrás dele estava a supervisora, com quem eu havia conversado longamente no dia anterior.

O diretor pediu que entrássemos, e cada uma de nós se sentou em uma cadeira. Em seguida, ele se dirigiu à mamãe com o semblante bravo e firme:

— A senhora tem noção do que fez ontem? Como pode uma mãe ajudar as filhas a fazer algo errado?

Mamãe tentava explicar, mas o diretor não lhe dava chance de completar uma única frase.

— Não há justificativa para o que a senhora fez — ele continuou. — Já seria o cúmulo a senhora concordar em ajudar suas filhas a pular o muro do colégio. O que dizer, então, de a ideia ter partido da senhora? Como espera ter o respeito das suas filhas quando for ensinar a elas o que é certo e o que é errado?

Diante dessas falas, o rosto da minha mãe murchou. Mas ela não chorou nem pediu desculpas. Permaneceu calada, com o olhar distante. O diretor, depois de muito falar, disse uma frase que fez lágrimas brotarem nos meus olhos:

— O caso é de expulsão do colégio.

Quando ouvi isso, não consegui engolir o choro, que saiu alto e soluçante. Eu e Clarice nos abraçamos. Aquele colégio era tudo para nós. A supervisora permaneceu imóvel e olhava para nós com um semblante triste.

Diante do nosso choro, mamãe pediu ao diretor que reconsiderasse a decisão. Disse que papai era um irresponsável, e que, se eu e Clarice perdêssemos a vaga no colégio, certamente seríamos mais duas crianças que não chegariam a completar os estudos. Disse também que éramos boas alunas e que fez aquilo para que Clarice não perdesse a prova, por isso nos ajudou a pular o muro.

— Dona Maria Pietá, nada, absolutamente nada, justifica a sua atitude.

Depois de alguns minutos, que mais pareceram horas, eis que a supervisora falou algo baixinho com o diretor. Cheguei a sentir raiva dela, considerando-a uma traidora, mas ali ela nos salvou.

— Em consideração ao amor dessas crianças pelo colégio e também pelo fato de serem ótimas alunas, vou modificar minha decisão, transformando a expulsão em suspensão por uma semana. Será tempo suficiente para que a senhora se organize de modo a evitar esses constantes atrasos na entrada de suas filhas. Caso se repita o que aconteceu ontem, Clarice e Ivanice serão expulsas do colégio. Podem ir agora.

Consegui parar de chorar. Embora suspensas, dali a uma semana poderíamos retornar às aulas, e isso para mim era motivo de muita alegria. Ao chegar em casa, mamãe saiu do prumo. Gritava, esbravejava.

— Como foi que eles descobriram? Você contou para alguém, Clarice? E você, Ivanice? Chegou choramingando na sala? Foi isso?

Eu fiz que não com a cabeça, e Clarice se manteve calada. Aos poucos, mamãe foi se acalmando e, depois de algum tempo, começou a cantar. Era sempre assim: ficava muito nervosa, gritava, falava do papai, que tudo era culpa dele, que ele a havia colocado num hospício para vender nossa casa e dar a sua filha caçula para a cunhada, que ela foi traída na véspera do casamento, que era uma grande sofredora. Depois, aos poucos, chegava o alívio: ela se acalmava e se encaminhava para a cantoria.

— Mãe, a senhora pode ir à mercearia à tardinha, depois que a gente voltar da escola. Assim ganhará tempo e o almoço ficará pronto mais cedo — Clarice tinha mais coragem do que eu para falar com mamãe sobre algo que pudesse contrariá-la.

Mamãe concordou. Disse que passaria a fazer desse jeito. Clarice então se sentou pertinho de mim e disse que tinha um plano: ela iria fazer o arroz com legumes assim que mamãe saísse para entregar Yakult.

~

Chegou o dia de retornarmos às aulas. Mamãe, atendendo ao pedido da Clarice, comprou dois tomates e três batatas na noite anterior, além de três ovos. Ela se despediu e saiu para entregar os Yakults. Deu as recomendações de sempre, trancou a porta e se foi.

Às 11h45, mamãe retornou esbaforida. Ela foi ao banheiro, lavou as mãos e, quando chegou perto do fogão, eu e Clarice gritamos juntas:

— Surpresa!

— Mãe, já fiz o arroz! — minha irmã disse. — Está prontinho! Parece que ficou bom. Olha pra senhora ver.

Mamãe arregalou os olhos, assustada, mas em seguida relaxou com nosso riso. Naquele dia, chegamos ao colégio sem correria. Quando o primeiro sinal tocou, já estávamos na praça. O disciplinário deu um sorriso de canto de boca quando nos viu entrando e mamãe foi embora com o humor leve também.

A partir daquele dia, Clarice ficou responsável pelo arroz com legumes. Foi aprendendo, tomando gosto pela cozinha e se tornando a cozinheira daquela família de três.

~

Clarice se encantou cada vez mais pela cozinha, e só não experimentava mais e mais receitas porque não tínhamos dinheiro para comprar os ingredientes. Mamãe ainda trabalhava entregando Yakult. O salário era baixo, mas fundamental para nós. Papai vinha pouco em casa e, quando vinha, sempre reclamava que estava ganhando pouco. Havia deixado de ser representante de relógios e joias. Agora trabalhava em uma loja, mas reclamava que as vendas não estavam boas e que ele tinha pouco dinheiro para deixar com mamãe. Não fosse o que ela ganhava, passaríamos mais aperto ainda. E ela gostava do trabalho. Dizia que era cansativo porque andava muito, mas se vangloriava de fazer muitas amizades.

A coragem invejável

Papai passava tempos sem voltar para casa. Trabalhava em outra cidade e, quando me entendi por gente, passei a ver aquilo como uma estratégia, um jeito que ele achou para dar conta. A vida real não é um comercial de margarina. E cada um acha a própria maneira de "dar conta", mesmo que muitas vezes não seja do modo mais convencional.

Quando papai ia para casa, passava a maior parte do tempo no bar. E quando voltava do bar caía na bicama da sala e dormia profundamente. Era comum Clarice aproveitar esse "sono profundo" do papai e pegar algumas notas no bolso da calça dele.

Eu tinha vontade de fazer o mesmo, mas me faltava coragem. Eu via Clarice no colégio, na fila do caixa da cantina, e tinha uma raiva imensa de mim mesma por ser tão medrosa. Quando eu a via tirando o dinheiro do bolso da calça do papai, às vezes falava:

— Você bem que podia dividir comigo!

— Eu estou correndo o risco sozinha. Se o papai acordar e descobrir, eu é que vou apanhar. Por isso não é justo dividir — ela respondia.

Clarice sempre foi mais ousada, mais segura, mais brava, mais corajosa e mais bonita do que eu. E eu sempre me perguntava: *Por que não nasci "Clarice"?*

~

Como já contei, eu e Clarice éramos dependentes do meu avô na cota que ele possuía no Oásis Clube. O lugar era pequeno, simples, mas, dentro da simplicidade em que vivíamos, era maravilhoso aos nossos olhos. A piscina era linda demais! Só que aproveitávamos pouco o clube, porque sair de casa com mamãe era sempre uma dificuldade imensa.

Clarice, na sua coragem que me causava inveja, me avisou numa noite, após chegarmos do colégio:

— Amanhã vou nadar no Oásis à tarde!

— O quê? Mas amanhã temos aula!

— Eu sei! Mas coloquei na caderneta do colégio um bilhete para o disciplinário. Veja: "Senhor disciplinário, a Clarice terá uma consulta médica nesta quarta-feira. Por isso deverá sair do colégio logo após o segundo horário. Obrigada, Maria Pietá dos Santos".

— Mas como você vai fazer?

— Vou dizer para a mamãe que tenho aula de natação amanhã. Quando eu sair do Oásis, volto para a porta do colégio. Mamãe vai me ver de cabelo molhado e vai pensar que é por causa da aula de natação. Vai dar tudo certo!

A confiança e coragem da Clarice eram surpreendentes. Depois de me responder, caiu na gargalhada e já foi logo pegando o maiô e colocando na pasta escolar, além de um dos panos que usávamos como toalha. Fui dormir pensando: *Clarice não pode ter tanta coragem. Ela vai desistir.*

No dia seguinte, entramos no colégio e nos despedimos da mamãe como de costume. Clarice portava um sorriso de orelha a orelha. Após o segundo horário, na hora do intervalo, corri até a sala da Clarice, e uma colega dela, ao me ver, foi logo dizendo:

— Clarice já foi! Saiu correndo assim que bateu o sinal.

Passei o resto das aulas curiosa e com um sentimento de inveja boa. Como eu queria ter aquela coragem. Como eu queria estar nadando com minha irmã. Fiquei imaginando Clarice tranquila na piscina, saindo e pulando novamente na água sem ninguém para dizer: "Cuidado, Clarice! Você pode escorregar e bater a cabeça no chão!". Quase não prestei nenhuma atenção nas três últimas aulas. Meus pensamentos estavam no azul da piscina do Oásis. Quando enfim tocou o sinal, saí desembestada para a porta e dei de cara com mamãe e sua expressão de quem chupou o limão mais azedo do mundo.

— Você sabia que a sua irmã ia para o Oásis hoje à tarde? — ela foi direto ao ponto.

— Não sabia, não! Ela veio para a aula.

— Mas saiu da aula e foi para o Oásis. Ela me paga!

Preferi ficar caladinha, pois podia sobrar para mim. Fomos para a casa da vovó Zita, onde também estava Clarice. Mamãe gritava, muito nervosa, e vovó tentava acalmá-la.

— Calma, Pietá. Clarice está bem. Está tudo bem.

— Mas ela mentiu! Eu odeio mentira! Ela precisa apanhar pra aprender...

E foi em direção à Clarice para dar uns tapas nela. Mas minha irmã sabia que vovó ia defendê-la e se escondeu. Fiz um aceno para Clarice e fomos para o quarto enquanto vovó Zita continuou tentando acalmar a mamãe. Quando fechamos a porta, não é que a danadinha caiu na gargalhada? Sem demonstrar qualquer arrependimento, me contou o que aconteceu.

Por uma terrível coincidência, quando mamãe estava perto da portaria do clube fazendo as entregas do Yakult, eis que sai Clarice com um largo sorriso no rosto. Sorriso que virou cara de desespero assim que ouviu o grito da mamãe, que vinha em sua direção. Minha irmã disse que acionou o ditado "pernas pra que te quero" e saiu em disparada. Clarice tinha a seu favor duas vantagens: era mais jovem e não estava empurrando um carrinho cheio de Yakult. Não pensou duas vezes: seguiu para a casa da vovó Zita.

Em meio às risadas e à tensão da história, aos poucos percebemos que a voz da mamãe foi ficando mais calma, até que vovó veio nos chamar para o café.

— Vamos, meninas! Não falem nada! Vamos tomar o café. Pietá está mais calma agora. E, Clarice, espero que tenha aprendido a lição.

Mas, conhecendo minha irmã, eu sabia que nada podia parar aquela coragem desenfreada.

Um sonho que não vingou

Morar num barracão pequeno e mofado, praticamente sem móveis e com a geladeira bem escassa não era muito atrativo. Talvez por isso eu e Clarice fôssemos tão apaixonadas pelo nosso colégio e aceitássemos participar de tudo aquilo para que nos convidavam. Clarice cresceu mais do que eu e começou a treinar vôlei após as aulas. Já eu me interessei por ginástica olímpica.

A professora Madalena, de Educação Física, que conduzia os treinos da ginástica olímpica, gostava muito de mim. Acho que esse carinho teve início quando cantei na sala de aula, para homenageá-la pelo seu aniversário, a música que levava seu nome e que havia sido gravada pela Elis Regina em 1971. Todos aplaudiram, mas a professora Madalena ficou com lágrimas nos olhos e me deu um abraço daqueles de quebrar os ossos. Desse dia em diante, ela passou a me convidar para todas as festividades do colégio. Quando comecei a treinar ginástica olímpica, a professora logo me chamou:

— Você tem muita flexibilidade! Estou encantada com o seu progresso. Em poucos treinos, já conseguiu alcançar meninas que estão comigo desde o ano passado. Vou colocá-la como baliza no próximo desfile.

Novamente, tive que engolir o choro, só que dessa vez era de pura alegria. Eu já havia participado de desfiles antes, mas usando o uniforme, e tinha ficado encantada com a roupa que as balizas usavam. Cheias de brilho, tecidos brocados, bordados, miçangas, pedrarias. Além das roupas, as balizas usavam sapatilhas e polainas e, na cabeça, arranjos com plumas coloridas. Era magnífico!

Dali em diante, fui crescendo como baliza e como ginasta. Participava de todos os desfiles do colégio e também das competições de ginástica olímpica. Um sonho havia começado a nascer...

Na nossa cidade existia uma escola chamada GRUGIN, que preparava ginastas para as competições estaduais. Era uma escola destinada apenas a quem tinha condições de pagar a alta mensalidade. E eu sonhava acordada com essa possibilidade... Para minha surpresa, a professora Madalena me chamou para conversar um dia, após o treino:

— Ivanice, você já ouviu falar da escola GRUGIN?

— Já, sim, professora, mas ouvi dizer que é uma escola caríssima.

— E se eu te disser que dou aulas no GRUGIN e que sou muito amiga dos professores que são os proprietários de lá?

Imediatamente meu coração bateu mais rápido, então a professora Madalena continuou:

— Falei de você e eles querem muito conhecê-la. Vou pedir para a sua mãe deixar eu levá-la lá amanhã. Você quer?

— Claro! Mamãe já deve estar lá fora me esperando. Fale com ela. Vou rezar muito pra ela deixar eu ir com você. Se Deus quiser, ela vai deixar.

Como por um milagre, mamãe deixou. E no dia seguinte, após a aula, lá estava eu, no Fusca da professora Madalena, que estava tão acelerado quanto o meu coração.

O GRUGIN era uma escola muito bem equipada, com todos os aparelhos utilizados na ginástica olímpica. Ao chegar, vi diversos alunos em treinamento. Madalena cumprimentou feliz alguns professores e foi logo me mostrando o vestiário:

— Deixe sua pasta e sua roupa num escaninho. Volte de malha. Estarei te esperando.

Entrei rapidamente no vestiário e tirei o uniforme, ficando apenas com a malha. Olhei para meu reflexo no espelho e me incomodei com o fato de a malha já estar mais para cinza do que preta, além de bastante apertada. Dependendo do movimento que eu fazia, o tecido ficava muito decotado, ora mostrando o peito, ora a virilha, ora as duas coisas. Mas rapidamente deixei o pensamento de lado e me lembrei de onde estava. Era a minha chance, então me preparei para encontrar a professora Madalena. Ela fez um sinal para eu correr assim que me viu. Um dos professores que conversavam com ela me disse:

— Então essa é a Ivanice! Vamos lá, garota! Vamos ver se você é tudo isso que a Madá nos diz.

Os três riram e me conduziram ao tablado. Fiz primeiro um breve aquecimento, orientada por um dos professores, e, em seguida, comecei a fazer todos os movimentos que a professora Madalena me pedia. Eu percebia nitidamente que eles estavam gostando de mim, e o fato de a malha estar pequena passou a ser um detalhe insignificante. Quanto mais me via agradando, melhor saíam meus movimentos. A cada "bravo, garota!", "isso!", "perfeito!", meu coração disparava e eu sentia as bochechas queimarem. Quando terminei, ainda tive a chance de assistir a alguns atletas treinando.

Na volta, dentro do carro, Madalena estava mais animada do que na ida.

— Ivanice, eles gostaram muito! Querem investir em você! Disseram que tem muita flexibilidade, é muito graciosa e centrada. Acham que tem futuro na ginástica olímpica. Você ganhou uma bolsa de estudos integral no GRUGIN! Está feliz?

— Meu Deus! Se eu estou feliz? Este é o dia mais feliz da minha vida! Obrigada, minha querida professora! Nunca vou esquecer o que está fazendo por mim.

— São duas aulas por semana, às terças e às quintas. Mas você pode ir comigo depois do colégio. Dou aula no GRUGIN todas as noites e não será trabalho algum levar você. Vamos torcer para a sua mãe deixar.

Minha alegria era tão grande que comecei a me imaginar treinando, disputando competições pelo país afora. Em poucos minutos, em meus pensamentos eu estava nas Olimpíadas, e fui para tão longe que, quando vi, já estávamos em frente à minha casa. Mamãe estava no portão com cara de poucos amigos.

Mal Madalena parou o carro, mamãe foi logo dizendo, em tom de briga:

— O que é isso? Eu estava quase enlouquecendo! Estava a ponto de chamar a polícia! Onde você estava com a minha filha?

Madalena, visivelmente assustada com a reação da mamãe, conseguiu dizer com delicadeza:

— Dona Pietá, nós estávamos no GRUGIN. A senhora deixou que eu levasse a Ivanice, não se lembra?

— Deixar eu deixei, mas eu não sabia que iam demorar tanto. Cuido praticamente sozinha dessas meninas. Não posso nem pensar no que será de mim se algo de ruim acontecer com elas.

— Mas está tudo bem, Dona Pietá. Sua filha está aqui sã e salva! Aliás, quero contar para a senhora que a Ivanice fez o maior sucesso no GRUGIN e ganhou uma bolsa de estudos lá. A escola prepara ginastas para as competições estaduais e nacionais. Sua filha pode se tornar uma grande atleta! Ela terá aulas às terças e quintas. Posso levá-la e trazê-la, sem nenhum problema.

— De jeito nenhum! Vê se pode? Eu ficar nessa aflição duas vezes por semana? Não vai mesmo!

— Mãe! Não faz isso comigo! A senhora não entendeu? Eu ganhei uma bolsa de estudos no GRUGIN! A professora Madalena se dispôs a me levar e me trazer de volta pra casa nos dias de treino. Eles gostaram de mim, mãe.

E, antes que eu terminasse de falar, mamãe me pegou pelo braço com força e disse para a Madalena:

— Ela não vai!

Entrou comigo corredor adentro e com poucos passos já estávamos no barracão. Comecei a chorar e a dizer:

— Por que a senhora fez isso?

— Eu não confio nessa mulher!

— Mas não confia por quê, mãe?

— Ela é solteira, tem carro, dirige. Não acredito que esteja se dispondo a ter esse trabalho todo só pra você se tornar uma atleta olímpica. Acho que tem outros interesses aí...

— Mas que "interesses", mãe? Pelo amor de Deus, me deixe fazer as aulas no GRUGIN!

— Não vou deixar! E pare com essa choradeira! Quando você ficar moça, vai estar toda enrugada, igual a uma velha, de tanto chorar.

Naquela noite eu realmente chorei muito. Chorei tanto que, no dia seguinte, estava com os olhos inchados e vermelhos. Mas não falei mais nada com mamãe. Não tinha coragem nem um plano para fazê-la mudar de ideia. Só havia uma saída: desistir.

Os primeiros amores

Minha memória mais remota de interesse por um menino vem dos meus seis anos. Foi quando senti, pela primeira vez, carinho especial por um garoto. O nome dele era Cláudio, e ele tinha a mesma idade que eu. Morava em frente à casa da vovó Zita e nós brincávamos na rua com as outras crianças. Eu me lembro do seu cabelo louro e liso e das suas bochechas rosadas — e também do quanto eu ficava feliz ao vê-lo.

Depois do Cláudio, minha lembrança é do Hudson, nosso vizinho em um dos barracões onde moramos. Ele tinha um irmão com lindos olhos azuis, mas, como amor não se explica pelos belos olhos, era do Hudson que eu gostava. Ele era mais discreto, mais tímido, e isso me atraía.

Nessa época, morávamos perto da vovó Zita, o que me deixava tranquila. Um sentimento de proteção e amparo. Clarice estava com quinze anos e tinha se tornado uma moça linda. Meus tios Mário e Ernesto já eram rapazes e promoviam horas dançantes no quintal da casa da vovó. O nosso bairro mais parecia uma cidade do interior. Todos se conheciam. A noite era uma verdadeira festa na rua. Os jovens se reuniam para conversar, jogar queimada e planejar as tão esperadas *horas dançantes*.

Vovó Zita sempre cedia o quintal para esses eventos. Mário e Ernesto, com a ajuda de outros rapazes da vizinhança, reuniam LPs com as músicas de sucesso, faziam jogos de luzes usando tampinhas coloridas de pasta de dente, que eram afixadas na ponta de pregadores de roupa e, depois, numa régua de madeira. Colocavam fios elétricos, e luzes coloridas eram espalhadas no quintal. Cabia a um dos dois ficar batendo o dedo nas tampinhas de pasta de dente para provocar o efeito do pisca de luzes coloridas, como numa discoteca.

Com a noite, chegavam os jovens prontos para a festa. Eu amava dançar as músicas "quentes", como chamávamos as de dançar sozinho. Era uma farra. Mas, quando começava a tocar "música lenta", a festa acabava para mim. Os rapazes saíam correndo, tropeçando uns nos outros, para chamar Clarice para dançar. E eu, na maioria das vezes, ficava esquecida num canto. Não me achava bonita, e pensava que era por isso que não conseguia chamar a atenção dos rapazes.

Mas, como "para todo pé descalço há sempre um chinelo velho", de uma só vez apareceram dois pretendentes: Rodrigo e Gilvan. Dois colegas do colégio com os quais fiz amizade e que viram algo de especial em mim. Acabei escolhendo o Rodrigo, que namorei por quatro anos, dos catorze aos dezoito. Um primeiro amor muito especial e repleto de amizade. Ele era o filho caçula de uma família de seis filhos e apenas um ano mais velho que eu. Tornou-se, além de namorado, um grande amigo e confidente. Coloriu minha vida, um companheiro e tanto. Alguém que me questionava, me abria os olhos para quão estranho era o comportamento da minha mãe e que me dava forças para buscar meios de melhorar minha dura realidade.

As dificuldades, em razão da nossa situação financeira sempre precária e das manias da mamãe, ficaram menos pesadas a partir do meu namoro. Era muito bom ter alguém com quem trocar ideias sobre situações por vezes tão complexas. Naquela época, a "lavação de roupa" já tinha se tornado uma responsabilidade exclusivamente minha. O ponto positivo foi o fato de que a maior parte do "ritual" acabou ficando por minha conta, então era possível acelerar o processo. A participação da mamãe passou a ser somente no final.

À medida que fui crescendo, comecei a argumentar com mamãe que eu já sabia direitinho quais eram os passos para lavar a roupa do jeito que ela gostava. A "novela" da lavação à moda de dona Pietá começava com tirar a água suja das roupas e colocá-las de molho na água com sabão. Mamãe dizia que, se não tirássemos a água suja, o sabão não pegava. Depois de algumas horas de molho, era a hora de esfregar. Cada peça tinha que ser esfregada "de cabo a rabo", assim, meus dedos ficavam em carne viva, o que deixava Rodrigo furioso.

Após a "esfregação", era hora de passar as águas na roupa. Esse processo era repetido *sete* vezes. Era nítido que na quarta vez a água já estava no ponto de beber, mas não adiantava dizer isso à mamãe. Com o tempo, fui sendo autorizada a passar as duas primeiras águas, depois a terceira, a quarta... Mas o máximo que consegui foi ter a autorização para passar até a sexta água. A sétima tinha que ser passada com a presença da mamãe, que nunca atendia aos meus chamados de forma imediata. Assim, eu sempre ficava esperando por ela ao lado do tanque.

As lágrimas brotavam nos meus olhos. Minha vontade era gritar, mas isso só pioraria as coisas. Ouvir reclamações tirava mamãe do prumo, e, quando isso acontecia, as consequências eram imprevisíveis. Quando ela ficava nervosa, gritava sem parar, e o caos se instalava. A vizinhança reclamava e eu me sentia péssima.

— Meu Deus do céu! Onde o Senhor está que não vê meu sofrimento? Meu marido, que jurou me amar e me proteger, deu nossa filha! Eu nem posso vê-la! Não posso conviver com a filha que gerei! Foi a minha pior gravidez. Tive que comer sem sal durante os nove meses e hoje nem sei como minha filha está!

Aquelas palavras cortavam meu coração, eu me sentia sangrar por dentro. Embora fosse sofrido presenciar esses escândalos, eu entendia minha mãe. De fato, era uma dor imensa. Era, sim, um absurdo o que tinham feito com ela. Sempre que mamãe dizia essas coisas, eu chorava muito e tinha uma raiva imensa do meu pai e dos meus tios e tias. Minha reação era abraçar mamãe e dizer que a amava, até que ela se acalmasse.

Para evitar todo esse sofrimento, fiz um pacto silencioso de sempre atender aos pedidos da minha mãe, de não questionar e fazer todo o esforço para mantê-la tranquila. Mas Rodrigo, sempre que chegava e via meus dedos em carne viva, ficava muito nervoso.

— Isso é um absurdo! Por que a Clarice não pode dividir com você essa lavação de roupa?

— Calma, Benzinho. A Clarice é responsável pelo almoço. Além disso, não daria certo. Clarice é muito nervosa, e essa tarefa exige paciência. Mas fique tranquilo. Eu dou conta. Fico feliz de ver que você se preocupa comigo!

Clarice teve o azar de ter como primeira paixão um rapaz do signo de escorpião. Vitor morava na mesma rua que a vovó Zita. Era um moço bonito, alto e que parecia gostar muito de Clarice. Mas escorpião era o signo do meu pai, e, por isso, minha mãe tinha verdadeiro pavor das pessoas nascidas sob esse signo. Chegava a ser divertido vê-la iniciar uma conversa com alguém desconhecido. A pergunta sobre o aniversário da pessoa era sempre uma das primeiras.

Quando eu e Clarice queríamos que a pessoa fosse "aprovada" por mamãe, ficávamos torcendo para que a resposta não compreendesse o período de 23 de outubro a 21 de novembro. Quando isso acontecia, o melhor era desistir daquela amizade. Eu me lembro do Vitor dizendo para ela:

— Dona Pietá, eu amo a sua filha! Me deixe namorar a Clarice! Eu juro para a senhora: se pudesse, eu trocava de signo. Como faço pra provar que não sou uma pessoa ruim?

Mas a mamãe não dava bola. Com o Vitor, a Clarice não podia namorar de jeito nenhum, porque ele era de escorpião e isso dizia tudo sobre ele. Assim, os dois tiverem que desistir do romance.

Clarice namorou muitos rapazes. Era uma moça linda e por isso teve vários pretendentes. Mas seus namoros duravam pouco. Eu continuava firme com Rodrigo e minha irmã não conseguia se firmar com ninguém. Aquilo parecia incomodar muito a mamãe.

~

A situação financeira continuava bastante precária, o que fez Clarice pedir emprego numa loja de roupas. Engraçado é que ela sempre foi muito vaidosa e praticamente todos os meses, na hora de receber, ficava devendo, porque não resistia a comprar as roupas da moda que a loja vendia. A minha forma de ajudar foi dar aulas particulares para um menino chamado Allan. Eu tinha catorze anos e Allan tinha sete. Sua mãe trabalhava o dia todo e não tinha tempo de acompanhá-lo nos deveres da escola, então eu o ajudava a fazer a lição, treinar leitura e estudar matemática. Quando chegava o fim do mês, a mãe do Allan pagava pelo meu trabalho, só que era a mamãe que recebia o dinheiro. Aquilo me incomodava um pouco, mas o jeito era me resignar, porque a necessidade de dinheiro era grande.

Papai continuava indo pouco para casa. Sempre que vinha passar um fim de semana conosco, reclamava muito de que seu salário era pequeno, mas que pelo menos ele tinha trabalho e morava na casa do dono da loja, que era seu amigo, e, por isso, não precisava pagar aluguel. E assim a gente vivia: com uma ajuda mínima do papai, as aulas particulares que eu dava para o Allan, o pequeno lucro das vendas de cosméticos da mamãe (já que o Yakult passou a ser vendido nos supermercados) e o salário dela como balconista em uma loja do bairro onde morávamos.

Embora com os "tostões" contados, mamãe fez questão de que eu e Clarice tivéssemos a clássica "festa de quinze anos", realizadas no Oásis Clube. Nessa época, vovô Estevão já não morava mais com vovó Zita; separou-se dela e foi viver com outra mulher. Vovó sofreu muito com isso, mas tocou a vida. Quando alguém perguntava pelo vovô, ela dizia, com profunda tristeza no olhar:

— Estevão me deixou após trinta e cinco anos de casados para morar com a amante. Mas ele foi um homem correto. Me deixou com a casa e dá uma pensão para os meninos que ainda são menores de idade...

Mesmo com dificuldades financeiras, vovó Zita continuou pagando a mensalidade do clube, pois sabia que ali estava nossa única opção de lazer.

O dinheiro escasso foi causa de desapontamento tanto para mim quanto para Clarice em ambas as comemorações. Chegamos a pedir à mamãe para não fazer as festas, mas foi em vão. Ela quis fazer e fez, da forma que nossa precária condição permitiu.

— Mãe, a senhora mandou imprimir apenas quarenta convites para a minha festa, mas a lista de convidados é de cem pessoas. Como vamos fazer?

— Coloque no verso: "Este convite é válido para X pessoas". Pronto, será o suficiente.

Apesar de todo o esforço da mamãe, as duas festas foram "um mico só". Entretanto, quando eu olhava para ela, a sensação que tinha era a de que tudo parecia perfeito. Ela se mostrava orgulhosa de conseguir proporcionar às filhas tudo o que as outras meninas da mesma idade tinham. Na visão dela, não havia diferença alguma. Hoje, na altura dos meus sessenta anos, vejo valor e beleza nesse sacrifício. Dentro das limitações financeiras e de lucidez, minha mãe, na sua visão lúdica de vida, fez o que estava ao seu alcance para nos proporcionar as mesmas alegrias de que nossas amigas desfrutavam.

As lembranças da minha festa de quinze anos são bastante parecidas com as da festa da Clarice, com dois acréscimos. Meu vestido — confeccionado pela mãe do Rodrigo, minha sogrinha na época — era de musseline branco com dois babados no peito e dois na barra: um de tecido vermelho e outro de tecido azul-marinho, ambos com poás brancos. Das catorze amigas que foram convidadas para dançar a valsa, sete fizeram seu vestido com o tecido vermelho e as outras sete com o tecido azul-marinho — ideia da mamãe que traz a ela belas recordações e orgulho até hoje.

A outra lembrança não é feliz como a do meu vestido: o atraso do papai para a valsa. Ele continuava morando em outra cidade, e no meu aniversário só chegou após a meia-noite.

— Calma, Benzinho! Seu pai vai chegar pra dançar a valsa com você, fique tranquila. Ele já deve estar quase chegando. Ah, e você está linda com esse vestido — Rodrigo fazia de tudo para me acalmar.

Aquilo me fez rir e foi fundamental para que eu mantivesse a calma e a confiança de que papai chegaria a tempo para dançar a valsa comigo. Deu meia-noite e ele não chegou, mas, quinze minutos depois, eis que o vejo entrar esbaforido pela porta de vidro do Oásis Clube. Fui ao seu encontro emocionada, com lágrimas nos olhos.

— Pai! Nem acredito que você chegou!

E logo o DJ anunciou no microfone que a valsa estava prestes a começar. Todos os catorze casais já aguardavam posicionados, as moças com uma rosa vermelha na mão. Mamãe escolheu para a valsa com o papai a clássica "Danúbio Azul".

As lágrimas cismavam em cair no meu rosto. Eu não acreditava que estava ali, dançando com meu pai. Em seguida, a "Valsa do Imperador", que dancei com Rodrigo, o meu Benzinho. Nessa hora, fomos passando perto de cada casal. Eu recebi a rosa de cada amiga até formar, em minhas mãos, um buquê com as catorze rosas.

A décima quinta rosa foi entregue por mamãe e, logo após, todos os casais dançaram comigo e com Rodrigo na pista. Uma lembrança linda que guardarei para sempre no meu coração.

~

Enquanto meu namoro com Rodrigo continuava firme, Clarice se frustrava a cada breve relacionamento. Isso parecia irritar a mamãe que "se vingava" implicando com o meu namorado constantemente. Clarice começava a namorar e já tinha permissão para sair com o rapaz que nem sabíamos direito quem era. Ao contrário, eu e Rodrigo não podíamos ir à pizzaria da esquina sozinhos. Isso, de certa forma, criou um clima muito negativo no meu namoro e deixava Rodrigo extremamente irritado. Até que, enfim, Clarice firmou namoro com Júnior, um rapaz do bairro que, infelizmente, não caiu nas graças da mamãe. Uma tempestade estava por vir...

Uma nova etapa

O término do ciclo no colégio me trouxe um misto de sentimentos, alguns bons, outros ruins. As festividades de formatura foram compostas de missa, colação de grau e baile, tudo preparado com muito zelo e capricho. A formatura de magistério era um evento importante, quase tão importante quanto a graduação de curso superior. Isso porque, diferente do segundo grau, as formandas do magistério estavam concluindo um curso que lhes habilitava a exercer uma profissão: a de professora de crianças ou adultos até a quarta série do ensino fundamental. Eu sempre tive muita facilidade no trato com crianças, e a possibilidade de trabalhar em uma escola infantil me deixava feliz.

Integrei a comissão de formatura e por isso participei de todas as decisões relativas às três festividades. Definimos que cada formanda entraria na igreja de braço dado com o pai. Todavia, por mais que eu tenha insistido com meu pai, ele não compareceu. E, como a missa foi a primeira celebração, até o último minuto, antes de formarmos a fila para entrar na igreja, eu ainda mantinha viva a esperança de que meu pai chegaria para entrar comigo, como chegou a tempo da minha valsa de quinze anos. Só que, dessa vez, ele realmente não apareceu. Quando a fila de formandas estava formada, a professora Madalena viu que eu estava sozinha e falou:

— Seu pai não veio?

Só consegui fazer um "não" com a cabeça, para evitar que as lágrimas começassem a cair.

— Não se preocupe! Vou arrumar um oficial bem engomado para entrar com você.

Em dois minutos lá estava minha querida professora de Educação Física com um oficial de farda, impecável, que ofereceu seu braço para entrar comigo.

Já a colação de grau foi realizada no auditório do colégio, e, nessa ocasião, tive um momento de muita emoção. Ao chamar meu nome para a entrega do diploma, o mestre de cerimônias complementou:

— Ivanice Maria dos Santos, que, além do diploma, receberá uma lembrança oferecida pelo Colégio Tiradentes da Polícia Militar de Minas Gerais pelo primeiro lugar no curso de magistério, formandas de 1979.

Foram muitos aplausos, gritos e assobios de todos os presentes, principalmente das minhas amigas de quase uma década. Quantas coisas vivemos juntas...

Por fim, o baile de formatura foi a última festividade, e nele me senti plena e feliz. Rodrigo estava comigo e ele tinha o dom de espantar qualquer tristeza que pudesse se atrever a se aproximar.

Já na primeira segunda-feira após a formatura, tomei a decisão de arrumar um emprego com carteira assinada. Era preciso começar a ganhar algum dinheiro o quanto antes. Não dava para esperar o ano letivo de 1980. Além disso, embora formada, eu ainda não tinha experiência de magistério, e, com certeza, não seria tão fácil conseguir trabalho na área de educação.

Vesti a roupa que havia usado na missa de formatura, calcei o mesmo par de sapatos, passei um batom e ajeitei o cabelo com um pouco de creme para reduzir o volume. Peguei a sombrinha, pois chovia sem parar, e disse a mim mesma:

— Vamos à luta, Ivanice! Hora de ir ao primeiro shopping da cidade. De lá, você só volta com um emprego!

Depois de uma longa viagem, porque o shopping era mais longe do que eu imaginava, finalmente cheguei ao meu destino e fiquei encantada com o que vi. Era a primeira vez que eu entrava num shopping na minha vida. Eu não conseguia parar de sorrir. Certamente, quem passou por mim naqueles instantes deve ter ficado intrigado com o motivo da minha felicidade.

Passado o deslumbramento inicial, voltei o pensamento para meu objetivo: só sair dali com um emprego. Respirei fundo, ajeitei as madeixas, aproveitando o espelho de uma vitrine, e entrei na primeira loja de roupas femininas que vi.

— Bom dia! Meu nome é Ivanice. Eu posso falar com a gerente?
— Está falando com ela.
— Eu acabei de me formar no segundo grau. Na verdade, cursei o magistério, mas optei por tentar arranjar um emprego no comércio porque tenho experiência nessa área.
— Você tem experiência comprovada na carteira de trabalho?
— Não. Eu já trabalhei várias vezes na época do Natal em uma loja do meu bairro, mas nunca tive a carteira assinada. Eu me saí muito bem e minhas funções eram...
— Obrigada, Ivanice, mas aqui só contratamos com experiência comprovada na carteira de trabalho — a gerente me interrompeu de forma abrupta.

Aquela resposta curta e grossa foi como um tapa na cara. Agradeci àquela senhora pela atenção e saí rapidamente com um nó na garganta. Próximo à loja havia um banco de madeira comprido, bem bonito. Resolvi me sentar um pouco para me refazer do susto e renovar minhas forças. *Como terei experiência comprovada em carteira se ninguém confiar na minha capacidade e decidir me dar uma primeira oportunidade?* Mas não me deixei abater. Um sentimento de confiança encheu meu coração, e tive a certeza de que aquela carteira de trabalho seria assinada mais rápido do que eu poderia imaginar. Eu me levantei do banco decidida a tornar verdadeiro aquele sonho e entrei na loja mais próxima. Era uma loja de lingerie, por isso estranhei ao ver um homem no caixa. Dirigi-me a ele com um sorriso:

— Bom dia! Eu gostaria de falar com a gerente da loja.

— Bom dia! Sou o responsável pela loja. Pode falar comigo. Me chamo Roberto. Qual é o seu nome?

Senti uma grande simpatia por aquele senhor, que devia ter em torno de quarenta e cinco anos. Tinha a fala tranquila, calma, e demonstrava interesse em me ouvir. Tive a chance de falar sobre minhas experiências no comércio e também como professora particular. Ele se mostrou muito interessado pela minha história. Depois de uma conversa agradável, falei com ele sobre minha determinação de encontrar um emprego naquele dia:

— Falei para mim mesma que só pego o ônibus de volta quando conseguir um emprego.

— Então pode ir para o ponto do ônibus! Quero você como nossa funcionária. Você está com seus documentos aí?

Minha voz custou um pouco a sair, tamanha a alegria.

— Estou sim!

— Vou ligar agora para o departamento pessoal, aqui está o endereço.

— Nossa! Obrigada demais, senhor Roberto! O senhor não imagina o quanto estou feliz!

— Que coisa boa! Funcionários felizes atraem clientes. Você começa amanhã.

Se eu cheguei ao shopping sorrindo, na saída estava quase dando gargalhadas. Por mais que eu tentasse, não conseguia parar de sorrir. Percebi que algumas pessoas que passavam por mim me olhavam de forma estranha, como querendo entender o motivo daquela alegria toda. E eu até contaria para cada um, mas tinha que correr. Fui direto para o endereço do departamento pessoal da loja para oficializar minha contratação.

A funcionária foi muito gentil e me explicou cada detalhe da vaga. No final, sorrimos uma para a outra, peguei a sacola com os uniformes e fui embora. Não via a hora de chegar em casa e contar para a mamãe a novidade.

— Mãe, a senhora não vai acreditar! Arrumei um emprego!

— Arrumou um emprego? Mas como? Onde?

Contei a ela minha maratona daquele dia, mas a reação de alegria que eu esperava não veio.

— No shopping, Ivanice? É longe demais! Não vou ter um pingo de sossego. Ainda mais você saindo do trabalho às dez da noite.

— Calma, mãe! Vai dar tudo certo! O ônibus passa aqui perto de casa. Eu preciso trabalhar para comprar roupas e sapatos, e, além disso, em fevereiro do ano que vem, caso eu não seja aprovada no vestibular da Universidade Federal, vou fazer minha matrícula num cursinho pré-vestibular. Quero muito fazer um curso superior.

— Para que curso superior, Ivanice? Sua irmã se formou tem um ano, não fez pré-vestibular nem está fazendo curso superior. Mesmo assim, conseguiu emprego no banco e está feliz.

— Não, mãe. Não quero ter apenas o diploma de magistério. Adoro estudar. Vou fazer um curso superior. Acho que tenho poucas chances de passar no vestibular de primeira, mesmo assim vou fazer as provas. Se eu não passar, servirá como um treinamento.

— Que bobagem... Eu não vou ter sossego enquanto você não chegar do trabalho. Para que isso, meu Deus?

Resolvi não responder. Começar uma discussão com mamãe sempre era algo muito complicado. E um final feliz era improvável. Eu me voltei para dentro e comemorei comigo mesma a grande vitória daquele dia: meu primeiro emprego com carteira assinada.

~

Acordei no dia seguinte sentindo uma alegria imensa. Depois do café, a primeira providência foi escrever uma carta para Rodrigo para contar a grande novidade. Naquela época ele estava trabalhando em outra cidade. Por isso, nosso meio de comunicação eram as cartas.

Por volta das 11h30, esquentei meu almoço numa pequena frigideira. Clarice deixava sempre pronto na geladeira o arroz e o feijão. Fritei um ovo, cortei um tomate e me senti degustando uma ceia de Natal. Saí de casa feliz, cheia de expectativas com meu primeiro dia de trabalho.

Cheguei ao shopping a tempo de postar a carta na agência dos Correios que ficava no primeiro piso. Entrei na loja dez minutos antes do início do meu expediente. A gerente era uma moça de uns vinte e oito anos, muito simpática, chamada Nilma. Ela me apresentou a todas as colegas e pediu que uma delas mostrasse tudo para mim e me desse apoio no início.

Foi um primeiro dia de trabalho de muito aprendizado e movimento no comércio, visto que o Natal estava próximo. Tive que pular feito pipoca para dar conta, mas, no fim do expediente, o sentimento era de dever cumprido, embora eu estivesse muito cansada. Ao chegar em casa, logo me preparei para deitar. Dormi o "sono dos justos". Dos justos e felizes!

~

Minha passagem pela loja, nessa primeira experiência profissional, não foi tão duradoura, mas foi muito feliz. No mês de dezembro, embora eu tenha iniciado no dia 18, consegui ficar em terceiro lugar entre as vendedoras, o que me rendeu uma boa comissão. Janeiro e fevereiro também foram bons meses para venda. Com isso, meu salário estava além do esperado.

Ao longo dos meses, me uni cada vez mais à equipe, criando boas amizades, trabalhando bastante e sonhando com o futuro.

Como eu imaginava, não consegui ser aprovada na Universidade Federal. Quando começaram as aulas do pré-vestibular, minha rotina ficou extremamente pesada. As aulas eram no período da manhã. Eu saía do cursinho correndo, fazia um lanche rápido no meio do caminho, pegava o ônibus com destino ao shopping e lá ficava até as dez da noite. A hora do jantar era aguardada com ansiedade. Eu comia bem rápido e voltava para a loja para descansar um pouco. Sábado era o pior dia. Eu rezava para conseguir um lugar para sentar no ônibus. Assim, ia e voltava dormindo, quando minhas orações eram atendidas.

No cursinho, a sensação era a de que a maioria dos professores falava grego. Nas aulas de Química, Física, Biologia e Matemática, por vezes eu sentia vontade de chorar e pensava: *Onde eu estava enquanto todas essas pessoas aprendiam tudo isso, meu Deus?* A questão era que o curso de magistério tinha foco nas didáticas para o ensino a crianças de primeira a quarta série. Por isso, muitos conteúdos do cursinho eram novidade para mim, situação que me rendia alguns vexames sempre que eu fazia perguntas que demonstravam meu despreparo.

Por mais que eu gostasse de trabalhar na loja, aquela rotina pesada estava interferindo até no meu humor. No comércio, é comum pessoas que entram nas lojas, olham tudo, dão o maior trabalho para o vendedor e não compram nada. No começo eu lidava com isso na maior tranquilidade. Entretanto, quando comecei a me sentir exausta, por vezes sentia vontade de chorar quando alguém assim cruzava meu caminho.

A entrada no cursinho mexeu muito comigo. Talvez eu não estivesse conseguindo lidar com o fato de ter recebido o prêmio de melhor aluna do curso de magistério e, de repente, me ver como alguém que não entende grande parte das matérias.

No último domingo do mês de abril, o cursinho realizou um simulado bem parecido com um vestibular de verdade. Eu já havia passado pela experiência do vestibular no início do ano, quando percebi nitidamente que, se não procurasse um cursinho pré-vestibular, minhas chances de ingressar numa faculdade seriam quase nulas. Após o péssimo resultado que obtive no simulado, precisei tomar uma decisão importante: se quisesse passar no vestibular, teria que arranjar tempo para estudar. Só assistir às aulas não era suficiente.

Na segunda-feira, no intervalo do cursinho, liguei para o senhor Roberto e agendei uma reunião. Eu precisava falar com urgência e pessoalmente. Ele concordou em me receber. Saí correndo do cursinho e, em poucos minutos, já estava no escritório dele, no mesmo local do departamento pessoal. Como era de costume, o senhor Roberto me ouviu com atenção, sem interromper nem demonstrar pressa. Depois que concluí minha fala, ele apenas disse:

— Não posso me recusar a ajudar alguém que quer crescer. Passe na sala do departamento pessoal. Vou ligar e pedir para prepararem o seu aviso-prévio. O seu acerto não será tão significativo, mas já vai ajudar até que consiga um trabalho com carga horária menor. Assim você poderá estudar.

— Obrigada, obrigada e obrigada! Não vou esquecer nunca o quanto o senhor me ajudou. Que Deus lhe retribua em bênçãos todo o bem que o senhor faz para as pessoas.

O mês de maio passou voando. Fiz boas vendas em razão do Dia das Mães, e o acerto final me surpreendeu de forma positiva. Chegou o meu último dia na loja, e ficaram vários aprendizados, boas lembranças e muita gratidão.

Foco nos estudos
(ou quase...)

No dia 2 de junho já assisti às aulas do cursinho no turno da noite, na mesma sala que a Clarice. Ela também havia iniciado o pré-vestibular logo após o carnaval. Depois que concluiu o segundo grau, Clarice ficou um ano sem estudar. Mas, ao perceber que eu estava a todo vapor, resolveu retomar os estudos.

Passar a frequentar o pré-vestibular à noite me trouxe um novo ânimo. Os alunos dos cursos noturnos normalmente trabalham o dia todo, e a sensação que tive foi a de que os professores consideram esse fato e desaceleram um pouco o ritmo das aulas. Com certeza eles também já estão com a energia mais escassa nesse turno.

Naquela época, Clarice continuava firme o namoro com Júnior, para tristeza da mamãe. Júnior não era do signo de escorpião, mesmo assim não caiu nas graças de dona Pietá. Por causa desse namoro, as discussões entre mamãe e Clarice tornaram-se frequentes. Mamãe tinha realmente um gênio difícil e gostava de comandar a vida de todas as pessoas. Nessa ocasião, cismou que Clarice tinha que namorar um rapaz que frequentava o Oásis e que havia flertado com ela. Mamãe achava o rapaz parecido com o Elvis Presley, e aquilo bastou para que fosse o escolhido, não da Clarice, mas dela para a filha. Nesse burburinho, apareceu o Júnior para estragar os planos da mamãe. Clarice tinha um gênio diferente do meu. Ela enfrentava a dona Pietá, enquanto eu me acovardava. Quanto mais a mamãe implicava com o namoro, mais o relacionamento dos dois se fortalecia. Assim, brigas homéricas aconteciam entre as duas.

Numa noite de Carnaval, estávamos indo para o baile do Oásis. Mamãe caminhava à frente da Clarice e do Júnior. De repente, ela cismou que o Júnior ia aproveitar aquela oportunidade para "rezar" nas costas dela, ou seja, causar algo de ruim. Então, passou a caminhar atrás dos dois. Mas Júnior era muito engraçado e disse que ele também não queria correr o risco de ela "rezar" nas costas dele. Sugeriu então que o justo seria que eles caminhassem lado a lado. Quando mamãe se posicionou ao seu lado, ele, que estava com o braço nos ombros da Clarice, fez um gesto de brincadeira com a mão e falou bem alto: *Saravá!*.

Para azar do coitado, sua mão esbarrou no rosto da mamãe e ela começou a gritar, dizendo que ele tinha dado um tapa no rosto dela. Em meio à confusão, passou uma viatura policial e pronto: mamãe fez sinal para que eles parassem e se queixou aos policiais que o Júnior havia estapeado seu rosto. Foi um furdunço daqueles. Os policiais quiseram ir para cima do Júnior, enquanto eu, Clarice e Rodrigo tentávamos explicar a situação. Foi um custo até eles acreditarem na nossa palavra. Cada situação como essa deixava Rodrigo mais distante...

Voltando ao cursinho, uma noite chegamos e não havia dois lugares juntos para que eu e Clarice pudéssemos nos sentar. Vi um lugar vago e corri em direção a ele, antes que outro aluno alcançasse a carteira. Assim que me sentei, um moço lindo, de cabelo bem preto e muito liso, se dirigiu a mim e se apresentou.

Assim conheci Vladmir, e daquele dia em diante não desgrudamos mais. Ele era um rapaz muito gentil e extremamente inteligente. Contou para nós que tinha bolsa integral no cursinho porque havia participado do "bolsão" e acertado todas as questões. Contou com tanta simplicidade que parecia não se dar conta do quanto isso significava para duas formandas de magistério, ávidas por aprender pelo menos o suficiente para passar no vestibular. Quando ouviu essa história, Clarice foi logo dizendo:

— Nós não vamos mais desgrudar de você! Precisamos estudar com alguém assim. Quem sabe a gente aprende, nem que seja por osmose.

Rimos muito, e Vladmir respondeu:

— Podem contar comigo. Se quiserem estudar antes de as aulas começarem, podemos chegar um pouco mais cedo e ficar na sala de estudos.

Isso se tornou um hábito. Estudávamos sempre juntos nos dias de semana e também aos sábados.

— Vocês já escolheram para qual curso vão prestar o vestibular? — ele nos perguntou.

— Na verdade eu queria fazer Psicologia. — *Quem sabe assim eu consigo entender a minha mãe?*, pensei. — Mas, fora o gasto com a inscrição, tem ainda a despesa com o laudo, que é obrigatório. Então estou pensando em fazer Comunicação Social. Gosto muito de escrever. Eu ia amar trabalhar em um jornal ou uma revista.

— Eu quero fazer qualquer curso, desde que eu passe no vestibular. Quero ter um diploma de curso superior. Qualquer um — Clarice respondeu. — E você?

— Vou tentar Medicina. Fiquei nos excedentes da Federal. Por pouco não passei.

— Você vai passar! É muito inteligente. Aliás, você bem que podia fazer parte da nossa família. Vou te apresentar para a nossa irmã caçula, Helenice. Tenho certeza de que você vai gostar dela — completou Clarice, já com planos em mente.

Naquela época, Helenice era uma mocinha com um estilo um pouco rebelde. Começou a namorar um rapaz mais velho que já tinha carteira de motorista e um carro. Muito de vez em quando ia à nossa casa nos visitar.

Pouco antes do vestibular, recebemos o convite de casamento de uma prima nossa. Clarice ligou para Vladmir e o convidou, pois seria a oportunidade de ele conhecer Helenice que, nessa época, estava livre e desimpedida. Já Rodrigo estava cada vez mais distante... Tinha brigado com a mamãe, que o viu passar de moto com uma moça na garupa e foi tirar satisfações:

— Rodrigo, vi você passando de moto outro dia aqui em frente de casa com uma moça na garupa. Que absurdo! Você tem quatro anos de namoro com a Ivanice. Que falta de respeito. Quem é essa moça?

— Não sei do que a senhora está falando, dona Pietá. Eu trabalho em outra cidade, como a senhora sabe. E vou te dizer mais uma coisa: não tenho que dar satisfação da minha vida para a senhora. Já estou cansado dessa perseguição.

Depois daquela discussão, notei que Rodrigo realmente se mostrou desanimado com nosso namoro. Talvez por isso no dia do casamento da minha prima ele não apareceu. Vladmir chegou cedo e fomos para o casamento: eu, ele, Clarice, Júnior, papai e mamãe.

Na festa, Clarice apresentou o possível casal. Vladmir gostou de Helenice, mas a recíproca não ocorreu. Ela não deu a ele, nem a nós, a menor confiança. Assim, acabou que eu e ele ficamos juntos naquela noite, conversando muito. Fiquei sabendo dos seus planos, da sua família, da sua terra... Ao final da festa, percebi que Vladmir tinha deixado de ser apenas um colega do cursinho: tinha se tornado um amigo muito querido.

No dia seguinte ao casamento, Rodrigo foi até minha casa. Assim que ele chegou, mamãe foi logo dizendo:

— Você "deu o bolo" na Ivanice ontem. Posso saber o que aconteceu? Saiu com a moça da moto?

Rodrigo nada respondeu. Era domingo. Já passava das quatro da tarde e ele precisava voltar o quanto antes para a cidade onde morava, porque trabalhava cedo na segunda-feira. Notei logo que ele tinha algo muito sério para me dizer e sugeri:

— Rodrigo, vamos lá para o portão. Assim podemos conversar sem a participação da mamãe.

Ao chegar ao portão, Rodrigo foi direto ao assunto:

— Ivanice, você sabe o quanto gosto de você. Estamos namorando há quatro anos. Nos tornamos adultos juntos, e você é a pessoa com a qual eu gostaria de passar toda a minha vida. Mas, quando penso que ficar com você significa ficar também com a sua mãe, confesso que não dou conta. Não quero isso para mim. Por isso resolvi que nosso relacionamento acaba aqui. Vou sofrer, vou sentir sua falta, mas acho que será melhor assim.

Senti as lágrimas caindo no meu rosto e, num misto de tristeza e raiva, só consegui dizer:

— Você não me ama. Se me amasse, não estaria terminando comigo.

— Eu te amo, sim, Ivanice. Mas o amor não dá conta de tudo.

Nessa hora, Rodrigo me abraçou de forma demorada. Depois saiu em direção à sua moto e foi embora. Entrei em casa correndo. Fui para o quarto e chorei muito. Chorei de tristeza, de raiva. Um vazio imenso tomou conta de mim durante algumas semanas.

Até que, num sábado, acordei determinada a "sair daquele lugar". Resolvi ligar para o meu querido *amigo*. No mesmo dia, Vladmir foi à minha casa. Demos o primeiro beijo e, na semana seguinte, engatamos um namoro!

E o vestibular? Bom, as provas se aproximaram e eu e Clarice decidimos prestar faculdades particulares para o mesmo curso: Comunicação Social. Conseguimos passar, mas acabamos cursando universidades diferentes, sempre com muito esforço para pagar a mensalidade e realizar nosso sonho de ter um diploma de curso superior.

Helenice retorna à família

Mamãe demonstrava muita alegria em relação ao meu namoro com Vladmir, que era, na sua visão, um ótimo partido. Como sempre, também naquela época, estávamos passando muito aperto financeiro e a simples expectativa de melhorarmos de vida enchia os olhos dela. Além de tudo isso, ele era bem mais "manipulável" do que Rodrigo. Tinha uma personalidade mais calma e flexível, e mamãe gostava muito disso, já que amava controlar a tudo e a todos.

Clarice me ajudou a conseguir uma vaga no banco em que ela trabalhava. O salário era suficiente para pagar a faculdade e ainda ajudar em casa.

Para minha surpresa, Vladmir desistiu de prestar vestibular para Medicina e optou (e passou) por Engenharia Civil. Nosso namoro estava no início quando, num sábado, ao chegar em casa após termos ido ao cinema, vi sobre a cama uma flauta e, perto dela, no chão, uma bolsa grande de viagem.

— Meu Deus! Não é possível!

— O que foi? — meu namorado perguntou.

— Você não faz ideia da importância do dia de hoje! Esta flauta pertence à Helenice. Minha irmã voltou para casa! — eu disse, pulando, gritando e sorrindo.

Assim que caminhei para a porta, ouvi a conversa alegre de mamãe, Clarice e Helenice, que vinham pelo corredor.

— Não estou acreditando! Você voltou para casa, Helenice! — comemorei com um sorriso de orelha a orelha, enquanto abraçava minha irmã.

— Voltou! — disse mamãe, na maior alegria. — E agora daqui ela só sai casada!

Rimos muito, com exceção de Helenice, que parecia meio perdida no ambiente. Depois que mamãe se comprometeu com meu pai a desistir de trazer Helenice para casa, só a víamos de vez em quando, tínhamos pouco contato. Mamãe acabou se resignando e tentava manter um relacionamento amigável com os irmãos do papai, para ver Helenice nas poucas ocasiões em que éramos convidados.

Aquele entardecer de sábado deveria ser, a princípio, o dia mais feliz da vida daquelas quatro mulheres. Mas, infelizmente, uma nova e não tão feliz etapa estava por vir.

Não demorou para que eu, mamãe e Clarice percebêssemos que o motivo da volta de Helenice não era o amor pela mãe e pelas irmãs ou a vontade de estar conosco. Devagarzinho, minha irmã foi deixando escapar que estava enfrentando problemas com os "pais de criação". Ela tinha um temperamento forte e, pelo visto, começou a bater de frente com meus tios ao querer ter uma vida bem livre aos quinze anos. Imagino que eles devem ter dado um ultimato a ela, que, assim, saiu de casa.

Os problemas não demoraram a aparecer. Helenice queria viver com muita liberdade. Comprava cigarros na venda perto da nossa casa, na conta da mamãe. Saía cedo para o trabalho e não tinha hora para voltar. Não dava nenhuma satisfação do que fazia, para onde ia, com quem estava. Enquanto isso, o regime imposto a mim e a Clarice, eu com dezoito anos e Clarice com dezenove, era bem mais rígido. Aquilo começou a gerar muitos conflitos. Além disso, Helenice estranhou as manias da mamãe. Principalmente a lavação de roupas cheia de rituais. Eu exigi que ela entrasse no rodízio da lavação, pois não era justo ela ter o posto de irmã e viver ali como hóspede.

Era nítido o desconforto de Helenice em nossa casa. Por mais que eu, Clarice e mamãe tentássemos agradá-la, ficava evidente o quanto ela estava estranhando nossa rotina e as manias da mamãe. Eu me lembro de que ela gostava de ficar descalça após o banho, e um dia, depois de andar horas assim pela casa, foi se deitar. Mamãe não concordou e a fez se levantar da cama para lavar os pés. Aquilo gerou uma discussão horrível, com as duas gritando uma com a outra. Para "ajudar", papai, que estava em casa naquele dia, vendo aquela confusão, foi até a porta do banheiro e disse para Helenice:

— Eu não te avisei que você não ia dar conta? Falta de aviso não foi.

Quando mamãe ouviu isso, gritou ainda mais. Comecei a chorar e a pensar no quanto um erro pode provocar consequências e mais consequências. Nunca consegui entender como aquela situação havia passado despercebida por toda a família do meu pai, inclusive ele mesmo. Por que ninguém imaginou as consequências que aquele erro traria para tantas pessoas e tantas gerações?

~

Tive certeza de que a passagem da Helenice pela nossa casa seria curta. O amor, a compaixão e a união entre as pessoas são uma construção diária, e não sanguínea. Helenice não cabia mais naquele "quebra-cabeça". Tinha outro formato, um que foi sendo construído ao longo dos anos. Do dia para a noite ela não seria capaz de absorver aquela estranha família, embora fosse a *sua* família.

As semanas passaram e, dia após dia, eu percebia que aquele retorno tinha os dias contados. Por mais que fizéssemos de tudo para agradar nossa irmã, era nítido o desconforto dela naquele lugar que não era o seu. Naquele ano, no dia 31 de dezembro, Helenice e mamãe combinaram de se encontrar numa loja para comprar uma roupa para o Réveillon. Certamente, além de dar palpite na escolha, característica muito forte da minha mãe, ela também queria limitar o gasto da Helenice, que parecia não entender nossa realidade financeira. Mamãe estava feliz com a novidade, já que aquele seria o primeiro Ano-Novo que ela passaria junto com as três filhas. Na minha imaginação, eu já podia vê-la, radiante, apresentando a filha caçula para todo mundo. Mas, como sempre, mamãe se atrasou para sair de casa.

— É bem capaz de a Helenice não me esperar. Ela está de pirraça. Também, não podia ser diferente, considerando por quem ela foi criada.

Fiquei torcendo para que mamãe conseguisse logo um ônibus e chegasse em tempo de encontrar com Helenice no horário combinado. Mas, depois de umas quatro horas, eu e Clarice começamos a ficar preocupadas com a demora das duas. Um sentimento ruim tomou conta do meu coração. Passados mais alguns minutos, ouvi os passos de Helenice correndo pelo corredor. Com o semblante muito assustado, ela abriu a porta e disse:

— A mãe foi atropelada. Vamos lá fora ajudar. Ela está na ambulância.

Minhas pernas fraquejaram. Pensei que cairia. Clarice saiu correndo e Helenice foi atrás. Vladmir já estava lá em casa, porque a programação era que ele fosse passar o Réveillon conosco no Oásis Clube. Ele, vendo meu estado, me abraçou e me deu seu braço para que eu conseguisse chegar até o portão.

Dois enfermeiros estavam tirando mamãe da ambulância numa maca. Vladmir ajudou, e, em alguns minutos, ela estava sobre a cama de casal, com gesso que ia do busto até a região da virilha. Um dos enfermeiros passou para Helenice as receitas dos remédios. Saíram rapidamente, e eu soube, então, a razão daquele aperto no peito que eu estava sentindo.

Foi uma passagem de ano profundamente triste, com mamãe nos contando que, na correria, com receio de se desencontrar da Helenice, esqueceu de que a rua era mão dupla. Olhou apenas para um lado e de repente voou para o alto. Disse que o motorista que a atropelou prestou toda a assistência, levando-a para o pronto-socorro.

Passadas algumas horas da chegada da mamãe, ela começou a sentir fortes dores e, nada paciente, disparou a culpar o papai pelo que tinha acontecido, como era de praxe. Dali se seguiram dias muito complicados, com muitas acusações e dores físicas (por parte da mamãe) e emocionais (por parte das filhas) — apesar de que Helenice praticamente não se manifestava.

Entre as manias da mamãe, uma chamava muito a atenção: a mania de limpeza. Mamãe não só lavava as mãos de cinco em cinco minutos como dava essa ordem a todos que estivessem por perto. Imagine só como isso se tornou exagerado estando ela acamada e sendo cuidada por outras pessoas. Eu, Clarice e Helenice nos revezávamos nos cuidados, mas dona Pietá reclamava das dores e da sorte o tempo todo, pois teria que ficar com o gesso por quarenta dias. Com o passar do tempo, descobriu que, com a nossa ajuda, era capaz de se levantar da cama para ir ao banheiro, o que facilitou muito, embora ela ainda não conseguisse se limpar.

No início, os dias pareciam ter quarenta e oito horas cada um. Depois de uns dez dias, mamãe passou a ficar deitada no sofá e, com isso conseguia assistir TV, o que a deixava mais calma. Assim, o período diário parecia ter "apenas" trinta e seis horas. Até que, lá pelo vigésimo dia após o acidente, voltaram a ter vinte e quatro horas.

Num sábado em que estávamos eu, mamãe e Helenice em casa, eu estava no tanque lavando roupa quando percebi que as duas estavam discutindo. Pensei em não interferir, mas os ânimos foram ficando tão exaltados que fechei a torneira e corri para a sala. Não consegui entender o que havia provocado a discussão, pois quando cheguei na sala só ouvi Helenice gritando:

— Eu não dou conta! Eu não consigo viver aqui! É muita loucura!

Ao que a mamãe respondeu, também aos gritos:

— Helenice, eu sempre quis que você voltasse pra casa. Sempre lutei e rezei por isso. Mas imaginei que depois de crescida você voltaria por amor, por mim e pelas suas irmãs. Se não foi isso que te trouxe de volta, então pode ir embora!

Nessa hora, mamãe já estava de pé, e, mesmo desequilibrada por causa do gesso, conseguiu impedir que Helenice abrisse a porta. Minha irmã, porém, foi em direção à janela e a abriu com muita rapidez, sem que nada pudéssemos fazer. Pulou para fora e, em questão de segundos, alcançou a rua. Mamãe gritou muito:

— Helenice! Helenice! Não vai embora, por favor!

Mas de nada adiantou. Helenice tinha seu lugar na família, mas seu formato não a deixava caber ali. Eu tinha certeza de que ela não voltaria. Abracei mamãe com força e a fiz se sentar no sofá, dando tempo para que ela se acalmasse e repetisse todo o discurso de sempre.

— Tudo isso é culpa do seu pai.

Os casamentos das filhas

Aos poucos, nossa família foi se acostumando com o triste desfecho daquele breve retorno de Helenice à nossa casa. Quando mamãe tirou o gesso, foi como se tivesse tirado o mundo das minhas costas. Mesmo não seguindo as recomendações médicas para sua recuperação, ficou mais calma. Mamãe é dona de uma personalidade muito forte e nunca fez nada, absolutamente nada, que não fosse da sua vontade.

Passados alguns meses do retorno da Helenice para a casa dos meus tios, eis que num sábado à tarde fomos todos surpreendidos com a visita dela e de seu namorado. Ela estava alegre e, ao entrar, foi logo nos apresentando o rapaz. Num dado momento, minha irmã deixou o namorado conversando com Vladmir e com Júnior e pediu para nós quatro irmos para a cozinha. Chegando lá, foi logo ao assunto:

— Tia Pietá...

Mamãe logo a interrompeu:

— Eu já te falei mil vezes que eu não sou sua tia. Sou sua mãe e não vou aceitar nunca que você me chame de tia.

— Desculpe. Eu me esqueço. Mãe, eu vou precisar que a senhora e que o tio Dinei — era assim que ela se referia ao papai — assinem no cartório para que eu possa me casar.

— O quê? Casar? Mas quanto tempo de namoro você tem com esse rapaz?

— Mãe, eu estou grávida. O Fernando vai se casar comigo. Ele é um ótimo rapaz. Já contamos para as nossas famílias e já está tudo certo. Como sou menor de idade, preciso da assinatura de vocês dois.

Era nítido o susto da mamãe, mas ela não disse nada. Apenas falou que Helenice estava com sorte, pois papai estava em casa naquele fim de semana. Quando ele chegou na cozinha, depois de ter sido apresentado para Fernando, mamãe foi logo dizendo:

— Valdinei, Helenice precisa que a gente vá com ela ao cartório na segunda-feira de manhã. Ela vai se casar com o Fernando e nós precisamos assinar.

Papai arregalou os olhos, mas nada perguntou. Satisfeitos, os "noivos" foram embora, nos deixando com muitos pensamentos.

Na segunda-feira, resolvi ir com mamãe e papai ao cartório. Achei que seria prudente para evitar qualquer atrito. Ao chegarmos, Helenice e Fernando já estavam lá. Rapidamente foram atendidos, e mamãe e papai assinaram os papéis. Papai logo se despediu, dizendo que iria pegar um ônibus na rodoviária para conseguir chegar ao trabalho logo após o horário do almoço. Fernando também saiu rápido, pois precisava ir direto para a faculdade. Ficamos eu, mamãe e Helenice, conversando sobre o casamento religioso, que estava se aproximando.

No dia da cerimônia, papai estava de terno claro, acho que se sentindo o pai da noiva. Tio Vander, da mesma forma, num terno cinza. Clarice percebeu aquilo e foi esperar o carro que traria Helenice até a porta da igreja. Vi quando o carro chegou, mas não quis participar da conversa. Minutos depois, Clarice entrou na igreja com Júnior logo atrás.

— O que você disse para ela? — perguntei.

— Eu disse que, já que ela não aceitou a sugestão de colocar os nomes dos dois pais e das duas mães no convite de casamento, quem sabe poderia ao menos entrar com o papai até a metade da igreja e, depois, o papai a passaria para o tio Vander, que a levaria até o noivo. Ficaria até bonito, visto que basicamente foi isso que aconteceu. Acho que o papai está com a expectativa de que vai entrar com ela, porque ele está lá fora.

Poucos minutos se passaram até que começou a tocar a Marcha Nupcial e a noiva apareceu na porta da igreja de braço dado com tio Vander. Papai entrou pela lateral, meio sem graça. Eu e Clarice trocamos olhares e por certo tivemos o mesmo pensamento.

~

— Esse rapaz não vai te fazer feliz, Clarice! Meu coração não pede pra você se casar com ele. — As brigas da mamãe com a Clarice por causa do namoro da minha irmã com Júnior tornaram-se constantes.

— O meu coração é que tem que pedir ou deixar de pedir qualquer coisa que diga respeito à minha vida. Eu gosto dele e vou me casar com ele, a senhora querendo ou não.

As discussões começavam assim e se tornavam brigas horríveis, com muita gritaria e palavrões por parte da Clarice. Minha irmã sempre conseguiu fazer o que eu não tinha forças: enfrentar mamãe.

Clarice marcou o noivado e disse que iria receber alguns amigos. Mamãe, possessa, disse que não participaria da festa, e cumpriu a promessa. No sábado, os noivos prepararam tudo sob o olhar de desprezo de dona Pietá, que nada dizia. Júnior foi para casa se aprontar e Clarice tomou banho, colocou sua melhor roupa e ficou à espera dos amigos. Anoiteceu e mamãe continuou emburrada. As pessoas foram chegando e se acomodando na nossa pequena sala. Quando todos chegaram, Clarice foi até o quintal, onde mamãe estava, e disse:

— Júnior já vai pedir a minha mão ao papai. A senhora não vai mesmo participar?

— Não, não vou.

— Sem problemas.

Clarice era forte e decidida. Se aquela situação estivesse acontecendo comigo, decerto eu iria chorar e pedir pelo amor de Deus para mamãe ir até a sala. Clarice simplesmente deu de ombros, e o noivado transcorreu normalmente, sem a presença da mamãe, que ficou no quintal até todos irem embora. Júnior e Clarice eram só sorrisos. Eu assistia a tudo aquilo e me perguntava por que eu tinha nascido Ivanice, e não Clarice.

Logo após o noivado, o casal começou a se preparar para o casamento. Clarice dava andamento a tudo, e, a cada dia que passava, mamãe apertava o cerco, brigando e brigando, na tentativa de fazer Clarice terminar o noivado. Um dia, quando a discussão ficou bastante acalorada, minha irmã reagiu de forma totalmente inesperada:

— A senhora está perdendo o seu tempo. Eu e o Júnior já estamos casados. Já está tudo consumado. Toma aqui a certidão de casamento para a senhora parar de me atazanar. — Clarice tirou da bolsa um documento, jogou sobre a mesa e continuou: — Isso é uma cópia, claro, mas leia! Sua filha já está casada! Isso é para a senhora aprender que quem manda na minha vida sou eu. Sou maior de idade, trabalho, pago as minhas contas. Tenho o direito de escolher o meu destino.

— Não é possível! Você está mentindo! Você não pode ter feito isso comigo! Eu não acredito! — mamãe repetia enquanto fazia barulho de choro, mas sem derramar uma lágrima sequer.

— Pois pode acreditar! Já sou esposa do Júnior e pronto!

Clarice disse isso e saiu para o trabalho, deixando mamãe "chorando" e aos gritos:

— Não pode ser verdade. Meu Deus do céu! Essa menina quer acabar comigo. Ela quer me matar!

Curiosa, saí correndo atrás de Clarice e consegui alcançá-la no ponto do ônibus.

— É verdade? Você e o Júnior já estão casados?

Clarice deu uma gargalhada e disse:

— É mentira! Eu usei uma certidão de casamento de outro casal, passei corretivo nas informações, coloquei meu nome e o nome do Júnior e fiz uma cópia. Mas você está proibida de contar para a mamãe. Deixe-a amargar essa raiva até se acostumar com a ideia.

O ônibus apontou. Clarice deu o sinal, entrou e, da janela, tornou a dizer:

— Guarde a sua língua na boca! Não conte nada para a mamãe.

Fiquei de boca aberta, mas logo me lembrei de que Clarice sempre dizia que eu tinha esse defeito: língua grande. Tudo eu contava para mamãe. Mais nova, eu achava que isso era uma qualidade. Com o tempo, foi se revelando um baita defeito.

No dia seguinte, Clarice contou para mamãe que a certidão de casamento era falsa. Disse que havia feito aquilo para pôr fim às discussões. Afirmou para mamãe que iria se casar com Júnior e que já estavam providenciando tudo. Dali em diante, até o dia do casamento religioso, mamãe não brigou mais com Clarice nem deu qualquer palpite em relação aos preparativos.

Depois do acidente e do retorno de Helenice para a casa dos meus tios, mamãe tomou a decisão de se separar legalmente do papai. E me incumbiu de dizer a ele que ela queria o desquite. Por um lado, eu achava que aquela conversa deveria ser dos dois e que eu não tinha nada a ver com o assunto. Por outro, pensei que eles poderiam brigar e que a coisa podia terminar em violência. Então decidi, novamente, acatar o pedido de minha mãe. Foi uma conversa triste e difícil, mas, no fim, papai concordou; no casamento de Clarice eles já estavam oficialmente separados.

E enfim chegou o tão sonhado dia do casamento da minha irmã e Júnior! Ela estava deslumbrante, eu estava arrasada. A sensação de passar a morar sozinha com mamãe me apavorava, pois a presença de Clarice me dava a sensação de que eu tinha alguém com quem contar. Com a saída dela de casa, meu pressentimento era o de que as coisas ficariam bem mais difíceis para o meu lado.

E assim eu desabei na cerimônia. Por mais que tentasse, não conseguia conter o choro. E era um choro alto, soluçado e sofrido, que acabou fazendo Vladmir me levar para fora da igreja.

— Calma, Ivanice. Não fique assim. Sua irmã está só se casando...

Mas eu sabia que as coisas não seriam fáceis. Sabia que, sendo só eu e mamãe na casa, com um emprego e uma faculdade para conciliar, muitos desafios se mostrariam pelo caminho.

A solidão chega para todos

Em meio à rotina corrida de casa, trabalho e faculdade, meu namoro com Vladmir seguia morno. Nós nos víamos somente nos fins de semana, e, naquela época, a comunicação por telefone era difícil. Além disso, eu sentia que a irmã dele não ia muito com a minha cara. Um dia, perguntei ao Vladmir, e ele, de certa forma, confirmou minhas suspeitas:

— Não é que minha irmã não goste de você. Mas ela é contra eu firmar namoro agora, no início da faculdade. Ela acha que isso pode tirar o meu foco dos estudos.

— Então você quer terminar comigo? — eu disse rindo, de brincadeira.

Para minha completa surpresa, ele disse, secamente:
— Quero.

Fiquei sem chão e comecei a argumentar com ele. Não fazia sentido terminar nosso namoro porque a irmã dele não me aceitava. No fim, ele concordou comigo e resolveu "manter tudo como estava", mas algo tinha mudado em mim. Além de não conseguir esquecer aquela conversa, vi murchar meu entusiasmo em relação ao nosso namoro.

Coincidentemente, na mesma época, um antigo amigo do colégio, da época em que me interessei por Rodrigo, cruzou novamente o meu caminho. Gilvan era um rapaz muito inteligente e determinado. Havia passado alguns anos fora do país e voltara para o Brasil homem feito, maduro, com um inglês impecável e cheio de histórias para contar. Gilvan não era dotado de grande beleza, mas era encantador! Nossas conversas sempre me deixavam confiante e cheia de esperança em dias melhores. Passamos a nos encontrar de vez em quando em uma lanchonete, perto do meu trabalho. Ao lado dele, eu estava sempre aprendendo algo novo.

Gilvan se amava e se achava lindo, sabia do próprio potencial e não esmorecia com seus problemas de saúde. Tinha uma doença degenerativa nos olhos, que poderia deixá-lo cego, mas não se vitimizava com isso nem sofria por antecipação. E esse jeito de ser foi me cativando até que resolvi terminar meu namoro com Vladmir e desfrutar, sem nenhuma culpa, daquela companhia que estava me fazendo tão bem.

Porém, quando mamãe percebeu que eu e Vladmir havíamos terminado, ficou brava. Mamãe achava mesmo que ele era um ótimo partido, e, além disso, Vladmir tinha um estilo com o qual ela adorava conviver: alguém fácil de ser influenciado.

Num sábado, combinei com Gilvan de ele ir lá em casa. Eu queria ver qual seria a reação da mamãe. Queria saber se ela estava pronta para aceitar meu namoro. Porém, nem eu esperava uma reação tão ruim como a que ela teve.

— Então, a Ivanice terminou o namoro por sua causa?

— Acho que não, dona Pietá. Penso que foi por causa dela mesma — disse Gilvan, com ar de ironia, o que deixou mamãe ainda mais afetada.

— Ivanice está fazendo curso superior. Você está fazendo o quê, por acaso?

— Estou trabalhando na recepção de um hotel, dona Pietá. Mas tenho planos de ir para os Estados Unidos. Falo inglês fluente e, indo para lá, com certeza conseguirei crescer.

A sensação que tive foi a de que a resposta deixou mamãe ainda mais nervosa. Penso que ela teve receio de que, se meu namoro com Gilvan vingasse, no futuro eu acabaria indo embora com ele para os Estados Unidos. O fato é que, logo após a fala do meu possível pretendente, mamãe saiu de si.

— Vai embora! Saia já daqui! Eu não quero esse namoro e nunca aceitarei você! Deixe minha filha em paz e suma da vida dela!

Gilvan saiu assustado, e mamãe foi atrás dele, como que o tocando para fora. Eu tentava em vão fazê-la parar com aqueles desaforos, mas ela parecia não me ouvir. Ele foi embora, e eu voltei para casa chorando. Ainda por cima, tive que ouvir mamãe falando sem parar na minha cabeça. Resolvi nada responder. Nada que eu dissesse a faria mudar de ideia. Quando mamãe implicava com alguém, podia esquecer. Nada a fazia reconsiderar sua opinião, era inútil discutir com ela.

Na segunda-feira, Gilvan passou no banco depois do expediente. Queria conversar comigo e me levou de carro até a faculdade. Disse que, por ele, formalizaríamos nosso namoro e que estava disposto a enfrentar qualquer coisa para ficar ao meu lado. Foi maravilhoso ouvir aquilo! No fundo, eu me sentia muito só. Passamos a nos encontrar durante a semana. Ele me levava e me buscava na faculdade. Eu percebia que mamãe estava estranha, quase não falava comigo.

Às quintas-feiras eu tinha apenas os dois primeiros horários. Então marquei com Gilvan de ele me buscar na faculdade para comermos uma pizza e passarmos algum tempo juntos, já que não podíamos nos ver aos sábados e domingos. Saí da faculdade e fiquei aguardando em frente à escola. Após uns vinte minutos do horário combinado, vi o Fusca branco do Gilvan se aproximando. Assim que o carro parou, abri a porta e quase desmaiei. Ele estava com o rosto e a camisa ensanguentados.

— O que foi isso, meu Deus? O que fizeram com você?

E ele, com a serenidade de sempre, parou o carro num local seguro e começou a me contar a história. Ele chegou um pouco antes do combinado e, assim que estacionou o carro bem próximo da faculdade, viu Vladmir se aproximar. Gilvan me contou que os dois começaram a discutir, pois ele não aceitou a acusação de Vladmir de que teria "roubado sua namorada". A discussão foi ficando acalorada e os dois acabaram partindo para as vias de fato. Vladmir era mais forte e terminou por levar a melhor. A briga só acabou quando alunos da faculdade, notando a confusão, correram para separar os dois.

Fiquei arrasada e sem entender como Vladmir havia chegado àquele ponto. Ele era um homem bom, amável, e, até então, jamais havia demonstrado ser capaz de se envolver em uma briga corporal. Pedi ao Gilvan que me deixasse perto de casa e que fosse para a casa dele cuidar daqueles ferimentos. Assim que entrei, minhas suspeitas se confirmaram: lá estava Vladmir, conversando com mamãe. Ele demonstrou surpresa ao me ver chegar. Decerto queria ter saído antes da minha chegada. Não tive dúvidas: aquela história tinha o dedo de dona Pietá. Ela sempre foi uma pessoa ardilosa e estrategista, que não admitia perder uma batalha. Seus desejos viravam quase uma obsessão.

Todas as peças se encaixaram. Aposto que ela encheu a cabeça do Vladmir, com certeza mexendo com os brios de macho dele. Depois daquela noite, só falei com Gilvan mais uma vez, quando ele me contou que agora a mãe dele também se opunha ao nosso namoro e que, então, era melhor nos afastarmos.

A solidão foi ficando cada dia pior, e mamãe surtando dia após dia. Procurei Vladmir e propus reatar nosso namoro.

~

Numa manhã, ouvindo o rádio, uma notícia chamou minha atenção. Um famoso compositor e cantor da época estava realizando uma seleção de jovens cantores e dançarinos para montar o elenco de um musical. Resolvi participar, e, para minha surpresa, embora eu não fosse nem bailarina nem cantora, passei na seleção e comecei a ensaiar um musical maravilhoso com um grupo de mais de trinta pessoas.

Acho que Deus colocou esse musical na minha vida como um estepe. Foi uma época de muito cansaço físico, mas de muitas amizades, muita cantoria e muitas alegrias. Fora de lá, eu vivia uma fase péssima com mamãe. Algo de novo aconteceu na vida dela, e eu e Clarice chegamos a pensar que ela finalmente iria se sentir feliz e assim ficaria mais tranquila, mas foi exatamente o contrário...

Mamãe estava com quarenta e quatro anos. Era uma mulher jovem, cheia de vida e de curvas. O que atrapalhava eram os surtos, as cismas, as superstições, os escândalos, as paranoias, o autoritarismo... Nessa época ela se reencontrou com Délio, um ex-namorado, um sujeito estranho que passou a jantar em nossa casa com frequência dizendo-se e se comportando como amigo da mamãe.

Délio me olhava de forma indecifrável. Penso que aquilo provocava ciúme na mamãe. Por certo ela também devia achar que ele não a tratava como namorada em respeito à filha solteira que ela tinha em casa. O fato é que a obsessão da mamãe passou a ser meu casamento. O assunto era só esse.

— Você e Vladmir precisam se casar. Já estão namorando faz tempo. Namoro demorado é muito perigoso. Vai que acontece alguma coisa? Suas irmãs já se casaram. Está mais do que na hora de você e Vladmir se casarem!

Eu dizia a ela que Vladmir ainda demoraria para se formar, que a família dele não concordaria com o casamento, mas de nada adiantava. Nossas brigas ficaram tão frequentes que tomei a decisão de alugar um barracão junto com tia Graça, que havia se separado do marido, e sair da companhia da mamãe.

No princípio, tive a impressão de que mamãe havia gostado da ideia de ficar só. Talvez ela tenha imaginado que Délio acabaria indo morar com ela. Mas, passados uns trinta dias da minha mudança, começou o inferno de dona Pietá.

— Você tem que voltar para casa. É um absurdo você ter vindo morar com a Graça. Eu sou sua mãe. Você é muito má! Eu estou sozinha. A pensão que o seu pai me dá não é suficiente. O Délio leva os mantimentos, mas eu tenho que pagar o aluguel, a luz e a água. O dinheiro não dá! Deixe de ser ruim!

Aquela conversa aos gritos acontecia todas as noites, após eu voltar da faculdade. Mamãe me esperava no ponto do ônibus. Quando chegávamos em frente ao barracão onde eu estava morando com tia Graça, a sensação era de que ela aumentava ainda mais o volume da fala. A caçula da minha tia tinha pouco mais de um ano e acabava acordando com os gritos da mamãe. Com isso, desisti e voltei a morar com ela. Lembro que tia Graça ficou muito chateada comigo. Ela me disse que passaria muito aperto, pois estava contando com minha ajuda no aluguel. Foi horrível, mas não vi outra saída...

Mesmo com minha volta, mamãe se mostrava muito nervosa. Acho que havia criado enorme expectativa de retomar o relacionamento amoroso com o ex-namorado, e a frustração de as coisas não terem saído da forma como esperava mexeu muito com ela. Délio frequentava nossa casa, mas não tinha dia certo. Várias vezes eu a ouvi dizer para ele:

— Por que você sumiu? Passou mais de dez dias sem vir aqui.

E a resposta dele era sempre a mesma:

— Já lhe falei, Pietá, não sou certo nem dou certeza.

Que ele não é certo está na cara, eu pensava. Délio era realmente um tipo muito estranho, mas passou a ser a obsessão da minha mãe. Quando ele não aparecia, ela surtava, fazia escândalos e gritava. Tanto que fomos ameaçadas de sermos expulsas de onde estávamos morando.

Procurei desesperada uma nova moradia, até que encontrei um apartamento sendo alugado por um senhor muito simpático. O aluguel era barato e o imóvel, embora bem simples, era bom. A aparência do prédio me incomodou um pouco, mas eu já havia morado em tantos lugares piores que não tive dúvidas. Nosso "atual" locador aceitou que nos mudássemos sem pagar a multa de rescisão, afinal o que ele queria era sossego. Em menos de dez dias, nova mudança de endereço e novas expectativas de melhora.

O musical do qual participei ficou em cartaz por três semanas. Ao final, senti um vazio enorme. Durante os ensaios, e também nas apresentações, eu tinha a sensação de que era conduzida para uma realidade paralela, na qual as dificuldades, os gritos e o choro eram substituídos pelas risadas, pela música e pela poesia.

Formada e ainda não casada

Depois da formatura em Comunicação, minha turma não quis fazer baile. Todos optaram por uma viagem. E eis que numa sexta-feira à noite, em plena avenida mais movimentada da cidade, lá estávamos nós, partindo para nosso "retiro espiritual". A grande maioria das pessoas estava levando bastante bebida alcoólica, que começou a ser consumida antes mesmo de pegarmos a estrada.

Para minha tristeza e vergonha, antes que o ônibus partisse, dona Pietá chegou esbaforida e foi logo dizendo em alto e bom som, fazendo cessar as conversas dos colegas:

— Ivanice, eu não quero que você vá nessa viagem! Isso é um perigo! Esse bando de jovens cantando e fazendo arruaça dentro do ônibus vai distrair o motorista e isso não vai terminar bem.

— Mãe, já conversamos em casa sobre a minha ida. Não vou desistir e não estou fazendo nada de errado. Não sei por que a senhora insistiu em vir aqui. Tenho vinte e um anos, trabalho, pago minhas contas, ajudo em casa, sou uma filha exemplar, tenho o direito de me divertir, e por isso vou entrar nesse ônibus e fazer essa viagem com os meus colegas, com a sua aprovação ou não.

— Que absurdo! Você me maltratando na frente dos seus amigos! Eles devem estar horrorizados com o seu desrespeito comigo.

Meus colegas conheciam bem as histórias de dona Pietá, suas manias, suas paranoias e seu foco excessivo em tudo o que me envolvia. Eu sabia que o sentimento dos meus colegas ao acompanhar aquela cena era exatamente o contrário. Sempre fui uma pessoa muito aberta. Por isso, e também como forma de desabafo, quando a situação ficava insustentável, eu sempre contava aos meus colegas os meus enfrentamentos. Eles custavam a acreditar, mas me davam força para que eu reagisse e não permitisse aquela opressão.

Entretanto, eu acabava sempre fazendo o que minha mãe queria. Chorava, xingava, espernava, mas fazia, e ela sempre saía vencedora. Só que, naquele dia, uma força tomou conta de mim, e eu a enfrentei. E mamãe não teve alternativa a não ser aceitar. Quando o ônibus saiu, ainda pude ver pela janela a cara fechada dela, e imaginei que, mesmo calada, ela estava dizendo em pensamento uma frase que tantas vezes ouvi: "Você me paga, Ivanice!". Resolvi contrair essa dívida, achei que valia a pena.

Depois desse enfrentamento e de ter saído vitoriosa, a alegria tomou conta de mim e fui só sorrisos da sexta-feira à noite até o domingo, no final da tarde, quando o ônibus nos deixou no mesmo ponto de onde havia partido. A viagem foi maravilhosa. Foram três dias de gargalhadas, amigos e eu, pela primeira vez, agindo como uma jovem. Voltei com a alma lavada, renovada, mas ainda assim sem estar preparada para o que estava por vir.

~

Mamãe continuava no firme propósito de me convencer a me casar o quanto antes.

— Vocês já estão noivos. Já compraram o jogo de quarto, o fogão e a geladeira. Não precisam de mais nada por enquanto. Vocês já têm três anos de namoro. O que estão esperando?

— Mãe, o Vladmir está na metade do curso. Ganhamos pouco. Não queremos nos casar desse jeito. Compramos esses móveis a prestação, de tanto que a senhora insistiu, mas não temos nenhuma condição de casar agora.

— Você me odeia! Você é uma péssima filha! Não gosta de mim, nunca gostou. Nunca faz nada que eu te peço. É um absurdo! Eu não tenho direito a nada nessa vida, vim ao mundo só pra sofrer.

E assim começava mais um escândalo, com muita gritaria e muito barulho. Eu não sabia mais o que fazer. Resolvi então encurralar Vladmir e, naquela noite, coloquei-o contra a parede.

— Vladmir, eu não estou mais dando conta. Preciso mudar minha vida. Caso contrário, vou enlouquecer. Vamos marcar logo a data do casamento. Podemos nos casar no final de setembro. Teremos três meses para organizar tudo. É tempo mais que suficiente.

Vladmir interrompeu minha fala:

— Quero terminar o noivado!

— O quê? Você está brincando comigo...

— Não é brincadeira. Quero terminar. Não posso me casar agora. Estou na metade do curso. Meus pais são contra esse casamento assim, às pressas. Eu não vou me casar e comprar uma briga com minha irmã e com meus pais.

Naquele momento, fiquei sem palavras. As lágrimas começaram a descer pelo meu rosto e, depois de um tempo de silêncio triste, eu disse:

— Você tem certeza da sua decisão? Se disser que sim, vou chorar apenas uma noite e vou tocar a minha vida. É isso mesmo que você quer?

— É isso que eu quero.

Aquela resposta foi como uma facada. Um misto de tristeza e raiva invadiu meu coração e eu o mandei embora. Ele se levantou do sofá decidido e não olhou para trás. Fechei a porta e caí na cama em prantos. Só então mamãe parou de assistir à novela e me perguntou:

— Vladmir já foi? O que aconteceu? Vocês brigaram?

— A gente terminou o noivado, mãe. Ou melhor, ele terminou comigo.

— Mas não é possível! Vocês estão namorando faz três anos. Ele não pode...

— Pode, sim! Ele pode fazer o que quiser.

Mamãe ficou furiosa! Contava com aquele casamento nos próximos meses, provavelmente esperando que assim Délio oficializasse o relacionamento deles, mas eu nada podia fazer. Depois de chorar bastante, levantei, tomei um banho e me preparei para dormir. Dormir sempre foi minha fuga predileta. Além disso, o dia seguinte era "dia útil" e eu precisava trabalhar.

~

Uma semana depois, após um dia de muito movimento, assim que terminou o expediente bancário, como de costume, fechei meu caixa e fui oferecer ajuda ao pessoal da tesouraria. Quando já eram quase seis da tarde, um colega começou a assoviar "Pétala", do Djavan. Nessa hora, fui imediatamente transportada para as lembranças da viagem de formatura. Lembrei que tinha cantado essa música com Pedro, um rapaz que estava hospedado no mesmo local com os pais e que se juntou ao nosso grupo para tocar violão e cantar conosco. Pedro havia me passado seu telefone — porém, como eu estava noiva, não tive interesse em ligar.

Na mesma hora, peguei minha bolsa para ver se o papel com o número ainda estava lá, e sim, junto de alguns cartões de loja, lá estava ele! Corri para o telefone, e meu coração logo acelerou ao ouvir um "alô".

— Pedro?

— É ele. Quem está falando?

— Aqui é Ivanice. Não sei se você se lembra de mim. A gente se conheceu há...

— Há algumas semanas. Você estava com a turma da faculdade comemorando a formatura, não é? É claro que lembro de você! Como está?

— Tudo bem! Não vou poder falar muito porque estou usando o telefone do trabalho, mas estou ligando porque você disse que um dia podíamos tomar um café. Queria convidá-lo para ir à minha casa.

Pela sua resposta, tive plena certeza de que Pedro entendeu que eu havia terminado o noivado. Ele demonstrou alegria na voz e foi logo dizendo:

— Claro! Vou hoje mesmo. Qual é o seu endereço? Por volta das oito horas chego lá. Esse horário está bom pra você?

~

Saí do banco com um ânimo novo. Corri até o ponto de ônibus, torcendo para conseguir chegar em casa bem rápido. Ao entrar, vi que mamãe estava vendo novela.

— Mãe, eu conheci um rapaz naquela viagem que fiz com os colegas da faculdade. Ele toca violão muito bem e canta também! É muito simpático. Acho que a senhora vai gostar dele. Ele vem aqui às oito. Vou à padaria comprar algo pra comermos, não se preocupe.

Às 20h10, nossa campainha tocou. Dei uma última conferida no meu cabelo no espelho do armarinho do banheiro antes de abrir a porta.

— Oi! Como você está? Tudo bem?

— Melhor agora que estou revendo você — ele respondeu.

— Entra! Não repare a simplicidade.

— Eu amo coisas simples. Esta é sua mãe, não é?

Mamãe, da porta da cozinha, acompanhava o movimento. Quando Pedro foi em sua direção, ela fez uma expressão de desprezo. Mas ele era um moço muito gentil e foi logo completando:

— Agora vi de quem você herdou a sua beleza, Ivanice. Que linda é a sua mãe!

Mamãe, em que pese nossas dificuldades financeiras, sempre foi uma mulher extremamente vaidosa. E elogios a faziam derreter na hora. Depois daquela fala, mamãe se aproximou e estendeu a mão para ele. Foi logo perguntando se ele tocava violão, e ele, diante da melhoria de humor da mamãe, tirou a capa do instrumento e disse:

— Toco sim! Trouxe o violão pra gente cantar bastante hoje. Não vamos perder tempo — disse, começando a dedilhar algumas notas.

Foi uma noite maravilhosa, de muita conversa e muita cantoria, que só não durou mais porque às onze horas Pedro disse que precisava ir embora.

— Amanhã é dia de batente pra mim e também pra você, Ivanice. É uma pena termos que parar, mas, se dona Pietá não se importar, volto amanhã e continuamos de onde paramos.

— Venha, sim! Vamos esperar você! — respondeu mamãe.

No dia seguinte, Pedro voltou. E nos demais dias também. Na sexta-feira Pedro me fez uma proposta.

— Quer namorar comigo?

— Você está seguro disso? — respondi, em tom de brincadeira.

— Seguríssimo! Gostei de você desde o dia em que a conheci, e foi uma felicidade quando recebi sua ligação. O que acha? Sim ou não?

Sorri e disse:

— A resposta é sim! Mas só se você prometer tocar e cantar todos os dias para mim...

Ele me respondeu com um abraço muito apertado, seguido do nosso primeiro beijo. Por alguns minutos, parecia que tudo ia se acertar.

Limites ultrapassados

Quatro semanas se passaram sem que tenhamos ficado um único dia sem nos ver. Pedro trabalhava numa loja de decoração e terminava o expediente às seis, no mesmo horário que eu. Eu o aguardava na porta do banco, e no máximo às 18h20 lá estava ele. Foi um período em que me senti muito amada. Pedro sempre me fazia pequenas surpresas e agrados e demonstrava apreciar minha companhia.

Certa segunda-feira, ao chegarmos em casa, para minha alegria, mamãe disse que naqueles dias o Délio não passaria lá, pois estava viajando.

— Pedro, pega o violão no carro! Hoje vamos cantar muito!

E assim fizemos. Mamãe "entrou na roda" e cantou várias músicas. Até que, às 23h20, Pedro olhou para o relógio e se assustou:

— Meu Deus! Daqui a pouco vão chamar a polícia pra gente! Tenho que ir. Já está tarde. Vocês não precisam descer. Podem me olhar da janela.

Ele me deu um beijo no cabelo e desceu as escadas correndo. Assim que o carro saiu, mamãe me disse:

— Engraçado. Aquele que está lá na esquina, perto daquele poste, não é o Vladmir?

— Não estou vendo direito, mãe. Está escuro. Não deve ser ele, não.

Mas, à medida que Vladmir foi se aproximando, vi que realmente era ele. E qualquer dúvida foi embora quando o vi na porta do meu apartamento, com o semblante muito triste.

— Ivanice, quando me contaram que você estava namorando, eu não pude acreditar. Quis vir pessoalmente para ver se era verdade. Eu não posso te perder.

— Vladmir, você pode estar confundindo os sentimentos. Isso que está descrevendo parece muito mais com orgulho ferido, a sensação de ter sido preterido, rejeitado. Isso pode não ser amor.

— Não! Não quero correr o risco de perder você. Eu te amo. Pode marcar o casamento para o dia que você quiser. Pode marcar para daqui a um mês. Faço qualquer coisa para não perder você.

Aquela conversa durou mais de uma hora. Vladmir estava irredutível, e mamãe não resistiu e veio para a sala. A alegria estava estampada no rosto dela. Decerto, estava se sentindo vitoriosa. Pedi que Vladmir fosse embora, prometendo que conversaria com ele em alguns dias, mas mamãe me interrompeu.

— Dorme aqui, Vladmir. Você está chateado. Está muito tarde. É perigoso ir embora assim. Amanhã você acorda bem cedo, vai em casa, se apronta e segue para o trabalho — ela disse, e assim ele fez.

No dia seguinte, eu estava bem triste. Tinha certeza de que a pressão da mamãe voltaria com tudo. No fim do expediente, acabei me atrapalhando e demorei para sair do banco. Qual não foi minha surpresa quando, de longe, vi mamãe conversando com Pedro? A fisionomia dos dois denunciava claramente como havia se dado a conversa até então. Eu me aproximei do Pedro para lhe dar um beijo, mas não fui correspondida. Ele apenas disse:

— Vamos entrar no carro. Vou levar vocês em casa. É horrível ficar conversando aqui na rua.

Naquele momento tive uma raiva imensa da mamãe. Ela, mais uma vez, estava decidindo minha vida. Pensei em sair do carro, gritar com ela, mas me esforcei para não perder o controle. Assim que chegamos em casa, convidei Pedro para subir e conversarmos. Ele aceitou, mas foi inútil: só quem falava era mamãe. Ele olhava para mim como que querendo dizer que não estava entendendo nada, eu tentava explicar, mas logo era interrompida.

— Você não sabe, mas o relacionamento dela e do Vladmir já é bem sério. Ela vive na casa dele. Estou te falando.

— Mãe! O que é isso? A senhora sabe que eu jamais tive nada com o Vladmir.

Coincidência ou não, quando acabei de dizer isso, a campainha tocou. Abri rapidamente a porta e era Vladmir, que disse apenas:

— Vim buscar meu cinto que esqueci aqui essa noite.

Senti minha face ficar vermelha, não sei se de raiva ou de vergonha. Naquela época, manter a virgindade até o casamento era quase um pré-requisito. A impressão que ficou foi a de que eu já tinha um relacionamento conjugal com Vladmir, e isso com o conhecimento e o aval da minha mãe. Nesse momento, Pedro se levantou e saiu. Tentei falar com ele enquanto descia as escadas, mas foi inútil. A partir dali ele não olhou mais para mim, simplesmente entrou no carro e foi embora.

Subi as escadas correndo. Entrei no quarto, tranquei a porta e chorei rios. De vez em quando Vladmir batia na porta e dizia que precisávamos conversar. Mas eu me mantive irredutível.

— Vai embora! E leve o seu cinto! A gente conversa depois!

Quando ele finalmente foi embora, abri a porta do quarto e falei com mamãe:

— Estou horrorizada com o que a senhora fez hoje. A senhora passou de todos os limites. Como assim a minha própria mãe dizer para um homem que eu mantive um relacionamento sexual com o meu noivo só para fazê-lo desistir de mim? Que jogo sujo é esse?

— Ivanice, case-se com o Vladmir! Ele disse que você pode marcar o casamento para daqui a um mês. Ele gosta de você, é um ótimo rapaz, está fazendo um bom curso, você vai ter um bom futuro, vai ter casa própria, não vai precisar morar de aluguel, feito eu. Case-se com ele!

— Mãe, eu não sei se é isso mesmo que eu quero e...

— Ivanice! Case-se com o Vladmir! Eu já fiz tanto por você! O que te custa fazer isso por mim? Faça isso por mim, eu também mereço ser feliz!

Aquelas frases ditas aos gritos me tiraram o chão. Senti que minhas forças tinham chegado ao fim. Naquele momento, decidi me casar com Vladmir.

~

Vladmir foi informado pela irmã que as certidões para o nosso casamento haviam chegado. Fiquei bastante chateada quando ele me contou da conversa que tiveram:

— As certidões chegaram, mas não estou entendendo por que essa pressa para casar. Ivanice está grávida? — a irmã dele questionou.

— Não! Nunca tivemos nada um com o outro. A questão é que a dona Pietá está deixando Ivanice quase maluca. Ela é uma pessoa de temperamento estranho. Qualquer coisa que a contraria é motivo para fazer aquele escândalo. Ivanice está sofrendo, e, como a amo muito, quero livrá-la desse sofrimento.

— Mas isso não é motivo para casar. Você está na metade do seu curso! Papai e mamãe não estão felizes com a sua decisão.

— Mas está decidido! Vou casar com a Ivanice na data mais próxima que conseguirmos.

Quando Vladmir me falou sobre essa conversa, meus olhos se encheram de lágrimas. O ideal era que, num casamento, ambas as famílias envolvidas estivessem felizes. Mas ele me encorajou a prosseguir nos preparativos, e assim fui em frente.

Poucos dias antes de chegarem as certidões, consegui um emprego melhor em uma repartição pública, graças a um professor da faculdade que se tornou um grande amigo meu e de Vladmir, tendo inclusive sido convidado para ser nosso padrinho de casamento.

Infelizmente o banco não aceitou me demitir, então tive que pedir demissão. Já no dia seguinte, fui ao cartório dar entrada nos documentos para o casamento civil. Como sempre fui muito conversadeira, comentei com a atendente que eu e meu noivo estávamos bem apertados com tantas despesas que envolvem um casamento, e qual não foi minha surpresa quando a atendente me informou que uma das situações que permitiam a liberação do FGTS era justamente o casamento civil! Fiquei radiante! Aquele dinheiro viria em boa hora.

Com tudo encaminhado, faltava escolher o vestido de noiva. Achei que seria bom levar a mamãe, e, de lá, aproveitaríamos para comprar o enxoval.

Ao chegarmos à loja de noivas, contei para a atendente que me casaria num domingo de manhã e que, portanto, estava procurando um vestido simples, sem brilho e com um preço bem acessível. Ela trouxe algumas opções e eu logo me encantei por um deles. Vesti e parecia ter sido feito para mim.

Quando a atendente me informou o valor do aluguel, achei perfeito. Cabia bem no meu orçamento. Como seria locação de um vestido que a loja já possuía, o preço era bem melhor do que se eu quisesse fazer um vestido sob medida. Só que naquele momento mamãe surtou:

— De jeito nenhum! Você não vai se casar com um vestido que já foi usado por outra pessoa!

— Qual é o problema? O vestido ficou lindo em mim. Eu gostei. Além disso, o preço do aluguel está de acordo com o que eu posso pagar.

— Quanto ao fato de outra noiva ter usado, a senhora pode ficar tranquila. O vestido já foi higienizado e será entregue para a sua filha em perfeitas condições — explicou a atendente.

— Não! Não quero que você case com esse vestido, Ivanice! Você pode até escolher ir com ele, mas eu não vou ao casamento.

Mamãe disse isso e saiu da loja pisando duro. Um dos grandes arrependimentos que tenho na vida é a atitude que tomei naquele momento. Pedi uns minutos para a atendente, saí da loja e alcancei mamãe perto do elevador. Ela estava com a cara bem fechada, demonstrando muita raiva. Eu, com resignação, falei calmamente:

— Vamos voltar à loja, mãe. Explique para a moça como a senhora quer que seja o meu vestido de noiva.

Ela não titubeou. Deu meia-volta, entrou na loja com ares de vencedora e pediu para a atendente um papel e uma caneta, para desenhar o modelo que seria feito sob medida para mim, pelo dobro do valor do aluguel.

O papel rosa, um tipo bem usado naquela época pelas costureiras para fazer os moldes das roupas a serem confeccionadas, jamais saiu da minha memória. Posso visualizar o desenho feito pela mamãe todas as vezes que me recordo daquele momento. Ela desenhou com calma. A cara fechada deu lugar a um semblante feliz.

— Pronto! É assim que eu quero o vestido. Pode tirar as medidas da Ivanice.

A atendente me olhava, aguardando uma reação, mas eu só consegui dizer:

— Sim, pode tirar as medidas.

O último casamento

O domingo do casamento amanheceu ensolarado. Um dia lindo! Depois de ir até a casa da cabeleireira e fazer uns cachos no cabelo, peguei um táxi com toda a tralha típica de noivas e fui para o prédio do irmão do Délio, fazer algumas fotos. Clarice já estava lá com o buquê, do jeito que imaginei. Subimos para o apartamento, e a cunhada do Délio nos recebeu com imenso carinho. O apartamento era realmente maravilhoso, eu nunca havia entrado numa sala tão linda!

Fomos para o quarto de casal, onde Clarice me maquiou e depois, com cuidado para não sujar o vestido, me ajudou a entrar nele. Posicionou a tiara de flores em torno da minha cabeça e só deixou que eu me olhasse no espelho quando estava completamente pronta. Ao me virar para o espelho, fiquei grata à minha irmã por todo o cuidado, embora estivesse um pouco incomodada pelo vestido não ser o que eu havia escolhido.

Ao chegar à igreja, fiquei sabendo que papai ainda não estava lá. Uma prima me disse que ele tinha acordado passando mal e que não sabia se daria conta de ir ao casamento. Minha "caixa-d'água ocular" deu sinais de vazamento, mas Clarice foi logo dizendo:

— Sem choro! Não podemos estragar essa maquiagem.

Fiquei uns dez minutinhos dentro do carro, mas pareceram horas. No fim, as lágrimas deram lugar a um grande sorriso quando vi meu pai descendo de um táxi bem pertinho do carro em que eu estava.

A igreja era pequena, o que contribuiu para não ficar nítida a pequena quantidade de convidados. Por um instante, passou pela minha cabeça que eu havia sonhado com aquele dia de uma forma bem diferente, mas logo dei uma bronca na "Ivanice" interior e mandei ela seguir em frente.

O padre era estrangeiro, o que dificultava um pouco o completo entendimento do que ele falava. Além disso, minha sogra chorava de soluçar logo no primeiro banco, e aquilo tirou minha atenção. Cheguei a pensar em olhar para trás para ver se ela parava com aquela cena, mas não tive coragem. Não sabia se ela chorava de emoção ou de tristeza.

Após a cerimônia, recebemos os cumprimentos na porta da igreja e fomos para a casa da Clarice, que havia deixado adiantado um almoço para os noivos. Senti um baita alívio quando tirei aquele vestido, que parecia pesar mais de dez quilos. Almoçamos os cinco: eu, Vladmir, Clarice, Júnior e mamãe. Depois do almoço, ajudei na organização da cozinha e fomos para casa. Até aquele momento eu não havia feito a mala para a viagem de lua de mel.

Resolvemos seguir o conselho da mamãe e continuar morando no apartamento onde eu morava com ela. Desde que marcamos a data, comecei a procurar um barracão para onde ela pudesse se mudar, mas dona Pietá não gostava de nada. Dizia também que era bobagem ela se mudar antes do casamento, pois assim ficaríamos pagando dois aluguéis.

Com isso, chegou o dia do casamento e a realidade dos noivos era um apartamento lotado de móveis, dois fogões, duas geladeiras, embrulhos de presente para todo canto, roupas, caixas de sapatos e livros do Vladmir, tudo colocado em cima do sofá que compramos a "toque de caixa" dias antes da cerimônia.

— Mãe, pelo amor de Deus! Promete que durante esta semana em que estaremos viajando a senhora vai procurar um barracão e fazer a sua mudança. Eu quero voltar da lua de mel e colocar a minha casa em ordem.

— Está bom, Ivanice! Você já falou! Vou fazer isso amanhã mesmo. Vou procurar um lugar pra mim. É um absurdo, mas vou fazer isso.

— Absurdo coisa nenhuma. A Clarice tem a casa dela e a Helenice também. Elas não são melhores do que eu. Eu também tenho o direito de ter uma vida tranquila com o meu marido.

Vladmir e eu fomos para a rodoviária pegar o ônibus rumo a nossa lua de mel. Chegamos pela manhã. Nossa hospedagem era simples, mas bonita. Parecia uma casa no estilo colonial, com um grande quintal na frente. Havia uma piscina e algumas espreguiçadeiras, mesas brancas de plástico com cadeiras em volta. Sentamos ali, aguardando a liberação do quarto, sem ânimo para conversar depois da cansativa viagem.

Assim que entramos no quarto, senti Vladmir mais bem-humorado, e isso me fez bem. Deixei que ele tomasse o banho primeiro. Eu queria ajeitar minhas coisas, pegar na mala minha "camisola do dia", branca, longa, como era hábito a noiva se vestir na "primeira noite", que, no nosso caso, seria "dia". Vladmir tomou o banho e depois eu entrei no banheiro, levando minha camisola, uma calcinha sexy e um cheiroso creme para o corpo. Tomei meu banho com calma e me aprontei. Quando saí, Vladmir me aguardava sorrindo.

— Você está linda! E cheirosa!

Quando começamos a trocar as primeiras carícias, eis que alguém bateu na porta insistentemente:

— Sra. Ivanice! Desculpa incomodar vocês, mas sua mãe está ao telefone e disse que precisa falar com você.

Naquele momento, me arrependi de ter deixado com mamãe o telefone da pousada, mas já era tarde. O jeito era trocar de roupa e ir à recepção.

— Oi! Vocês chegaram bem? Fiquei preocupada. Você não me ligou.

— Mãe, acabei me esquecendo. Estamos em lua de mel. Chegamos bem. Pode ficar tranquila. Aproveitando que a senhora ligou, saiu cedo para olhar barracão, conforme a gente combinou?

— Lá vem você, Ivanice. Ainda não saí, não. Na verdade, ainda nem tomei café. Só ajeitei a cama, escovei os dentes e vim ao orelhão ligar pra vocês.

— Então, pelo amor de Deus, mãe! Assim que acabar de tomar o café, veja se vai até a imobiliária, por favor. Lá tem sempre muitas opções de barracão para alugar, e a senhora prometeu que ia ver isso hoje. Com certeza Vladmir não vai gostar nada de começar a vida de casado morando com a sogra.

Agradeci a recepcionista e voltei para o quarto. O clima havia sido quebrado. Ficamos juntos, mas sem muito romance e de forma bem rápida. No fundo, minha mente estava na dona Pietá...

~

A semana passou rápido. Fizemos amigos, conhecemos as praias da cidade, mas o clima de "lua de mel" não aconteceu no formato sonhado por uma noiva excessivamente romântica como eu. Na sexta-feira à noite, chegou a hora de voltarmos para casa. Fomos para a rodoviária e eu só pensava em como seria aquela nova fase. *Será que mamãe conseguiu se mudar?* Não quis tocar no assunto com Vladmir; o negócio era enfrentar o que estivesse por vir.

Ao chegarmos em casa no sábado, deparamos com a mesma confusão deixada uma semana antes: uma bagunça generalizada. Mamãe acordou com a gente abrindo a porta e se assustou, achando que ladrões poderiam estar invadindo o apartamento.

— E aí, mãe? A senhora acabou não se mudando, conforme eu já previa.

— Não deu, Ivanice. Eu cheguei a ir até a imobiliária, mas não tinha nenhum barracão com preço bom aqui no bairro. A moça que me atendeu disse que nessa época de Natal e Ano-Novo as ofertas são pequenas porque todo mundo está de olho nas festas. Vamos aguardar janeiro. Não vou atrapalhar vocês. Sou sozinha, e não sou criança. Não é possível que vocês vão me colocar na rua. Não se esqueça de que sou sua mãe.

Respirei fundo, fechei a porta do apartamento e comecei a pensar em como poderíamos fazer para deixar aquele lugar habitável de forma a conseguirmos passar nosso primeiro Natal e Ano-Novo com um mínimo de organização e tranquilidade. Meus pensamentos foram interrompidos pela fala do Vladmir:

— Eu preciso tomar um banho.

— Ai, meu Deus. Espera aí, Vladmir. Vou tirar minhas coisas do banheiro — disse mamãe.

Ela sempre foi uma pessoa cheia de manias e rituais para tudo. Como papai morou fora praticamente todos os anos em que eles estiveram casados, acho que havia se desacostumado com a figura masculina em casa. *Mas agora vai ter que se acostumar,* pensei. *Ou tomara que não se acostume e resolva ir logo para o canto dela.*

Vladmir deixou escapar um semblante de muita preocupação. Pedi calma a ele e fui ao guarda-roupa apanhar uma toalha para que ele pudesse tomar banho. Logo depois, começamos a tentativa de organizar nossa casa.

— Não mexe aí, Vladmir! Isso é meu. Ai, meu Deus! Que dificuldade — resmungou mamãe.

~

Passamos as festas de fim de ano e nossas primeiras semanas de casados exaustos e em meio à bagunça. Quando eu sentia que estava prestes a explodir, respirava fundo e pensava: *É por pouco tempo, Ivanice! Aguente firme!* Só queríamos que janeiro chegasse logo para que nossa "hóspede" fosse para a casa dela e nos desse condições de organizar nossas coisas e dar início à nossa fase de adaptação à vida de casados.

No dia seguinte ao Natal, eu e Vladmir voltamos a trabalhar. Resolvemos fazer nossa primeira compra de supermercado depois do expediente. Pela primeira vez na minha vida, entrei num supermercado e enchi um carrinho de compras. Pode parecer brincadeira, mas até aquele dia eu jamais tinha feito isso. Nós dois nos divertimos comprando um pouco além do básico e escolhendo pequenos itens que ainda faltavam na nossa casa. Quando dona Pietá nos viu entrando com tudo aquilo, foi logo dizendo:

— Ai, meu Deus! Onde vocês vão colocar tudo isso? Por que compraram tanta coisa? Que confusão! Isso é para me botar para fora daqui? Que inferno!

Nosso entusiasmo acabou ali. Vladmir foi para o quarto e fechou a porta. Eu fiquei na cozinha tentando organizar tudo e ouvindo as reclamações da mamãe. Tentava não responder para que não se tornasse uma briga, mas ela continuava surtada, e eu tinha a sensação de que iria enlouquecer, tamanha era minha raiva. Depois de respirar fundo muitas vezes, consegui colocar um pouco de ordem na cozinha, tomei um banho e fui me deitar.

~

No último dia daquele ano, uma notícia para renovar nossas esperanças. A vizinha me viu com mamãe, em meio ao ritual de lavação de roupas, e gritou:

— Dona Pietá! Seu genro Júnior acabou de ligar e pediu para avisá-la que a senhora é avó de um menino lindo! Parabéns para a senhora!

— Obrigada por avisar! Na verdade, é o segundo neto. Minha filha caçula é mãe de um menino que se chama Fernando, como o pai dele. Muito obrigada!

Mamãe ficou em polvorosa com a notícia e determinou que o processo de lavação de roupa fosse interrompido para que ela pudesse ir conhecer o neto. Embora fosse o segundo neto, acho que a sensação era como se fosse o primeiro, porque ela tinha pouco contato com Helenice e Fernando.

Depois do ritual de guardar as roupas, separando com plásticos para não manchar umas às outras, tomamos um banho e fomos conhecer meu sobrinho. Quando chegamos à maternidade, já era noite. Clarice estava linda, como sempre foi. Estava tentando amamentar o bebê, um menino forte, cabeludo e com cara amassada, como todo recém-nascido.

— Que coisa mais linda o meu sobrinho Bruno!

— Não é Bruno.

— Como assim? Você passou a gravidez inteira dizendo que se fosse menino se chamaria Bruno.

— Mas quando eu olhei pra ele vi que não tinha nada de Bruno. É Miguel! Ele tem cara de anjo.

Por um momento, pensei como eu gostaria de ser como minha irmã: decidida, convicta, segura. E logo em seguida passei a observar Miguel já sugando o seio da mãe, uma cena linda que jamais saiu da minha cabeça. Clarice, notando minha emoção, disse:

— Seu afilhado!

— O quê? É sério?

— Claro que é sério. Quero que você seja madrinha de batismo do Miguel. Eu e o Júnior já decidimos. Você será a madrinha, e o irmão do Júnior, o padrinho.

Eu estava extasiada com a notícia, mas mamãe mudou completamente a direção da conversa:

— Miguel? Não sei se gosto muito desse nome.

— Dona Pietá, quem tem que gostar são os pais da criança. Eu e Clarice gostamos muito — disse Júnior.

— Será que ele não está com frio?

— Ele está ótimo! O pediatra que avaliou o Miguel disse que ele nasceu muito saudável. Está tudo bem. Pode ficar tranquila, mãe. Eu e o Júnior vamos cuidar do seu neto direitinho.

Espero que Miguel seja tão corajoso quanto seus pais, pensei.

O início oficial da vida de casados

Depois de conhecermos o mais novo membro da família, e de ouvirmos Clarice e Júnior contando como foram os primeiros sinais da chegada do Miguel, as contrações e o estouro da bolsa, chamei mamãe para voltarmos para casa. O trânsito podia começar a ficar ruim, e ainda teríamos que pegar ônibus.

Foi uma passagem de ano feliz. Uma criança sempre traz muita luz para toda a família. Mamãe estava radiante com a chegada do neto, e eu, honrada com o convite para ser a madrinha.

Na primeira segunda-feira do novo ano, eu e Vladmir saímos para trabalhar e deixamos mamãe com a promessa de que, naquele dia, ela iria começar a procurar um barracão para mudar. Mas a promessa não foi cumprida, e as desculpas eram várias.

— Hoje foi um dia complicado. Liguei para a Clarice para saber como está o Miguel e fiquei preocupada, porque ela disse que ele está um pouco amarelinho. Deve ser icterícia. Com isso, fiquei sem rumo. Eu queria ir à casa dela, mas ela disse que de jeito nenhum, que ela precisa é de sossego, não da minha ajuda. Aí eu fiquei chateada e não consegui sair para nada.

Ou: — Por acaso estou atrapalhando vocês? Eu sou sua mãe, você esqueceu? Que absurdo! Fiz tanto por vocês, e agora sou tratada desse jeito. Sou mesmo sem sorte. Não tive sorte com o marido e agora sou tratada assim pela minha própria filha.

E: — Não posso ir amanhã "bem cedo", não! Não posso sair sem fazer as minhas necessidades, sem tomar banho, sem tomar café...

Assim, eu e Vladmir fomos levando ao longo de dois meses nossa "lua de fel". Durante a semana, mamãe nunca conseguia sair sozinha para procurar imóvel. Só tínhamos o sábado para isso, e, quando conseguíamos finalmente sair de casa, já passava das 10h30. Com isso, acabávamos conseguindo ver um único imóvel, porque a imobiliária fechava na hora do almoço. Mesmo nesse passo, seguimos, mas nenhum imóvel agradava mamãe. Todo barracão tinha um defeito. Um era em uma rua muito movimentada, com muita poeira de asfalto e barulho. O outro era em uma rua muito erma, deserta, e aquilo implicava risco de assalto e arrombamento da casa.

Quando já estávamos na metade do mês de março, Vladmir me disse:

— Você ainda não percebeu? Sua mãe não quer se mudar. Ela quer ficar aqui, morando com a gente. Vamos ter que mudar a estratégia com ela. Você vai dizer a ela que a gente decidiu que nós é que vamos nos mudar. Ela vai ficar aqui no apartamento e nós dois vamos procurar um imóvel para alugar.

— Você tem razão. Acho que ela está insegura de morar sozinha. O Délio sumiu depois do nosso casamento. Ela deve estar pensando que ele pode não voltar a frequentar a casa dela e que ela ficará só.

Era uma sexta-feira. Tínhamos acabado de chegar do trabalho quando ele deu essa ideia. Saí do quarto e fui logo dizendo:

— Mãe, amanhã a senhora vai poder dormir até mais tarde.

— Uai, mas nós duas não vamos procurar barracão?

— Não. Mudança de planos! Quem vai procurar imóvel somos eu e Vladmir. A gente chegou à conclusão de que quem tem que ficar neste apartamento é a senhora. O aluguel é barato e a senhora já está acostumada aqui. Nós vamos sair cedo amanhã para procurar um lugar pra gente.

— Não! De jeito nenhum! Este apartamento tem dois quartos. Eu não preciso de um lugar com dois quartos. Vocês é que devem ficar aqui.

— Não, mãe, já está resolvido. Nós não queremos ficar aqui. Queremos ter a nossa casa, ter privacidade. Vladmir não está satisfeito desse jeito.

— Que absurdo! Vladmir já está colocando as manguinhas de fora. E eu que fiz tanto gosto nesse casamento. Vou falar com ele! — ela respondeu, já caminhando rumo ao quarto onde Vladmir estava.

— A senhora não vai falar nada com ele. Ele está certo! A senhora não quis tanto que a gente se apressasse pra casar? "Quem casa quer casa!" Ele quer que tenhamos a nossa casa, ainda que simples, alugada, mas o nosso canto. Amanhã vamos sair cedo em busca de um lugar para nós.

Assim que terminei de falar, entrei no quarto e pude ouvir as lamúrias da mamãe por mais de uma hora. Nada de novo. O discurso de sempre.

Na manhã seguinte, mamãe pulou cedo da cama. E, antes que eu e Vladmir saíssemos, ela falou:

— Vocês podem permanecer aqui. Eu vou sair. Vou colocar minhas coisas num quarto até conseguir um barracão. Se eu conseguir achar um quarto hoje, ainda hoje vocês ficam livres de mim.

Fiquei com o coração apertado, um misto de tristeza e alegria, uma incerteza se estávamos fazendo a coisa certa. Vladmir, por outro lado, recebeu a notícia com ar de alívio, e aquilo me deu forças para aceitar a decisão da mamãe.

Após o café, nós duas saímos, perguntando nos comércios e nas casas da vizinhança se alguém saberia indicar um lugar, um cômodo, onde mamãe pudesse guardar suas coisas até que conseguisse alugar um barracão. Foi um sábado tão abençoado que descobrimos um quarto independente no mesmo quarteirão, na lateral de uma casa. Estava praticamente vazio, com alguns poucos pertences do proprietário, que concordou em desocupar o quarto e alugar para mamãe.

Nas nossas andanças, descobrimos também que naquela rua havia um barracão sendo reformado para posterior locação. Pedi à proprietária que desse preferência para nós, expliquei a situação, propus pagar dois meses de aluguel adiantado e informei que tínhamos um excelente fiador. A proprietária aceitou a oferta e disse que o dinheiro viria em boa hora, visto que a reforma do barracão já havia consumido todas as suas reservas.

Assim, naquele mesmo sábado, à tardinha, lá estava eu limpando o quarto que havíamos conseguido alugar para colocar as coisas da mamãe. No domingo, eu, Vladmir e dois ajudantes, sob o olhar e as grosserias de dona Pietá, transportamos as coisas para o tal quarto.

— Cuidado! Não quero que estraguem as minhas coisas! Tudo isso eu comprei no carnê! Foi um custo para pagar! — gritava mamãe para todos.

Já eram umas nove da noite quando finalizamos o grosso da mudança. Não havia espaço para montar a cama. Eu disse que ela poderia dormir no apartamento até que o barracão ficasse pronto, mas ela, bem aborrecida, respondeu:

— Não! Vocês não queriam que eu saísse? Vou dormir aqui neste quarto até o barracão ficar pronto. A proprietária disse que com mais uns dez dias a reforma acaba. Eu não vou ter sossego de dormir no apartamento de vocês deixando as minhas coisas aqui sozinhas.

— Mãe, mas aqui não tem banheiro. E não tem como montar a cama. Não tem espaço. Como a senhora vai fazer?

— Fico na casa de vocês até a hora de dormir. Faço xixi antes de sair de lá e durmo no sofá. Não vou deixar minhas coisas sozinhas. Alguém pode entrar aqui e roubar tudo. E, além do mais, não era isso que vocês queriam? Ficar livres de mim?

Novamente um sentimento de culpa invadiu meu coração, mas Vladmir, percebendo minha fragilidade, foi logo dizendo:

— Não é bem assim, dona Pietá, mas vamos fazer desse jeito então. A senhora fica lá em casa até a hora de dormir. Passa o dia lá, e à noite vem dormir aqui.

Vladmir ajeitou o sofá de um jeito que mamãe pudesse usá-lo para dormir. De volta ao apartamento, ela tomou banho, lanchou e, lá pelas onze da noite, saiu para ir dormir no quarto, junto com "as coisas" dela.

Eu e Vladmir, já lá pelo meio do mês de março, pudemos dizer:
— Enfim, sós!

~

Aquela solução encontrada pelo Vladmir foi um golpe de mestre. Embora a reforma do barracão tenha na verdade demorado uns vinte dias para ser concluída, e tivéssemos que conviver com mamãe no apartamento todos os dias até à noite, colocar ordem em tudo, ver nossas coisas no lugar, dormir com a janela aberta e transitar pela casa, ainda que de madrugada, de calcinha, ou de cueca... Isso não tinha preço.

Quando o barracão ficou pronto, eu e Vladmir fizemos a mudança da mamãe, colocamos as coisas no lugar e aí a vida passou a ter um pouco de normalidade, isso dentro do possível para os nossos padrões. Assim que se mudou, mamãe visitou dona Carmem, mãe do Délio, a fim de que a "sogra" ficasse sabendo que ela já estava morando sozinha e contasse para o filho. O plano da mamãe deu certo! Délio voltou a frequentar a casa dela e a levar os mantimentos para que ela fizesse o jantar para ele e para seus exóticos amigos.

Esse suposto sossego durou apenas seis meses. A proprietária do barracão onde mamãe morava logo começou a reclamar dos choros que ouvia, o que acontecia quando Délio marcava de ir jantar e não aparecia, além das "esquisitices" da mamãe falando sozinha quando ficava nervosa. Com isso, tive que ajudá-la a encontrar outro lugar, e escolhemos um barracão no mesmo bairro, porém mais distante da minha casa.

Eu esperava que mamãe logo se acostumasse com meu casamento e desse continuidade a sua vida, com mais independência. Ledo engano. Eu estava sempre na mira.

Uns seis meses depois do meu casamento, a moça que trabalhava na casa de Clarice perguntou-me se sua irmã, Francisca, poderia morar por um tempo com Vladimir e eu. A moça queria muito cursar o segundo grau, nível de instrução que não era oferecido na pequena cidade onde ela vivia. Como no apartamento onde morávamos havia dois quartos, resolvemos ajudá-la. Francisca veio morar conosco e, embora estivesse disposta a nada receber em troca de ter onde morar enquanto concluía os estudos, nós combinamos de pagar a ela uma quantia, já que ela passou a fazer todo o serviço da casa.

Eu continuava a lavar as roupas da mamãe, naquele processo árduo e demorado, todos os domingos. Até que um dia, Francisca me disse:

— Ivanice, não me leve a mal. Não quero ser intrometida, mas... Hoje é domingo, dia em que você poderia sair para passear com o seu marido. Acho estranho você me pagar para lavar as roupas de vocês e ir no domingo para a casa da sua mãe lavar as roupas dela.

Devo a ela a coragem para mudar uma situação que até então eu não havia conseguido. Aquela fala soou como um sino de igreja na minha cabeça. Não respondi de imediato, fiquei apenas pensando naquelas palavras. Não sabia por que eu agia daquela forma. Porém, sem raciocinar muito, tomei uma decisão importante e fiz questão de expressar em alto e bom som, talvez para que eu mesma me ouvisse:

— Você tem toda a razão. Acabei de tomar uma decisão. Não vou mais lavar as roupas da mamãe. Já deu! Chega!

Chamei Vladmir para sair. Ele levou um susto, porque a rotina de domingo era sempre a mesma, e lá fomos nós para uma feira.

Depois de passar por algumas barracas, eu e Vladmir entramos no parque municipal e nos sentamos em um banco debaixo de uma grande árvore. Sentimentos ambíguos povoavam minha mente. Um misto de alívio e alegria misturados com culpa e tristeza. *Como será daqui para a frente? Mamãe vai dar conta sozinha de lavar as próprias roupas? E se não der?*

Vladmir, percebendo o que se passava comigo, me puxou pela mão e disse:

— Nossa! Este parque é muito lindo! Vamos caminhar. Essa paisagem me lembra a roça. Que delícia é isto aqui, não?

Fiz um esforço para parar de pensar nas consequências da minha decisão e comecei a curtir o passeio. Lembranças da infância vieram à minha mente. Por algumas vezes, eu estivera ali naquele parque com mamãe e Clarice. Mamãe nunca tinha dinheiro para andarmos nos brinquedos pagos, mas havia gangorras, escorregadores enormes e um brinquedo chamado "zanga burrinho", no qual eu e Clarice adorávamos brincar.

Aquele foi um domingo diferente, mais leve. Depois do parque, resolvemos comer um cachorro-quente e fomos ao cinema. Quando chegamos em casa, já passava das dezesseis horas. Francisca contou para nós que mamãe estivera no apartamento me procurando e que estranhara quando ouviu que eu e Vladmir havíamos saído para passear.

Naquele dia, senti que havia conseguido vencer uma batalha que travava desde muito nova. Embora com medo das consequências, resolvi que iria enfrentá-las, sem voltar atrás na minha decisão.

Novos rumos, mesma história

Poucos meses depois do casamento, tomei uma importante decisão: fazer outra faculdade. Dessa vez cursaria Administração de Empresas, focando em uma vaga do concurso de auditor da secretaria onde eu trabalhava.

— É uma função bem remunerada — comentei com uma colega. — Eu preciso ganhar bem para poder continuar cuidando da mamãe sem que ela tenha que ir morar comigo. Você sabe, casamento nenhum resiste à presença da sogra.

— Com certeza! E sua mãe não é uma sogra que passa despercebida — ela concordou, rindo.

Foi uma das decisões mais acertadas da minha vida profissional! Eu e Vladmir, em razão da discordância da família dele com nosso apressado casamento, tínhamos decidido não ter filhos até que ele se formasse. Como ele estudava à noite, nada melhor que eu estudasse também. Assim, estaria aproveitando meu tempo e cuidando para que tivéssemos um futuro melhor.

Fiz todas as análises possíveis dos programas de várias disciplinas, que entendi serem bastante semelhantes a algumas que eu havia cursado na faculdade anterior. Redigi com muito zelo as análises de currículos e consegui obter algumas dispensas. Com meu jeito nada tímido, logo fiz amizade com vários alunos e convenci alguns deles a formarmos turmas para aulas aos sábados, de forma a cursar matérias que eram pré-requisitos de outras. Assim, poderíamos puxar matérias de períodos posteriores e acelerar o término do curso.

No início do sexto e último período de faculdade, meu casamento estava gelado. Um pouco antes, consegui para Francisca um emprego com carteira assinada e um salário melhor. Com isso, eu e Vladmir tivemos de passar a almoçar próximo ao nosso emprego, mas raramente almoçávamos juntos. Eu, envolvida com o trabalho e o último período do curso de Administração. Ele, envolvido com o trabalho e o penúltimo período do curso de Engenharia. Não sei dizer exatamente os motivos, mas fato é que naquela época estávamos muito mais para "colegas" do que para um jovem casal com apenas três anos de casados. Dividíamos as despesas do apartamento, nos falávamos pouco e levávamos uma vida fria. Vladmir, perto fisicamente, mas extremamente distante emocionalmente. Eu, sempre preocupada com os problemas que mamãe nunca deixava de causar — aliás, após romper definitivamente com Délio, ela ficara ainda mais focada em mim, cada vez mais dependente de minha atenção.

Imagino que eu não estava conseguindo ser uma boa companhia. Estava concluindo a faculdade, mas não havia qualquer sinal de que o edital para o concurso de auditor seria aberto, e isso me desanimava. Além do mais, eu vivia deprimida e bastante preocupada, sem perspectiva. Sempre me pegava pensando em como meu casamento com Vladmir havia sido definido na forma e no tempo errados. Não que Vladmir não fosse uma pessoa boa, mas acho que toda a manipulação exercida pela mamãe sobre nós dois deixara marcas no nosso relacionamento. Sempre me pareceu que não havíamos, na verdade, dito o "sim" para nossa união, mesmo já tendo três anos de casados.

Eu havia criado a expectativa de que depois de casada minha relação com mamãe iria mudar. Achava que ela iria dar conta da própria vida e que eu ficaria livre para viver a minha com meu marido. Eu me lembro de que, algum tempo antes do meu casamento, havia enviado um bilhete para minha irmã.

Clarice, você precisa me ajudar. Mamãe tem andado muito nervosa. Acho que estou enlouquecendo. Não sei o que fazer. Por favor, me ajude!

A resposta foi curta, mas não grosseira. Apenas bastante objetiva.

Minha irmã, a solução é você se casar. Eu estou aqui na minha casa em paz. Case-se! Procure sua paz também.

Eu havia me casado. E, para minha tristeza, essa paz esperada não veio.

~

Em meados do último período da faculdade de Administração, resolvi me abrir com uma colega muito próxima. Ela também fazia matérias isoladas e transitava por várias salas, como eu. Assim, acabamos nos aproximando.

— E é esse o resumo da história. Eu estou com vinte e cinco anos, Vladmir, com vinte e nove, e vivemos um casamento de fachada. Estamos mais distantes um do outro morando juntos do que muitos casais que vivem em cidades diferentes.

Sara era desquitada e mãe de duas crianças. Depois daquela primeira conversa, eu me senti à vontade e sempre desabafava com ela.

— Meu Deus, Ivanice. Vocês são bastante diferentes — ela me disse uma vez, se referindo ao meu marido.

— Sim, Sara. Somos. Vladmir é uma ótima pessoa, mas tem um jeito bem diferente do meu. Sinto que tenho uma dívida com ele. Tive um namorado que terminou comigo e assumiu que, embora gostasse de mim, a ideia de conviver com a mamãe pelo resto da vida, se a gente viesse a se casar, o deixava apavorado. Por isso ele terminou o namoro. Vladmir veio sob medida para o comportamento autoritário da minha mãe. Ela acabou conseguindo manipulá-lo, e penso que no fundo a nossa distância está ligada a isso. Acho que, ainda que de forma inconsciente, quando ele percebeu que foi usado, nutriu uma raiva da situação e acabou se distanciando.

— E o que você pensa em fazer?

— Estou pensando em propor a ele a separação. Até para que a gente possa perceber se queremos mesmo estar juntos.

— É uma decisão difícil. Mas é preferível que vocês encontrem essa resposta agora, quando ainda não têm filhos, do que quando tiverem. Uma separação com filhos é muito mais traumática.

— O problema é que eu tenho certeza de que, se o Vladmir sair de casa, na semana seguinte a mamãe arranja uma encrenca com a atual vizinhança e "brucutu" no apartamento.

— Esse risco existe e é grande. Por que você não propõe ao Vladmir de ele continuar no apartamento até vocês realmente resolverem se vão decidir pelo divórcio?

— Eu cheguei a pensar nisso, mas o que eu ganho não é suficiente para que eu monte um lugar com estrutura para morar.

— Você pode ficar uns tempos lá em casa, o que acha?

— Jura? Nossa! Seria ótimo! Nesse primeiro momento, eu sei que ter uma amiga como você por perto será superimportante.

— Então está feita a proposta. Mas pense muito se é isso mesmo que você quer. Essa questão de separação é muito delicada. Não quero de forma nenhuma influenciá-la a nada. Só quero que saiba que tem aqui uma amiga com quem pode contar, seja qual for a sua decisão.

Aquela conversa me encheu de ânimo. Esperei passar as festividades da minha formatura e, logo na semana seguinte, depois de muita indecisão, tomei coragem e resolvi conversar com o Vladmir. Foi muito difícil. Principalmente porque ele quase não se manifestou enquanto eu falava. Sempre foi mais dado a ouvir do que a falar, mas imaginei que ele se abriria mais quando eu tocasse no assunto "separação". Senti um vazio e uma solidão imensos e, depois de expor tudo, comecei a chorar:

— Engraçado. Sou eu quem está propondo a separação e parece que estou infinitamente mais triste que você.

— O homem é um animal de costume. Estou acostumado com você, mas com o tempo desacostumo.

Aquele jeito frio de receber a notícia me deu ainda mais certeza de estar no caminho certo. Expliquei que o melhor seria ele permanecer ali no apartamento até decidirmos, de fato, se iríamos ou não optar pelo divórcio, para que mamãe não viesse correndo morar comigo. Combinamos que eu passaria um tempo na casa da Sara e que daríamos juntos a notícia para mamãe na sexta-feira. A partir daquela noite, passei a dormir no outro quarto.

Aquela semana demorou muito a passar. Como é difícil se separar de alguém. Todas as expectativas, todos os planos traçados quando se prepara para casar, todos os sonhos, tudo é rapidamente desfeito. A alegria dos preparativos é diretamente proporcional à tristeza da desconstrução. Sem falar na insegurança de estar ou não fazendo a coisa certa.

Por várias vezes, na sexta-feira, meus olhos se encheram de lágrimas. Quando, enfim, o expediente acabou, Vladmir me pegou de moto na calçada do meu trabalho e fomos para casa, aguardar mamãe — que, como sempre, se atrasou muito para chegar.

— A senhora demorou demais!

— Ivanice, você sabe que tudo é complicado para mim. Hoje eu esfreguei roupa. Depois, tive que passar umas águas para tirar o sabão. Depois separar tudo com plástico para não correr o risco de manchar. Depois...

— Está bem, mãe. Sem problemas. Como a senhora demorou pra chegar, vamos direto ao assunto: eu e Vladmir decidimos nos separar.

— O quê? Vocês estão loucos? Mas separar por quê? Vladmir arrumou outra?

— Não, mãe. Ninguém aqui arrumou outra ou outro. Nosso casamento aconteceu de uma maneira não usual. Foi tudo feito a toque de caixa e...

— "Toque de caixa"? O que é isso? Vocês namoraram e noivaram três anos e meio. Isso é tempo mais do que suficiente para um casal se casar.

— Mas foi a senhora quem decidiu por nós.

— Eu? Eu coloquei uma arma na cabeça de vocês? A decisão não foi minha.

— Mãe, não foi pra discutir isso que te chamamos aqui. Só queremos contar para a senhora a nossa decisão.

Quando mamãe percebeu que a decisão já havia sido tomada, surtou. Acho que, no fundo, ela usava o surto como arma quando percebia que algo estava saindo do seu controle, tal qual criança quando faz birra e deita no chão da loja na tentativa de ganhar um brinquedo. E eu sempre cedia quando a situação chegava a esse extremo, porque a "arma" que ela usava funcionava muito bem comigo. Eu tinha verdadeiro pavor de ver minha mãe fazendo escândalo. Aquilo me transportava para a infância.

Mamãe chorou (sem lágrimas), gritou, xingou e colocou suas condições para aceitar aquela separação.

— Está bem, mãe! Para provar para a senhora que eu não estou me separando para cair na farra e sair "dando pra qualquer um", vou fazer exatamente como a senhora está determinando. Toda sexta-feira, após o trabalho, eu virei para cá. Vou dormir aqui. Passar o sábado e o domingo, e na segunda-feira o Vladmir me deixa no trabalho de manhã. Está bom assim?

— Que grande bobagem vocês estão fazendo...

— Está bom assim, mãe? — insisti.

— Essa sua amiga é "amiga da onça". Como não conseguiu manter o próprio casamento, quer ver o seu desfeito.

Depois de muito falatório e choro, mamãe foi embora. No dia seguinte, separei todas as minhas coisas e coloquei na Brasília que eu e Vladmir havíamos comprado. À tarde, lá estava eu, na casa da minha amiga Sara, arrumando meu novo quarto. Metade de mim era expectativa, e a outra metade era medo.

Com muita dificuldade e vergonha, contei para Sara as condições impostas pela mamãe. Enquanto eu falava, minha amiga me olhava com ar de espanto. Eu lia em sua expressão o que ela estava pensando sobre mim: "Por que essa mulher adulta tem tanta dificuldade de enfrentar a mãe?".

— Sara, eu vou dormir lá hoje e amanhã, como combinei com a mamãe. Isso é temporário. Ela vai acabar se acostumando. Na segunda-feira após o trabalho eu venho para cá. Nem sei como te agradecer por tudo o que está fazendo por mim.

— Não se preocupe, Ivanice. Conte comigo. Amigo é pra essas horas — ela me tranquilizou.

Assim, iniciei o processo de "separação" do jeito mais incomum que este mundo já deve ter presenciado.

~

Em que pese a tristeza das mudanças, tive uma primeira semana tranquila e até divertida. Os filhos da Sara eram crianças inteligentes e educadas. Gostavam de conversar comigo. Depois que Sara colocava os dois para dormir, nós nos sentávamos na sala para escutar um pouco de música e conversar. Ela se tornou, além de amiga, uma espécie de psicóloga. Era uma mulher sábia. Sempre me dizia coisas que me colocavam para refletir.

Assim as semanas foram se passando, sempre do mesmo jeito: às sextas-feiras, depois do trabalho, eu voltava para o apartamento do Vladmir. Quando eu chegava, ele ainda estava na faculdade, e eu dormia sem vê-lo chegar. No sábado e no domingo, ele acordava tarde, e eu aproveitava para limpar o apartamento. Normalmente, no sábado à tarde ele saía dizendo que ia estudar, e no domingo ficava no quarto, lendo. Assim se passaram mais de dois meses.

Certa sexta-feira, enquanto tomávamos café, Sara me falou:

— Hoje é aniversário da minha irmã, Helena. Nós vamos comemorar num barzinho. Você quer ir com a gente?

Parei para pensar que talvez já fosse tempo de começar a "desobedecer" às ordens de dona Pietá e não voltar para o apartamento do Vladmir na sexta-feira. Sem refletir muito sobre quais poderiam ser as consequências daquela decisão, respondi:

— Quero! Depois do trabalho venho pra cá. Tomo um banho, me apronto e vou com vocês.

Procurei não ficar pensando no que poderia acontecer. Eu me senti corajosa e tive orgulho de mim mesma por ter decidido dar mais um pequeno passo em direção à minha liberdade. Pensei em Vladmir. Ele já estava dando sinais de estar superando bem a separação.

Ao final do expediente, peguei o ônibus para a casa de Sara, diferentemente das demais sextas-feiras. Me arrumei feliz, e saímos para comemorar o aniversário de Helena. Durante o tempo em que permanecemos no barzinho, ri, contei casos, cantei e não me lembrei da minha "liberdade vigiada". Lá pelas onze da noite, voltamos para casa, ainda muito animadas.

Ao entrarmos no elevador do prédio, ouvi um telefone tocando insistentemente. Naquele momento, meu coração disparou. Alguma coisa me disse que aquela ligação tinha a ver comigo. Era o telefone da casa de Sara.

— Pode deixar que eu atendo, Sara. Tenho quase certeza que é para mim. — Respirei fundo. — Alô?

— Ivanice — era Vladmir —, cheguei da faculdade há uma meia hora e desde então estou tentando falar com você. Sua mãe estava aqui na porta do prédio. Quando eu cheguei, ela perguntou por você. Eu disse que você não tinha vindo pra cá e ela ficou furiosa! Pegou um táxi e disse que estava indo pra aí te buscar.

— Você está brincando...

— Não estou, não. Eu quis te avisar pra você ficar preparada. Ela está completamente fora de si.

Não demorou dois minutos e comecei a ouvir os gritos da mamãe na rua, em frente ao prédio:

— Ivanice! Vim te buscar! Gente! Essa vizinha de vocês, a Sara, é sapatão! Ela tirou a minha filha de casa, do convívio com o marido, e trouxe a minha filha para a casa dela. Vejam que absurdo! E ela tem filhos! Que exemplo essa mulher está dando aos filhos dela? Será que o pai das crianças sabe o que está acontecendo?

Meu coração estava aos pulos. Olhei para Sara, sem saber o que dizer. Rapidamente, tomei uma decisão:

— Sara, fica tranquila. Eu vou descer e ela vai parar com isso agora. Me perdoa, minha amiga.

O elevador ainda estava parado no andar. Enquanto ele descia, era possível ouvir os gritos da minha mãe dizendo todas aquelas coisas sobre Sara. Quando botei os olhos nela, fui logo dizendo:

— Pare já com isso, agora!

— Por que você não foi para o apartamento hoje? Já está levando a vidinha de solteira?

— Eu vou subir para pegar a minha bolsa. Nós vamos embora agora mesmo. Se durante o tempo em que eu estiver subindo eu ouvir a voz da senhora dizendo qualquer coisa, não tenha dúvida: eu vou pular lá de cima. Aí a senhora vai ter motivo para fazer escândalo, do jeito que gosta — respondi firme, entre as lágrimas.

Mamãe me olhou com os olhos arregalados, e eu repeti a frase. Não queria que ficasse qualquer dúvida sobre o quanto eu estava falando sério. Ela se calou na hora. Virei as costas e entrei novamente no prédio. Peguei minha bolsa e disse para minha amiga, mais uma vez:

— Me perdoa, amiga.

As lágrimas desciam pelo meu rosto. Lágrimas de tristeza, de raiva, de incompreensão, de dor. Não ouvi a voz da minha mãe até chegar novamente à rua. Ela era estratégica, em que pese seu transtorno mental. Havia pedido ao taxista que a levou para aguardar. Entramos no carro e, aos prantos, passei o endereço ao motorista.

— Para onde nós vamos? — perguntou mamãe.

— Para a casa da Clarice. Eu preciso da ajuda dela.

Dentro do táxi, eu só sabia chorar. Mamãe tentava explicar a situação "à sua maneira" para o taxista, e eu gritava, pedindo que ela parasse e me poupasse de mais dor. Fomos assim até a casa de Clarice e Júnior, que se assustaram ao nos ver quando toquei a campainha.

— Que é isso? O que aconteceu? Isso é hora de bater na casa dos outros? — disse Júnior. Mas, ao perceber o meu estado, ele abriu logo o portão e entramos.

Naquela época, Clarice e Júnior já tinham dois filhos; o caçula era um bebê de sete meses. Clarice saiu do quarto com cara de sono e foi logo perguntando:

— Meu Deus do céu! O que aconteceu? Que susto vocês dão na gente!

— Aconteceu que a dona Pietá mais uma vez resolveu acabar comigo. Vocês não vão acreditar no que ela fez hoje.

Enquanto eu tentava contar a história, mamãe me interrompia a todo momento, dizendo que não tinha sido daquele jeito, que eu estava contando errado, e nossa comunicação foi se dando aos berros. Consegui, em um breve resumo, contar mais ou menos o que havia acontecido e o quanto tudo aquilo tinha me ferido na alma. Sara fez por mim o que ninguém tinha sido capaz de fazer: acolheu-me na sua casa num momento em que eu precisava.

Júnior, cansado dos gritos, interrompeu nós duas e disse:

— Está feito! Agora, vamos dormir. Amanhã é outro dia. Ivanice, com a cabeça fria, você decide o que vai fazer. Clarice, a Ivanice dorme no sofá, e a sua mãe, no quarto dos meninos.

— De jeito nenhum. Eu não durmo fora da minha casa de forma nenhuma. Não posso nem imaginar alguém entrar lá em casa e mexer nas minhas coisas — disse mamãe.

Aquela era mais uma de suas manias, dentre tantas. Ela jamais dormia fora de casa. Tinha muita preocupação com "as suas coisas". Todas as vezes que eu a ouvia dizer isso, pensava que tanta preocupação seria mais bem direcionada às pessoas que ela dizia amar, não às coisas.

— Está bem, dona Pietá. Eu vou levar a senhora pra casa. Ivanice, você dorme aqui.

Clarice colocou um lençol sobre o sofá e me deu um travesseiro e uma coberta. Disse que estava exausta e que precisava dormir. Agradeci e dei boa-noite a ela, apesar do entrevero. Ela deu um sorriso sem graça e foi para o quarto. Com certeza devia estar muito cansada, afinal trabalhava o dia todo e tinha duas crianças.

Em menos de cinco minutos, tudo ficou bem silencioso. As lágrimas começaram a correr na minha face. Fui até a cozinha e preparei um copo de água com açúcar. Eu precisava dormir. Não podia fazer barulho, e o dia seguinte seria pequeno para tudo o que eu estava planejando fazer. Tomei a água e respirei fundo dez vezes para me acalmar. Enfim, um tempo depois, o sono veio.

~

Acordei com o chorinho gostoso do caçulinha da Clarice. Assim que abri os olhos, comecei a pensar na minha vida. Um dos meus grandes sonhos era me tornar mãe. Eu comparava o ato de ser mãe a pintar um quadro: Deus lhe presenteia com uma tela branca; as tintas, as cores, o tema... é você quem escolhe. Como devia ser maravilhoso "pintar" esse quadro chamado "filho". Naquele momento, tomei uma importante decisão.

— Está mais calma, minha irmã? Já decidiu o que vai fazer? — perguntou Clarice

— Já! Vou tomar um café e vou até o apartamento de Sara arrumar as minhas coisas. Decidi que vou voltar pra casa.

— Será que o Vladmir vai aceitar?

— Acho que sim. Vou fazer uma proposta a ele. O Vladmir é uma boa pessoa. Gosta de mim, e eu gosto dele também. Só que a forma como as coisas aconteceram na nossa vida até agora foi completamente desordenada. O Vladmir é muito meigo. A mamãe viu nele uma pessoa fácil de ser comandada. Ela o manipulou para atingir os objetivos dela. Quem sabe não conseguimos "aquecer a água" aos poucos? Não eram assim os casamentos no passado?

Clarice riu e falou:

— É verdade. Hoje a grande maioria se casa com a "água borbulhando". É a paixão. Só que, se não tivermos sabedoria, a água esfria rapidinho.

— Isso mesmo! — respondi com um leve sorriso. — Quero muito ser mãe, ter uma família, ter um companheiro, alguém que possa me ajudar nessa tarefa difícil com a mamãe. Vou falar com o Vladmir sobre isso. Depois do que aconteceu ontem, não tenho coragem de permanecer na casa da Sara. Acho que ela não imaginou que a barra era tão pesada. Na verdade, acho que ninguém imagina do que a dona Pietá é capaz para conseguir o que quer.

— Você está tomando a decisão certa. A mamãe não vai mudar nunca. E o preço a ser pago por você, se optar por enfrentá-la agora, pode ser muito alto.

Naquela hora, imaginei-me voltando a viver com mamãe, sem filhos, sem um companheiro, com o título de "tia" e sem o título de "mãe" que eu tanto sonhava obter. Aqueles pensamentos me causaram arrepio, até que vi meu sobrinho Miguel saindo do quarto e me acalmei... Interessante como a presença de uma criança tem o poder de nos transportar para um lugar melhor.

~

Ao chegar à casa de Sara, optei por tocar a campainha em vez de usar a chave do apartamento. Minha intenção era mostrar a ela, em uma linguagem figurada, que eu não me sentia mais moradora. Ela atendeu com uma fisionomia sem graça. Deu-me um abraço carinhoso, mas nada disse.

— Amiga, eu nem sei o que te dizer.

— Ivanice, confesso que fiquei assustada com a atitude da sua mãe. Quando você me falava sobre ela, eu não imaginava que era assim.

— Sara, a mamãe é imprevisível. Não dá pra imaginar do que ela é capaz pra atingir seus objetivos. Ela não tem freio. Não se importa com os outros, só tem foco nela mesma. É estrategista, ardilosa, manipuladora, egocêntrica e altamente escandalosa. Usa todas essas "armas" a seu favor quando quer alguma coisa. Quando ela começa a gritar, eu recuo. Acho que deve ser trauma de infância. Quando pequena, eu ficava em pânico todas as vezes que minha mãe, que deveria ser a pessoa a me passar segurança, começava a gritar.

Segurando o choro, contei a Sara de uma ocasião quando eu tinha por volta de sete anos. Nossa condição financeira era péssima e por isso mamãe comprava tudo em pequenas quantidades, compatível com o dinheiro que tinha. Um dia, ela parou numa mercearia e pediu meio quilo de arroz. Antes de pedir para pesar, mamãe enfiou a mão no enorme saco de arroz para sentir a qualidade. Ela estava com a chave de casa na mão e se distraiu, deixando o objeto no meio do arroz. O dono da mercearia pesou meio quilo, mamãe pagou e nós descemos para a casa da vovó Zita. Quando chegamos lá, depois de conversar um pouco, mamãe deu falta da chave e começou a fazer o maior escândalo. Aquilo me deixou tão nervosa que entrei numa espécie de transe e comecei a gritar de olhos fechados e braços abertos: "Crucifica-me! Crucifica-me!".

Sara riu da história e aquilo deixou o momento mais leve para que eu continuasse o assunto:

— Amiga, a primeira coisa que quero te pedir é que me perdoe. Eu acabei expondo você. O escândalo da mamãe ontem pode te trazer problemas, e eu não tenho como desfazer o que aconteceu. Mas eu tenho como evitar que isso aconteça novamente. Tomei a decisão de voltar pra casa.

— Você já falou com o Vladmir?

— Não. Mas ele deve estar contando com a possibilidade da minha volta. Com certeza imagina o que aconteceu aqui ontem. Eu preciso resolver isso logo. Hoje é sábado. Segunda-feira preciso trabalhar. E pra isso eu preciso estar morando em um lugar onde a mamãe me dê sossego. O único lugar onde conseguirei isso é junto ao Vladmir.

— Entendo. Mas, se você quiser ficar aqui...

Interrompi a fala de Sara com uma resposta decidida:

— De jeito nenhum. Não posso colocar a sua paz em risco. Tenho é que te agradecer muito por ter me acolhido, mudado os seus filhos de quarto, por tudo o que fez por mim. Serei grata a você pra sempre. E quero te pedir desculpas novamente pelo que aconteceu ontem.

Nos demos um abraço muito apertado e eu fui para o quarto arrumar minhas coisas. Na vida, é sempre importante entender e aceitar que às vezes é preciso recuar. Enquanto guardava tudo, tive muita vontade de chorar, mas engoli o choro. Não podia novamente envolver minha amiga no meu "muro de lamentações".

No caminho de volta, fui imaginando o que falar para Vladmir. Graças a Deus o trânsito estava bem tranquilo naquele sábado à tarde. Quando abri a porta do apartamento, tive uma surpresa: Vladmir estava com uma amiga da faculdade estudando na sala. Eu a conhecia bem, era uma das colegas mais bonitas; tinha os olhos verdes e se chamava Laura. Percebi que ele ficou um pouco sem graça, mas fui logo dizendo:

— Oi, Laura! Tudo bem com você? — E, antes que ela respondesse, completei: — Você vai presenciar uma situação estranha. Conto com a sua discrição. Podem continuar estudando.

Eu não tinha conhecimento se Laura sabia ou não da minha separação de Vladmir. Também não tinha certeza se estava rolando alguma coisa entre eles. Mas resolvi que, naquele momento, tudo que eu podia fazer era colocar novamente minhas coisas no lugar. Quando ela fosse embora, eu conversaria com Vladmir e aí resolveria o que fazer. Era muita coisa para a minha cabeça.

Depois que terminei de guardar tudo e Laura foi embora, eu e Vladmir nos encaramos para a inevitável conversa.

— Você podia ter me ajudado a evitar o que aconteceu ontem. Mamãe fez um escândalo! Em tempo de Sara perder a guarda dos filhos por culpa minha — eu comecei.

— Você conhece a sua mãe. Como eu podia impedi-la? Ela não ouve ninguém. O que consegui fazer foi ligar pra você se preparar.

Vladmir tinha razão. Mamãe era irredutível. Nunca ouvia ninguém, só a própria vontade. Não conseguia pensar e enxergar o outro, só as suas necessidades, os seus desejos. Depois que Vladmir me lembrou de que ele tivera o cuidado de me ligar, reconheci que se preocupou comigo. Expliquei que eu teria que ficar ali por um tempo, ao que ele respondeu:

— Eu nunca pedi pra você sair. Fique o tempo que quiser. Se desejar, fique pra sempre.

Vladmir era de falar pouco, mas aquela frase disse muito.

~

As coisas foram se ajeitando, e, aos poucos, voltei a ser a esposa do Vladmir. Era o último período dele na faculdade de Engenharia, e nós dois estávamos felizes com a formatura.

Iniciamos ali uma nova fase.

Novos membros na família

Passadas as comemorações da formatura de Vladmir, nós dois éramos outro casal. Quando nos casamos, em razão da discordância e do receio dos pais de Vladmir de que ele acabaria largando a faculdade, nós dois combinamos de não ter filhos enquanto ele não se formasse. Mas, com essa "pendência resolvida", meu sonho de ser mãe estava a todo vapor, e Vladmir concordou em embarcar comigo nessa jornada.

Fui ao ginecologista para fazer todos os exames e me certificar de que estava em boa saúde, de forma a assegurar uma gravidez tranquila. Só que na vida nós fazemos os planos, mas quem avaliza e "marca a data" é Deus. Embora os resultados dos exames tenham se mostrado bons, quatro meses se passaram e nada de gravidez. O médico decidiu pedir um exame específico, e, para minha tristeza, no dia em que levei o resultado, ele fez cara de susto, circulou o número e disse:

— Meu Deus! Esse nível de prolactina está altíssimo!

— E o que isso significa?

— Significa que possivelmente você não está ovulando, e, sem óvulos, nada de bebês.

É interessante como a gente tem a capacidade de distorcer o que ouve quando as palavras não são as mais agradáveis. Na minha cabeça, aquelas palavras do doutor soaram como: "você é uma mulher estéril". E, dali para a frente, confesso que não consegui compreender mais nada do que ele disse.

Na volta para casa, chorei, imaginando que não conseguiria ter filhos, que meu destino estava fadado a ser mesmo a "tia Ivanice".

Ao chegar em casa, contei tudo para Vladmir que, diferente de mim, ouviu com tranquilidade e disse:

— Você está sofrendo à toa. Hoje a medicina está muito avançada. Nós vamos conseguir ter filhos, sim! Tenho certeza disso. Fique tranquila.

É incrível como os opostos precisam mesmo se atrair. Se eu tivesse me casado com alguém feito eu, ansioso e ultrassensível, decerto aquela situação teria virado uma cachoeira de lágrimas. A tranquilidade de Vladmir era o que eu mais precisava naquele momento.

Consegui um encaixe no médico para o dia seguinte, para "retomar" a consulta do dia anterior. Quando cheguei ao consultório, o doutor me recebeu sorrindo e me explicou que a situação era bem mais simples do que eu imaginava.

Combinamos que eu faria exames para verificar se estava ovulando e, concomitantemente, iniciaria um tratamento com medicamentos para estabilizar os níveis do hormônio e induzir a ovulação. O médico explicou que Vladmir deveria usar preservativo enquanto eu estivesse tomando a medicação, visando evitar uma gravidez múltipla. O doutor concluiu sua fala com uma risada tão gostosa que me fez rir também:

— Imagino que você e seu esposo não queiram ter três filhos de uma só vez...

Saí do consultório muito feliz e esperançosa. Mas decidi não seguir a orientação do uso do preservativo à risca... Então, alguns meses depois, lá estava eu diante do médico com o exame e a feliz notícia:

— Estou grávida!

Ele deixou de ser meu ginecologista e passou a ser o obstetra de uma futura mamãe cheia de alegria, mas também de ansiedade. Foram nove meses de euforia, alguns sustos e várias preocupações desnecessárias, até que Débora nasceu, completamente saudável, para felicidade de um casal com mais de cinco anos de casados.

No dia agendado para a cesariana, acordei bem cedo, me aprontei e passei na casa da vovó Zita para que ela me benzesse. Minha avó benzia grávidas, bebês, pessoas com suposto mau-olhado... E eu confiava muito na oração dela. Por isso, não quis ir para o hospital sem que ela me benzesse antes. Saí da casa dela me sentindo pronta e me encaminhei para a maternidade.

O doutor me indicou a enfermeira que faria meu preparo e minutos depois lá estava eu recebendo a anestesia. Nesse momento, fui tomada por uma grande emoção e comecei a chorar.

— Ivanice, você está sentindo alguma coisa? — perguntou o médico.

— Não, está tudo bem. Só estou muito emocionada.

— Então pode chorar.

Ele disse isso e começou a cantar uma música do Roberto Carlos: "Uma vez você falou que era meu o seu amor, que ninguém mais vai separar você de mim...". Em poucos minutos, ouvi um chorinho.

Quando a enfermeira colocou minha filha sobre mim, a sensação era a de que eu tinha acabado de nascer. Que alegria imensa! Quanta emoção! O meu mundo ganhou nova cor daquele momento em diante.

Ainda na enfermaria, chegou Vladmir com um lindo buquê de rosas vermelhas. Ele irradiava alegria, feito eu. Pedi que chegasse bem pertinho de mim. Queria falar algo que só ele pudesse ouvir:

— Amor, daqui pra frente, se necessário for, vamos comer "um saco de sal por dia", mas nunca mais vamos nos separar. Quero que a Débora conheça o modelo de família que eu gostaria de ter tido. Você está nessa comigo?

— Claro! Vamos fazer de tudo para que esta menina linda seja muito feliz!

A sensação era de que o nosso "sim" verdadeiro foi dado no nascimento de Débora. A "água" do nosso relacionamento estava começando a "ferver".

~

Ser mãe é algo incomparável. É uma modalidade de amor que não tem semelhança com nenhuma outra. Acho que Deus assim fez para garantir a perpetuação da espécie... Quando Débora nasceu, conheci essa modalidade de amor e me senti plena.

Logo nas primeiras semanas após o nascimento de nossa filha, duas surpresas: Vladmir recebeu uma promoção no trabalho, mas para uma cidade a quinhentos quilômetros de casa. E descobrimos que Débora era portadora de um refluxo gastroesofágico. Nada grave, segundo o pediatra, mas que exigia cuidados e atenção constantes.

— Vou agradecer e dizer ao meu chefe que não posso aceitar. Não tem como deixar você sozinha neste momento — Vladmir sentenciou.

— De jeito nenhum! Você vai aceitar, sim! Se não aceitar, ficará rotulado. Quantas mães criam os filhos sozinhas? Eu dou conta! Você não pode perder essa oportunidade. Aliás, nossa família não pode. Eu consigo.

Eu sabia que conseguiria. Precisava fazer aquilo por nós, por ela.

E eu consegui. Claro, foi difícil, mas não fraquejei. Um ano e meio depois Vladmir conseguiu retornar para nossa cidade. Foram tempos muito felizes. Curtíamos cada momento com nossa filha. Vladmir era um pai maravilhoso e eu sentia aumentar a cada dia o meu amor por ele.

Quando Débora estava com quase quatro anos, a vontade de aumentar a família me pegou de jeito.

— Amor, quero muito ter outro filho. Acho que já está na hora. A Débora já está pra fazer quatro anos. Penso que, se não tivermos outro bebê agora, vamos acabar desanimando, e eu não gostaria que a Débora fosse filha única. Quero que ela tenha um irmão ou irmã. É um laço afetivo importante. Além disso, a criança aprende a dividir a atenção dos pais, o espaço, os brinquedos... Aprende a lidar com as diferenças e a não ser sempre o centro das atenções.

Vladmir concordou, e lá fui eu para o consultório do médico, determinada a tirar o DIU e dar mais um passo na construção da nossa família. Antes da retirada, porém, fiz vários exames para me assegurar de que minha saúde estava em ordem e de que meu organismo estava pronto para uma nova gestação.

— Vamos ver, Ivanice, como estão seus exames — disse o médico.

— Confesso que já andei dando uma olhada e parece que todos os resultados estão dentro dos valores de referência. Só tem uma coisa... minha menstruação está um pouco atrasada. Será ansiedade?

— Pode ser... E pode ser algo além disso. Será que a senhora já está grávida?

— Será?

Saí do consultório com um novo pedido de exame e totalmente eufórica! Ter mais um filho ou mais uma filha era um desejo enorme. Eu e Vladmir estávamos convictos de que queríamos outra criança. Da primeira vez, foi um pouco frustrante termos tomado a decisão e a gravidez não ter acontecido tão prontamente. Será que, dessa vez, quando falei sobre o desejo de ter outro filho, ele ou ela já estava crescendo dentro de mim?

O resultado saiu no fim daquele mesmo dia, e sim, nosso bebê já estava comigo!

Quando retornei ao médico, ele se disse aliviado por ter tomado a sábia decisão de não tirar o DIU no dia da minha primeira consulta, pois isso poderia ter provocado a perda do bebê, e me orientou quanto aos cuidados que precisávamos ter para manter aquela gravidez. Toda a minha alegria ganhou elementos de preocupação e ansiedade. É interessante como o simples fato de eu saber que estava grávida já provocou um amor imenso por aquela criança que se formava dentro de mim.

Eu e Vladmir contamos para a Débora que ela ganharia um irmãozinho ou uma irmãzinha. De início ela fez uma carinha de preocupação, mas não se passaram dois minutos até que abrisse um sorriso largo e corresse para um abraço, demonstrando muita alegria.

A gravidez caminhou com alguns sobressaltos e sangramentos. Cada vez que eu sangrava, pedia a Deus que protegesse nosso bebê e nossa família.

~

Desde que eu ingressei no serviço público estadual e percebi que a função de auditor fiscal era bem remunerada, engavetei os planos de trabalhar na área de comunicação e decidi que faria o concurso público para auditor. A faculdade de Administração foi o primeiro passo desse plano.

E, para que a vida continuasse repleta de desafios e emoções, eis que o edital do concurso foi finalmente publicado, quando eu estava com quatro meses da minha segunda gravidez.

— Não estou acreditando que você vai prestar esse concurso, Ivanice! Você está em uma gravidez de risco. Precisa de tranquilidade e sossego. Já trabalha oito horas por dia e ainda vai fazer cursinho preparatório à noite? Você enlouqueceu? — Vladmir estava inconformado.

— Não enlouqueci, amor. Estou esperando por esse concurso há dez anos. Infelizmente, o edital saiu agora. O que posso fazer? Se eu passar no concurso, poderei oferecer à mamãe uma vida digna, sem que ela tenha que vir morar conosco um dia.

— Eu não concordo. Acho uma loucura. Um concurso de três etapas! Quem pode garantir que a terceira etapa acontecerá antes do nascimento do bebê?

— Deus! Ele pode garantir! Vou fazer minha inscrição no concurso e minha matrícula no cursinho preparatório. Vou estudar muito e vai dar certo. Se for da vontade de Deus, serei aprovada e nosso bebê nascerá saudável.

A primeira etapa do concurso, embora com questões de múltipla escolha, foi muito pesada, visto que foi composta de provas de sete disciplinas. Até a divulgação do resultado, houve muita ansiedade. Eu tinha estudado muito, mas a concorrência era enorme e, vez por outra, Vladmir me falava da dificuldade que eu teria para ser aprovada. Mas eu não desistia.

— Eu não sei o dia de amanhã. Sei que, hoje, com uma filha de quatro anos, um bebê na barriga e trabalhando oito horas de segunda a sexta-feira, ainda assim tenho disposição para estudar. Precisamos da estabilidade financeira que esse cargo vai nos proporcionar. Eu sei que minha mãe, no fundo, sempre contou e sempre contará com a minha ajuda. Quero dar a ela uma vida digna, com plano de saúde, uma moradia adequada. — Eu estava determinada.

Enfim saiu o resultado da primeira etapa, e meu nome estava entre os aprovados. Mal tive tempo de comemorar, pois a segunda fase já estava batendo na porta — e, assim que foi feita, deu lugar a mais algumas semanas de tensão.

Para minha alegria e a de Vladmir, que naquele período já se mostrava admirado com minha força e determinação, fui aprovada para prestar as provas da terceira etapa, que dessa vez teria questões abertas das mesmas disciplinas da segunda. Naquela época, um dos ultrassons já havia nos mostrado que teríamos outra menina, para completa felicidade da Débora. O nome dela: Luísa.

Poucos dias antes das provas da terceira etapa — cuja data de realização quase coincidiu com a data prevista para o nascimento de Luísa —, para minha tristeza e preocupação, o Estado divulgou a lista dos aprovados até aquele momento, em ordem de classificação. Pude constatar que minha classificação era horrível. Eu me lembro de que conversei longamente com uma colega de cursinho, entristecida por achar que não teria chance. Mas ela, com uma doçura que nunca vou esquecer, disse:

— Essa classificação não significa nada. Todos nós estamos em pé de igualdade para fazer a terceira etapa. É nessa etapa que se decidirá quem será aprovado ou não. Você tem chances idênticas a todos os classificados. Chegou até aqui com esse barrigão, carregando seu bebê todos os dias com você, almoçando no trabalho para ter mais um tempinho para estudar. Você é merecedora! Não pode fraquejar agora. Tenha fé! Vai dar certo!

Aquela fala abençoada entrou em mim como uma injeção de ânimo, e fui para casa recitando aquelas palavras — e as repeti até o momento da prova.

Chegou, enfim, o grande dia. Fiz minhas orações e contatei o Divino em mim. Pedi que me abençoasse e me fizesse capaz de responder a todas as questões com base em tudo o que eu havia estudado. Eu havia feito a minha parte, isso era fato.

Fiz a prova aproveitando todo o tempo disponível. Li com cuidado as questões. Conferi, conferi e conferi muitas vezes. Assinei a prova e só entreguei para a fiscal quando bateu o sinal indicando que o tempo havia acabado.

Luísa nasceu três dias depois, completamente perfeita e anunciando uma nova fase de nossa família! Assim que o médico a retirou de minha barriga, ele tirou também o DIU. Sentindo uma alegria imensa, eu disse:

— Obrigada por ter falhado, meu querido amigo DIU!

Todos na sala de parto riram muito, com exceção de Luísa, que chorava pela primeira vez, para alegria da mãe, que não cabia em si de tanta felicidade.

De casa em casa

Desde que me entendo por gente, sempre me responsabilizei pelas questões relacionadas à mamãe. Uma das mais problemáticas era justamente uma das mais essenciais: moradia.

A busca por locais para alugar ocorria numa frequência fora do normal, visto que, logo no início do prazo contratual, ou a mamãe cismava com um vizinho, ou um vizinho cismava com ela — ou as duas coisas juntas e no plural, o que era mais comum. Na mente da minha mãe, os inimigos estavam por toda parte, e, quando deparávamos com pessoas menos instruídas e que tinham certo gostinho por "contendas", aí era fatal. Todas as vezes que mamãe se mudava, eu rezava para que ela não encontrasse "ressonância" entre os vizinhos.

Muitas lembranças de situações de discórdia com a vizinhança ocupam minha mente. Algumas trágicas, outras cômicas. Em um dos vários barracões que mamãe morou, o problema ficou mais sério quando ela "teve certeza" de que a vizinha, que também era a proprietária do barracão alugado, estava apaixonada por ela...

Quando ela mencionou isso a primeira vez, a conversa me deixou triste, desanimada e com maus pressentimentos. Havia pouco tempo que mamãe estava morando ali e, pelo visto, com certeza em breve eu estaria novamente procurando imóvel para locação. O barracão era bonzinho, independente e seguro. Mamãe sentiu falta de um tanque do lado de fora, e eu, querendo que a estadia dela ali fosse um pouco mais comprida, para eu ter um descanso maior, comprei todo o material de construção necessário. Faltava apenas contratar um pedreiro, mas, pelo visto, não ia dar tempo. Quando algo assim brotava na cabeça de minha mãe, a evolução era rápida. Sem demora, o caldo entornava e, para o desastre acontecer, era vapt-vupt.

Uma noite, por volta das oito horas, o telefone tocou. Assim que eu disse "alô", ouvi a seguinte fala:

— Sua mãe passou de todos os limites. Quebrou a janela do meu quarto que dá para o corredor. Estou te avisando porque acabei de chamar a polícia — era a vizinha, que desligou logo em seguida.

Fiquei muito nervosa. Peguei a chave da Brasília e fui acudir mamãe antes que ela fosse parar atrás das grades. Acho que nunca cheguei tão rápido a um destino. Na verdade, cheguei antes da polícia. Bati no portão e nada. Foi então que a vizinha saiu de sua casa e falou:

— Sua mãe "cascou fora"! Quando me ouviu ligando para a polícia, saiu feito um raio.

— Peço desculpas pra senhora. Minha mãe é uma pessoa muito sofrida...

— E complicada!

— Vou providenciar a mudança dela o quanto antes. Gostaria que a senhora me liberasse da multa contratual. Isso vai ajudar a resolver o problema de forma mais rápida. Vou ter gasto com mudança novamente e...

— Está liberada! Só peço que providencie a mudança dela o mais rápido que puder. Tenho uma mãe idosa em casa, e tudo o que vem acontecendo tem deixado minha mãe muito tensa e nervosa.

— Amanhã mesmo começo a olhar outro imóvel. Mais uma vez, peço desculpas.

Dizendo isso, entrei novamente no carro e fiquei pensando onde mamãe poderia estar. Não foi difícil imaginar. Voltei para minha casa, e lá estava ela, me esperando no passeio, em frente ao prédio. Era sempre assim. Eu era, não só para ela, mas para todos da família, da vizinhança e do mundo, a referência da mamãe.

Enquanto ela dava todas as desculpas possíveis, eu pensava: *Não preciso ouvir tudo, o resumo será o de sempre: "Eu não tive culpa, Ivanice!".*

~

No dia seguinte, lá estava eu novamente procurando barracão para alugar. Nessa época, a melhor forma de encontrar imóvel para locação era nos cadernos dos jornais. Eu comprava logo dois e saía circulando aqueles que ficavam no bairro, dando preferência para os anúncios que já traziam o preço do aluguel. Era uma luta.

Após selecionar os anúncios, era hora de ir até as imobiliárias para pegar as chaves dos imóveis. Eu já pegava logo as de uns três barracões para otimizar o tempo, que era curto, já que eu trabalhava oito horas por dia, com um intervalo de duas horas para o almoço.

Os critérios para minha seleção eram muitos: não podia ser apartamento, porque isso implicaria pagar também a taxa de condomínio, e o dinheiro era escasso. A exigência de fiador era outro dificultador. Algumas imobiliárias exigiam dois fiadores, proprietários de imóveis quitados e com comprovantes de renda de valores altos. Isso era muito difícil, já que as pessoas com as quais eu tinha amizade — além da coragem necessária para fazer tal pedido —, na sua grande maioria, não preenchiam essas condições. Outro ponto importante era a questão da segurança. Mamãe morava sozinha e isso restringia alguns locais que pudessem colocá-la em risco. A questão da vizinhança também tinha que ser considerada.

Essa busca era penosa. Eu ficava injuriada ao perceber que algumas pessoas pensavam apenas no lucro do aluguel mensal. Havia barracões completamente insalubres, mofados, com quartos sem janelas, um caos. Eu rezava e pedia a Deus que me levasse a um lugar onde a maioria das condições fosse favorável. Por fim, acabava encontrando.

Nessa ocasião, não demorei a localizar um barracão bonzinho, num local seguro e com preço razoável. Depois da triagem inicial, eu levava mamãe para conhecer o "barracão eleito", e aí era a hora de convencê-la de que ali seria um ótimo lugar para morar. Dessa vez deu certo de primeira! Ela gostou, consegui os fiadores, preenchi todas as fichas, paguei a taxa inicial para a consulta cadastral e o contrato de locação foi elaborado.

Com isso, era hora da segunda etapa: contratar um caminhão de mudança, outra luta. Quando o preço era menor, não ofereciam ajudantes. Quando ofereciam ajudantes e o tempo de mudança era maior, o preço não cabia no meu orçamento. Mais uma vez, eu recorria aos céus pedindo aos santos que me auxiliassem.

O dia anterior à mudança era um desafio à parte: tentar embalar tudo de forma bem organizada para minimizar ao máximo o trabalho de ajeitar a casa nova. Eu comprava várias embalagens plásticas de duzentos, cem e cinquenta litros, que usava para colocar as roupas limpas e depois já transferir para as gavetas. As roupas que ficavam dependuradas eram colocadas nos sacos já com os cabides. Panelas também eram acondicionadas nos sacos limpos para que pudessem ir direto para os armários. Para embalar as louças, eu comprava um rolo de papel de embrulho cor-de-rosa. Nas vezes em que não tive esse cuidado mamãe ordenou que tudo deveria ser lavado antes de ser guardado. Era um Deus nos acuda.

Tudo era pensado para que eu conseguisse colocar ordem na casa da mamãe o mais rápido possível. Isso tinha que ser feito logo na primeira semana. Se passasse disso, eu não conseguia mais. Tinha que ser no calor do momento. Depois que me casei, inesperadamente, mamãe desenvolveu uma centralização fora do normal em relação ao local onde morava. Em sentido figurado, era como se ela erguesse muralhas em torno da sua casa. Ali, ninguém podia mexer, ninguém podia arrumar, ninguém podia limpar. Era tudo à maneira dela. Por isso, ou eu dava um jeito na primeira semana ou então caixas e sacos plásticos ficariam empilhados até a próxima (e inevitável) mudança.

Aquele barracão parecia perfeito. Bem independente, arejado, com um pequeno quintal, relativamente seguro, sem contato visual com vizinhos, sem mofo. Em um lapso de esperança, imaginei que ali mamãe ficaria bem por alguns anos.

Infelizmente, não foi o que aconteceu. Depois de alguns meses morando lá, mamãe um dia me falou:

— Sempre que vou ao bar que tem aqui em frente pra usar o telefone público, encontro com um vizinho bonitão. Ele adora conversar comigo.

Não foi difícil perceber que havia um clima no ar, e um sentimento ambíguo tomou conta de mim. Por um lado, pensei que ela ter alguém poderia significar um humor melhor e menos foco em mim e na minha vida. Mas tal pensamento durou pouco. No fundo, eu sabia que em breve aquilo poderia significar um problemão. Sem deixar transparecer esse sentimento, busquei mais informações sobre o "Bonitão".

— Que bacana, mãe! Então vocês estão se paquerando? Ele é solteiro? Quantos anos ele tem?

Ela sorriu feliz e bastante entusiasmada:

— Ele é solteiro. É dez anos mais novo do que eu, mas disse que isso não é problema.

Essas palavras me mostraram que a coisa já estava mais avançada do que eu esperava. Mas, no momento, não havia nada que eu pudesse fazer.

Dali para frente, o Bonitão se tornou a bola da vez. Vendo a alegria da mamãe, comecei a pensar que deveria apoiá-la, afinal ela merecia ter alguém, se relacionar, se sentir amada, desejada. E no início parecia mesmo que tudo aquilo estava realmente acontecendo.

Mas uma coisa me preocupava: era um relacionamento às escondidas. O Bonitão pulava o muro que dividia o quintal da sua casa com a casa da mamãe porque, segundo ele, tinha medo de que a mãe dele descobrisse que eles estavam se relacionando. Achei a desculpa bem esfarrapada e percebi logo que ele não queria assumir o relacionamento para os amigos que frequentavam o bar.

— Mãe, fico feliz de vê-la feliz, mas tome cuidado. Se esse moço já tem quarenta e um anos e ainda está solteiro, pelo visto não quer se apegar a ninguém. Tenho medo de que a senhora se apaixone e... — eu comecei.

— Já vem você colocar peso no meu relacionamento. Até parece que não quer me ver com alguém.

Minha fala teve a intenção de fazer mamãe colocar os pés no chão. Era lógico que, se realmente quisesse ter um relacionamento com ela, o tal vizinho não teria razões para esconder de quem quer que fosse. Ambos eram maiores de idade, vacinados e livres.

— Não é nada disso, mãe! Quero muito que a senhora seja feliz. Não esqueça que fui eu que falei com o papai quando a senhora quis o desquite. Mas fico preocupada...

Meu coração ficou apertado. Era previsível que em breve teríamos problemas.

Não deu outra! Na semana seguinte começaram as reclamações:

— O Bonitão não me procurou mais. Estou achando ele muito esquisito: quando entro no bar, logo dá um jeito de sair. Já colocaram mau-olhado...

— Mas quem colocou mau-olhado, mãe? Pelo que sei, só a senhora, ele e eu sabemos desse "namoro".

— Não sei, mas ele está muito diferente. Meu aniversário está chegando. Vou fazer uma comemoração lá no Clube e convidá-lo. Vamos ver se ele vai.

Eu já sabia que ele não iria, mas também sabia que não adiantaria tentar demovê-la da ideia daquele convite.

Chegou o dia do aniversário. Tudo era complicado. Nessas ocasiões, eu fazia um trabalho de formiguinha, conversando com minhas irmãs, meus tios e alguns amigos. Eu literalmente implorava a presença das pessoas, porque, se a comemoração não fosse boa, o pós-festa implicaria mau humor, fantasias de perseguição, muito choro e confusão na *minha* casa.

Por mais que eu tenha convencido várias pessoas, é lógico que o Bonitão não compareceu. Mamãe não conseguia esconder sua decepção. Percebendo a tristeza dela, eu entristecia também. Além disso, aguardava os dias piores, que, com certeza, não tardariam.

No dia seguinte, mamãe estava furiosa. E quando ela saía do prumo tudo era motivo para discussão.

— Estou achando que o Bonitão está namorando. Outro dia eu vi que havia uma pessoa junto com ele no carro. Quando saí no portão, o carro dele estava estacionado na porta do bar e vi que havia duas pessoas dentro. Estava escuro. Não deu pra ver se era uma mulher. Ele deve ter escutado o rangido do portão, porque assim que eu abri ele ligou o carro e saiu rápido.

— Mãe, esquece esse Bonitão. Já deu. Pronto! Acabou! — eu tentava.

— É um absurdo você falar isso! Você não gosta de mim, não quer me ver feliz. Se fosse o seu pai, você daria a maior força. Seu pai me traiu no dia anterior ao nosso casamento. Seu pai me batia, me humilhava...

E, como num passe de mágica, a raiva era imediatamente transferida para mim e eu era a única culpada pelo Bonitão não ter continuado o relacionamento com ela.

Naquela época, Vladmir ainda estava trabalhando a quinhentos quilômetros de casa. A ausência dele me deixava preocupada, de certa forma. Nós continuávamos morando no apartamento onde eu morei com mamãe antes do casamento, um local bem simples, sem muita segurança. Eu dormia com Débora na minha cama — tudo isso aconteceu antes da chegada de Luísa — e no outro quarto dormia Carol, a moça que me ajudava com os serviços de casa. Débora era um bebê tranquilo durante o dia, mas acordava a noite toda, e quase sempre chorando. Imagino que em razão do refluxo.

Certa madrugada, em meio à confusão do Bonitão, Débora estava dormindo tranquilamente quando ouvi mamãe chamando meu nome. Desde que minha primeira filha nasceu, meu sono havia se tornado muito leve e eu acordava com qualquer barulhinho. Abri os olhos, assustada, e aguardei uma próxima chamada, para ter certeza de que não era um sonho.

— Ivanice!

Abri rapidamente a janela do quarto e vi minha mãe no passeio.

— Abra a porta pra mim!

Fechei logo a janela, pulei da cama e fui correndo abrir a porta. Minhas pernas enfraqueceram quando deparei com mamãe com o rosto cortado e a blusa manchada de sangue.

— Minha Nossa Senhora! O que aconteceu? — Até hoje não consigo entender como Débora não acordou com minha voz.

— Fecha a porta. Vou te contar.

Mamãe me contou que abriu o portão da casa dela bem devagar quando viu que o carro do Bonitão estava estacionado perto do bar. Percebeu que havia duas pessoas dentro e chegou o rosto bem perto do vidro, para ver se ele estava com uma mulher. E óbvio que estava. Mamãe contou que ficou nervosa e começou a falar que ele a tinha enganado. Ele arrancou rapidamente com o carro, e ela entrou para dentro de casa.

Mais ou menos uma hora depois, ela resolveu ir ao bar. A desculpa era que queria me ligar. O Bonitão estava lá, e ela disse que começou a gritar com ele. Ele, nervoso, jogou nela o copo de cerveja que estava tomando. Mamãe disse que uma pessoa a levou ao pronto-socorro e que lá constataram que o corte era pequeno, então não precisou de ponto. Ela disse que não teve coragem de voltar para casa por medo de que o Bonitão fizesse alguma maldade com ela. Por isso, resolveu ir passar o resto da noite na minha casa.

Não tive forças para chorar nem para dizer nada. Na verdade, fui possuída por um enorme sentimento de compaixão e só disse a ela:

— Vou arrumar o sofá pra senhora dormir. Amanhã a gente pensa no que fazer.

Por incrível que pareça, mamãe aceitou dormir fora de casa naquela noite, e Débora só acordou uma vez, mas eu não consegui mais dormir. Um sentimento de profunda tristeza, pena, solidão, misturado com muita raiva, povoou meus pensamentos até o dia amanhecer.

~

Seria um dia longo. Troquei a fralda da Débora, fiz um café bem forte, acordei Carol e contei tudo o que havia acontecido. Pedi a ela para cuidar da bebê, liguei no meu trabalho e avisei que não poderia trabalhar naquele dia. Havia muito a ser feito.

Acordei mamãe. O rosto dela estava irreconhecível. Havia inchado muito e se formou um hematoma bem escuro perto do olho direito. Com esforço, eu a convenci que deveríamos ir ao Instituto Médico-Legal para fazer um exame de corpo de delito, e de lá iríamos passar numa delegacia, para registrar um boletim de ocorrência. A princípio, mamãe discordou, mas quando eu disse que ela precisava se proteger e que aquela era uma forma de ter segurança, concordou. Após o café, fomos para o IML e, saindo de lá, para a delegacia. O dia passou assim. Eu não tinha força alguma para ser ágil.

Mamãe não quis dormir na minha casa. Depois que me casei, uma das manias dela era jamais se afastar das "suas coisas". Eu a fiz prometer que não iria ao bar e que não iria chamar o Bonitão para conversar. No fundo, acho que ela também estava muito assustada. Combinamos que, no dia seguinte, assim que ela acordasse, iria para minha casa e passaria o dia lá. Eu tinha que trabalhar, mas conversaríamos na hora do almoço. À noitinha, quando voltasse do trabalho, eu a deixaria em casa novamente.

Eu me lembrei do lapso de esperança que tive quando encontrei aquele barracão, imaginando que mamãe moraria ali por alguns anos. Senti um enorme desânimo. Afinal, tínhamos voltado à estaca zero. Não havia nenhuma condição de mamãe permanecer ali. Já era hora de arregaçar as mangas e começar a procurar outro lugar. Mamãe tinha que se mudar rapidamente.

~

Diferentemente do histórico da mamãe, eu e Vladmir tivemos poucas moradias no decorrer da nossa vida de casados. Nos primeiros oito anos moramos no apartamento de aluguel onde vivi com mamãe antes do casamento. Depois dessa, tivemos apenas mais quatro moradias, todas conquistadas com luta, algumas dívidas — mesmo vendendo o imóvel anterior — e muita força de vontade, sempre visando, a cada mudança, proporcionar o melhor possível a nossa família.

Quando Débora estava com sete anos e Luísa com dois, encontrei um apartamento à venda bem perto da escola delas. Fiquei bastante animada, pois onde morávamos até então era muito longe, e por isso minhas filhas enfrentavam mais de uma hora de transporte escolar.

Com muito custo, convenci Vladmir a fazermos uma proposta nesse local. Ele tinha muito medo de que entrássemos em dívidas que comprometessem todo o nosso salário. Ele era sempre assim, um tanto negativista. E eu era o oposto! Por isso, somando e tirando a média aritmética, ficávamos exatamente no meio-termo: nem pessimista nem otimista ao extremo.

Formalizar a proposta foi um custo. Tive que usar muita saliva com Vladmir até chegarmos a um consenso. Seria um período de muito aperto, precisaríamos fazer muita economia. Em compensação, ao final de três anos estaríamos com um bom apartamento, pertinho da escola das meninas, completamente quitado. Com a promessa de que, durante esse período, eu seria a esposa mais econômica do mundo e que não compraríamos nada até o imóvel estar quitado, consegui convencer Vladmir, e fechamos o negócio.

Embora os cômodos do novo apartamento fossem pequenos, tínhamos duas salas, uma no andar de baixo e outra no andar de cima, onde havia uma pequena piscina de fibra. Como as meninas estavam em lua de mel com a piscina, optamos por colocar os móveis de sala que tínhamos na cobertura, para ficarmos sempre por lá e vigiarmos as duas. Na época, possuíamos um sofá-bicama e uma mesa com quatro cadeiras.

Os domingos passaram a ser de pura brincadeira! Vladmir pegava a parte de baixo da bicama e colocava sobre a parte de cima, criando um escorregador para Luísa. De vez em quando pegava alguns lençóis e fazia cabaninhas. Quando eu ouvia, lá de baixo, as gargalhadas das meninas na cobertura, pensava: *Que pai maravilhoso!*

Essas cenas alegravam meu dia, minhas semanas, meus meses. Era como se eu estivesse vivendo minha infância da forma como toda criança deveria viver. Cada vez que eu participava daquelas brincadeiras, valorizava e amava mais meu marido. Um amor construído com base em atos. Por isso, mais sólido do que muitas paixões.

Mas, durante a semana, principalmente na hora do almoço, eu ficava bastante incomodada com a falta de móveis e de cortina na sala do andar de baixo. Sem comentar com Vladmir, procurei a cooperativa dos servidores da minha repartição pública e verifiquei quanto era a taxa de juros para um empréstimo suficiente para a aquisição de sofá, cortina e mesa com seis cadeiras. A cooperativa tinha taxas bem baixinhas, de modo a ajudar os funcionários. Resolvi tirar o empréstimo dividido em dois anos, o que daria uma prestação que caberia no nosso orçamento, mesmo com a prestação do apartamento.

Eu sabia que estava descumprindo um trato feito com Vladmir, mas era por uma causa justa. Poder mobiliar corretamente a casa, arrumar os ambientes para fazermos refeições em família, "alimentava" meu desejo de ter uma família normal, coisa que não experimentei na minha infância, adolescência e mocidade.

Tirei o empréstimo e, imersa na minha alegria, acabei contando para a última pessoa que deveria: mamãe. E pior: fiz a bobagem de dizer a ela que no sábado iria visitar algumas lojas de móveis.

— Quero ir com você! — ela sentenciou, autoritária como sempre.

— Não precisa, mãe. Vou rapidinho. Vou sair cedo, porque tenho que fazer pesquisa de preços em lojas próximas, para que o empréstimo que peguei seja suficiente para comprar tudo.

— Quero ir! Adoro ver móveis! Por favor!

Mamãe se comportava comigo como uma criança mimada. Eu me comportava com ela como uma mãe que cedia a tudo para evitar o chororô. Ficou, então, combinado que ela iria comigo.

No sábado pela manhã, passei no barracão onde ela estava morando antes de ir às compras. Como sempre, ela não estava pronta para sair, pois gastava horas para realizar tarefas simples como escovar os dentes e tomar café. Antes de sair de casa, mamãe olhava debaixo das camas e atrás das portas, para ver se havia alguém escondido ali. Até o ato de fechar a porta de casa era complicado e demorado.

Todo aquele atraso acabou me impedindo de realizar a pesquisa de preços que eu pretendia fazer. Entrei na primeira e única loja que consegui visitar, já chateada e nervosa. Por sorte, aproximou-se de nós uma vendedora muito simpática. Eu disse a ela o que queria comprar e forneci as medidas da sala, que, além de não ser muito grande, possuía ainda uma escada em caracol que levava à cobertura.

Olhamos vários móveis. Fiquei feliz ao perceber que os preços eram bons e que o valor que eu tinha reservado seria suficiente para comprar também uma cristaleira, objeto que eu adorava, pois trazia memórias afetivas da casa da vovó Zita.

Com facilidade, escolhi a mesa com seis cadeiras e a cristaleira. Faltava escolher o sofá, e foi aí que o problema começou. Mamãe sempre foi apaixonada pelo Roberto Carlos, o cantor, e, por consequência, por tudo aquilo que dizem que ele gosta. Sendo assim, ela ama a cor azul. Na loja, havia um jogo de sofá azul de fato muito bonito. O preço também não era ruim. O porém: pela medida da sala, aquele jogo de sofá ficaria extremamente apertado no espaço existente. Eu tentava argumentar com mamãe:

— Mãe, presta atenção: a senhora tem razão, este jogo de sofá é lindo e o preço não está ruim, mas o problema é que vai ficar muito apertado. Não vai caber na sala.

— Vai, sim! Veja só quantos palmos o sofá tem.

— Mãe, a senhora não está entendendo: eu medi o espaço com trena e anotei as medidas aqui. Veja. Agora vamos medir os sofás. Está vendo, mãe? Não vai caber!

— Vai sim! A diferença é muito pequena. Vai dar certo! Pode comprar por minha conta.

Aquela discussão foi tomando uma proporção enorme a ponto de chamar a atenção de vendedores e outros clientes. A vendedora, que no início se mostrou tão simpática, nessa hora já fazia caras e bocas para os colegas, demonstrando nitidamente sua insatisfação. E, por mais que eu tentasse convencer mamãe, não tinha jeito. Não existia meio-termo com ela. Não havia a mínima chance de que ela voltasse atrás, de que conseguisse relativizar, ouvir, dar razão ao outro, aceitar algum argumento. É como se uma situação daquela virasse um jogo na cabecinha dela. Um jogo no qual ela precisava, a todo custo, sair vencedora.

A conversa foi crescendo e me incomodando profundamente e, da mesma forma que agi em relação ao meu vestido de noiva, falei para a vendedora:

— Pode tirar a nota fiscal. Vou ficar com o jogo de sofá azul.

~

Dias depois, chegaram os móveis. Vladmir ficou surpreso e tentou iniciar uma discussão, mas com jeito expliquei a ele os motivos e pedi que confiasse em mim. As prestações do empréstimo feito na cooperativa cabiam no nosso orçamento. Ele aceitou minha argumentação até que os rapazes colocaram os dois sofás na sala.

— Amor, você não levou a medida da sala? Esqueceu da escada? Esses sofás não vão caber aqui.

Meus olhos se encheram de lágrimas, e eu apenas disse:

— Vai ficar um pouquinho apertado, mas a gente empurra até caber.

Por quase quatro anos convivi com os sofás azuis bastante apertados, o menor contra a escada e o maior dificultando o fechamento da porta da sala. Só consegui curtir e gostar deles quando, após quitar o apartamento, pudemos comprar outro sofá para a sala de baixo e transferimos os azuis para a sala da cobertura. Longo tempo curtindo a raiva por adquirir uma mercadoria que não era adequada. E, quando algo me fazia recordar aquela compra desastrada, eu dizia para mim mesma: *"Ivanice, pare de reclamar e aprenda a lidar com a sua mãe. A culpa é toda sua"*.

Depois da tempestade pode vir mais tempestade, mas um dia chega a bonança

O nascimento de Luísa nos trouxe muita alegria, mas também os desafios de lidar com o ciúme da ex-filha única. Nos primeiros dias, Débora estranhou muito a chegada da irmã. Ficava triste e, por vezes, dizia aos prantos:

— Eu quero voltar pra barriga da mamãe!

Vladmir, que antes do nascimento de Luísa saía todos os sábados e domingos com Débora para que eu conseguisse estudar para o concurso de auditor fiscal, agora tentava distraí-la, de forma que eu pudesse cuidar de Luísa e dar uma cochilada, aproveitando o soninho da caçula.

Ele sempre foi um pai e um esposo maravilhoso. Aquelas cenas traziam à tona um amor sereno e calmo. A paixão avassaladora não fez parte da nossa história. Nosso amor foi sendo construído aos poucos, fruto da vivência e da admiração pelas virtudes que víamos um no outro.

Com o passar dos dias, Débora foi se acostumando com a chegada da irmã e, em pouco tempo, se tornou uma exímia ajudante.

Três dias antes de Luísa completar três meses, recebi um telefonema logo cedo. Era Beth, minha colega da Secretaria da Fazenda, com quem estudei muitas vezes para o concurso de fiscal.

— Você não faz ideia do motivo pelo qual estou te ligando... Saiu o resultado do concurso! Nós passamos!

Senti um frio nas pernas, daqueles que temos a impressão de que vamos perder as forças.

— Você está brincando comigo! É sério? Não brinca com uma coisa dessas.

— É sério, amiga! Nosso esforço foi recompensado! Fomos aprovadas!

Por um momento, eu não sabia se ria ou se chorava. Gritei de alegria, e Vladmir, que estava no térreo do prédio brincando com Débora, conseguiu ouvir minha euforia e subiu as escadas correndo.

— Que alegria é essa? Me conta!

Débora entrou logo atrás. Agradeci a Beth pela notícia, desliguei o telefone e gritei sorrindo:

— Fui aprovada no concurso!

— Sério, amor? Que alegria!

Vladmir pegou Débora e a rodou, sorrindo e dizendo:

— Viva! A mamãe passou no concurso!

Luísa, ainda tão pequena, deixava transparecer naquele rostinho lindo de bebê um ar sereno e feliz. Naquele sábado ousamos almoçar no shopping e, lá, fizemos muitos planos de mudança e de viagens.

Na semana seguinte, voltei a trabalhar. O assunto era só um: quando sairia a publicação da nomeação dos aprovados? Dos 23 mil inscritos, apenas 489 foram aprovados. O edital previa quatrocentas vagas. Entretanto, a expectativa de rápida nomeação de todos os 489 aprovados era alta, visto que entre a elaboração do edital e a publicação do resultado do concurso ocorreram aposentadorias, abrindo mais vagas. Além disso, alguns nomeados acabam não tomando posse em razão da aprovação em outros concursos realizados na mesma ocasião.

Só que, ao longo do mês, essa expectativa deu lugar a uma grande frustração e muita preocupação quando o Sindicato dos Auditores entrou com uma medida cautelar junto ao Superior Tribunal de Justiça, alegando a existência de uma lei mineira que dispunha que trinta por cento das vagas deveriam ter sido reservadas para um acesso interno entre os agentes fiscais.

Aquela situação se tornou uma pedra pontuda no sapato de todos os aprovados cuja classificação era posterior ao 280º lugar, e eu estava entre eles. Pessoas que tiveram dispêndio financeiro com o pagamento de cursinho e aulas particulares, que se esforçaram, que deixaram o convívio com a família e amigos, o lazer, que dormiram menos horas por noite para se dedicarem ao estudo e à preparação para as três etapas do concurso. Todas se sentiam injustiçadas. Aquilo foi mais que um "balde de água fria", foi equivalente a ser jogada em uma piscina gelada. Toda aquela alegria no dia em que recebi o telefonema da colega havia se transformado em um sentimento de frustração e injustiça que me consumia dia após dia.

Quando consegui me acalmar um pouco, comecei a pensar em uma forma de lutar pela vaga que havia conquistado com tanto esforço. Decidi procurar alguns colegas que tinham sido aprovados, mas cuja nomeação acabara suspensa em razão da liminar obtida pelo Sindicato. Descobri mais três colegas que estavam na mesma condição que eu. Fiz contato com eles e marcamos uma reunião.

Juntos, falamos sobre nossa indignação e pensamos em todas as opções possíveis. Nossa decisão foi entrar em contato com todos os aprovados com classificação posterior ao número 280 e, a partir daí, formar uma comissão para lutar pela nossa nomeação.

O simples fato de participar daquela reunião já me deixou mais calma e esperançosa. Saí dali com o coração tranquilo e me lembrei de uma frase do Raul Seixas: "Sonho que se sonha só é só um sonho. Mas sonho que se sonha junto é realidade". Eu já não estava sozinha naquela batalha. E, quanto mais pessoas juntas, mais forte o exército.

Dez dias após aquele primeiro encontro, já estávamos com a lista dos aprovados em mãos. Cheguei para a segunda reunião com os outros colegas já com uma minuta de carta para, se aprovada, ser assinada por todos e, imediatamente, postada nos Correios.

Naquela data, os classificados até o número 320 já haviam sido nomeados. O índice de desistência de posse no cargo foi alto entre os aprovados de fora do Estado que haviam passado em outros concursos. Enviamos 165 cartas para os aprovados de Minas Gerais e de vários estados do Brasil. Na carta, marcamos um encontro com todos para dali a uma semana.

A reunião seguinte ocorreu com a presença de menos de quarenta aprovados. Algumas pessoas que não residiam na cidade enviaram cartas demonstrando seu apoio à causa. Embora eu tivesse a expectativa de que a participação fosse bem maior, estar agora rodeada por quase quarenta pessoas lutando pelo mesmo objetivo me deu mais força e confiança.

A partir desse encontro, sucederam-se muitos outros, além de conversas, discussões, encontros com o Sindicato, ligações para deputados e até a contratação de um advogado. Foi um período muito movimentado.

À noite, quando eu voltava do trabalho, as meninas estavam ávidas pela mãe, tanto Débora quanto Luísa. A caçula mal me via e já estendia os braços para ganhar meu colo. Enquanto isso, o telefone tocava sem parar. Uma hora era um aprovado solicitando informação, outra hora era outro aprovado querendo prestar informação de alguma descoberta ou trazer alguma ideia no sentido de resolvermos nosso problema.

O passar do tempo trazia o temor de que o prazo de validade do concurso prescrevesse antes que o processo movido pelo Sindicato fosse julgado. Nosso trabalho era incessante, e as reuniões, cada vez mais frequentes. Começamos a atirar para todos os lados, fazendo diversos contatos, enviando correspondências e sempre solicitando aos interessados que nos ajudassem com a pesquisa de jurisprudência. Foi então que uma das aprovadas enviou para nós uma informação que encheu de esperança o coração de todos os aprovados que até ali não haviam sido nomeados em decorrência da liminar: havia uma ação direta de inconstitucionalidade contra o artigo da lei mineira que dispunha sobre a reserva de trinta por cento das vagas para acesso. A ação tinha sido proposta pelo procurador-geral da República.

Diante daquela informação, resolvemos enviar correspondências para o referido procurador, pedindo a interferência dele, visando à rápida solução do problema. Além disso, eu e mais uma colega tomamos a decisão de viajar a Brasília para tentar conversar pessoalmente com o ministro do Superior Tribunal de Justiça, o STJ, que havia concedido a liminar, de forma a mostrar a ele que a ação direta de inconstitucionalidade já colocava por terra os anseios do Sindicato. Assim, faltamos um dia do trabalho e voamos para a capital federal, na tentativa de solucionar nosso problema.

O clima de Brasília parecia um deserto. Era fim de novembro. Um sol de rachar num céu infinitamente azul. Brisa? Nenhuma! No caminho até o STJ, fui rezando e pedindo a Deus que conseguíssemos entrar e conversar com o ministro ou com algum assessor. E que essa conversa pudesse, enfim, resolver toda a nossa questão.

A resposta da recepcionista nos animou:

— O ministro não está, mas vocês serão atendidas pela assessora dele.

Diante da assessora, eu e minha colega expusemos os motivos que tinham nos levado até ali. Ela se mostrou solícita e pediu para ver a documentação que portávamos. Ao ler a ação direta de inconstitucionalidade, a assessora empalideceu. Lia e relia, levantava da cadeira, buscava pareceres, lia e levantava as sobrancelhas. Depois de uns quinze minutos, disse que iria tratar da questão com o ministro e que em breve a situação seria solucionada.

Com receio de criar um problema em vez de obter uma solução, quase não falamos nada. Agradecemos e saímos dali com um misto de sentimento de vitória — afinal, fomos recebidas pela assessora do ministro — e de frustração, já que a solução não parecia ser tão imediata.

— Vai dar tudo certo! — Minha colega era bem mais leve e tranquila do que eu. — Você viu como ela ficou assustada quando leu o documento? Fique tranquila. Nós vamos ser nomeadas em breve.

Voltamos para casa no mesmo dia. Cheguei exausta e, assim que abri a porta, a primeira coisa que vi foram minhas meninas lindas. Débora correu e abraçou minha perna. Luísa deu logo os bracinhos, sinalizando que queria o colo da mamãe. Aquilo era um alívio depois de um dia tão corrido e intenso.

~

Na semana seguinte, minha colega me ligou dizendo que seria publicado no *Diário Oficial do Estado* um edital interno para o cargo de inspetor. Era um cargo comissionado, ou seja, o fato de passar na seleção não garantia estabilidade na função, mas o salário era bom, quase equivalente ao de auditor fiscal. Diante dos obstáculos, resolvi me inscrever para a seleção. Alguns colegas contrataram um professor de Contabilidade para nos preparar para as provas, e, novamente, comecei a estudar. Minhas forças para lutar pela minha vaga de auditor fiscal já estavam se esvaindo. Eu precisava pensar num plano B.

Uma noite, já bastante cansada do trabalho e das aulas após o expediente, resolvi faltar à aula, aceitar o convite de uma colega e ir a uma reunião de um grupo kardecista. Eu precisava acalmar meu coração e precisava de respostas para aquele momento que estava vivendo.

— Alguém quer perguntar alguma coisa? — Bernadete, a mulher que dirigia a reunião, questionou.

Imediatamente, levantei a mão e, sem pensar, fui logo dizendo:

— Me chamo Ivanice. A questão é: eu, junto com mais de uma centena de pessoas, estamos sendo vítimas de uma grande injustiça. Isso já dura meses, e estou no meu limite. — Contei o que estava acontecendo e ao final fiz a seguinte pergunta: — Como a gente faz para aceitar uma injustiça dessas? Eu fiz o concurso, estudei mesmo num momento difícil, pois estava em uma gravidez complicada, alcancei a pontuação necessária, fui aprovada e agora ainda tenho que lutar para ter a vaga que conquistei com o meu esforço?

Bernadete, com sua voz doce, falou algo de que jamais me esqueci e que foi como um bálsamo na minha ferida:

— Ivanice, minha querida, eu entendo a sua tristeza. Mas pense comigo: você está contabilizando apenas os pontos que os candidatos fizeram na prova formal do concurso. Se acontecer o acesso interno e outros colegas forem nomeados para o cargo de auditor fiscal em detrimento dessas pessoas que, como você, constaram na lista de aprovados do concurso, é simplesmente porque eles possuem uma pontuação maior do que a de todos vocês na contabilidade, digamos, "celeste". Você me entende?

Lógico que entendi. E me senti uma tola. Eu já havia feito tudo que estava ao meu alcance. Se aquela nomeação não saísse, a questão era fazer "a entrega", aceitar que não era desígnio de Deus e seguir em frente. Saí da reunião bem mais tranquila e determinada a passar na seleção para o cargo comissionado de inspetor.

Peguei firme nos estudos, mesmo com o tempo escasso. Eu trabalhava oito horas por dia, e, agora, era mãe de duas meninas. De qualquer forma, quando sobrava um tempinho, aproveitava para fazer alguns exercícios.

Assim, eu fiz a prova. E fui aprovada! Depois de eu ter acalmado meu coração com as palavras da Bernadete, nem vi o tempo passar. Fato é que, para minha surpresa, a aprovação no concurso de inspetor e a nomeação do concurso de auditor fiscal foram publicadas com uma diferença de apenas vinte dias. Então veio a sensação de retribuição do enorme esforço despendido para passar nos dois concursos e para conseguir a nomeação no cargo de auditor.

No dia em que foi publicada a nomeação do restante dos aprovados, era difícil crer que tudo estava resolvido. Li e reli meu nome. Minha euforia chamou a atenção até das pessoas das salas vizinhas, que se juntaram a mim em uma comemoração espontânea para me parabenizar por um desfecho que eu aguardara por mais de um ano. Todos me cumprimentaram, felizes. Tinham testemunhado minha luta para passar no concurso de auditor, para ser nomeada e também para ser aprovada no concurso de inspetor (meu plano B).

Depois de receber os abraços, agradeci o carinho dos colegas de trabalho e disse:

— Hoje estou muito feliz. Eu me sinto recompensada por todo o esforço de uma longa caminhada que teve início quando eu decidi, há mais de dez anos, que faria o concurso de auditor. Quanta batalha! Depois de uma espera de tantos anos, o edital foi publicado num momento em que eu estava numa gravidez difícil, com o DIU disputando espaço com a Luísa. Fiquei firme no meu propósito. Estudei o quanto pude. Fui aprovada, mas houve a questão da liminar impedindo a nomeação. Junto de outros aprovados, iniciamos uma nova batalha. Confesso que, ao final, já cansada e sem a certeza se nos planos de Deus para a minha vida estava escrito "auditora fiscal", resolvi participar da seleção para o cargo de inspetor. Mesmo não sendo um cargo efetivo, oferecia uma boa remuneração, e isso me ajudaria na questão da manutenção da minha mãe, situação que todos vocês conhecem. Quando enfim vi a nomeação de auditor fiscal, senti que foi Deus coroando o meu esforço, a minha determinação.

Os colegas aplaudiram minha fala. Muitos sabiam o quanto aquele desfecho era importante para eu continuar cumprindo minha missão de manter e cuidar de minha mãe.

Naquele dia, depois de colocar Luísa no berço, fiz uma prece agradecendo muito a Deus. Revi em flashes várias cenas daquela luta. Quanto aprendizado! O principal deles: acalme o seu coração. Tenha sempre a certeza de que o que for seu achará um modo de chegar até você, não no seu tempo, mas no de Deus. Confie Nele! Lute e faça a entrega!

Uma estrela no nosso céu

Vovó era uma pessoa encantadora, humilde, agregadora, caridosa, sábia, amorosa. Na sua casa, havia sempre de dois a três cachorros. Ela via um cãozinho abandonado na rua e levava para casa. Era um lugar simples, mas exalava amor.

Dona Zita era benzedeira. Eu me lembro de vê-la benzendo bebês desde que eu era criança. Achava estranho ela medir as perninhas do bebê. Antes de começar a benzer, ela me mostrava que uma perninha estava maior que a outra. Pegava um ramo de arruda no quintal e benzia o bebê, virando de cá para lá e de lá para cá, enquanto rezava. Quando terminava, media as perninhas, e elas estavam do mesmo tamanho. Vovó me mostrava o ramo de arruda bem murchinho e dizia:

— Agora o bebê vai melhorar! Todo o mau-olhado foi embora.

Era comum o bebê e a mãe saírem sorrindo, o que deixava vovó muito feliz. Eu me lembro de que, antes dos meus dois partos, estive na casa da vovó Zita para ela me benzer. Ela era minha madrinha de batismo e nós duas tínhamos uma ligação forte. Quando estava triste e me encontrava com ela, eu logo ouvia:

— O que houve com você, filha? Estou vendo que você não está bem.

Durante um período após meu casamento, entre várias vendas, sempre seguidas de compras de imóvel de menor valor, realizadas pela vovó Zita para ajudar financeiramente um de seus filhos, ela comprou um pequeno apartamento em um bairro distante. Como eu precisava de um descanso nos cuidados e contatos diários com mamãe, aluguei para ela um apartamento em frente ao da vovó. Infelizmente, porém, foi um período curto, já que mamãe reclamou do barulho que as crianças faziam no imóvel de cima do dela e assim acabou se desentendendo com a vizinha, mãe das crianças.

Lá fui eu em busca de outro lugar para mamãe morar. Nessa altura, vovó também já estava precisando vender o apartamento. Foi a última venda, e desta vez não houve compra. Vovó alugou uma casinha de frente e eu aluguei o barracão dos fundos para mamãe. Pensei: *Agora vai dar certo!*, mas, num breve tempo, mamãe começou a dizer que havia marcas de passos na parede do barracão onde ela estava morando.

— A senhora está brincando, mãe! Como isso é possível?

— É sério! Você não acredita em mim. Veja as marcas na parede. E aqui é telha de amianto, não tem laje. Uma pessoa pode muito bem tirar a telha e entrar aqui em casa de madrugada.

— Mas a senhora não iria acordar com o barulho? E, se há alguém entrando aqui, como não sumiu nada da sua casa?

— A pessoa pode estar entrando aqui para me usar à noite.

— O quê? Te usar? Mas a senhora não acordaria?

— A pessoa deve colocar alguma coisa no meu nariz pra eu cheirar e não acordar.

Não teve mesmo jeito. Uma nova mudança se fez necessária. Além disso, um dia, vovó me disse:

— Ivanice, cuide da sua mãe. Eu já estou velha. Estou cansada. Eu não dou conta. Cuide da sua mãe.

Infelizmente, a experiência de a mamãe morar próxima à vovó não deu certo. Mamãe tinha aqueles ímpetos autoritários, e vovó sempre gostou de ser livre, ir aonde quisesse, comer o que tivesse vontade e agir na sua casa com liberdade.

— Sua mãe não me deixa dar um passo sozinha — ela reclamava. — Me vigia o tempo inteiro. Basta eu abrir o portão de casa e ela grita: "Mãe! Aonde a senhora está indo?". Eu gosto de comer uma fritura de vez em quando. Tem uma pastelaria aqui bem pertinho de casa, mas ela fala que eu não posso comer pastel, que não faz bem, que é frito, que é de carne, que eu não sei como esse pastel é feito, que com certeza a loja não tem higiene... Ela vem aqui em casa e coloca defeito em tudo. Diz que cozinho jogando as cascas no chão. Que não lavo as mãos quando vou ao banheiro. Que o cachorro não pode subir na cama e no sofá. Estou cansada!

Tive pena da vovó Zita e prometi a ela que daria um jeito nisso. Resolvi, então, levar novamente a mamãe para o mesmo bairro em que eu morava. É evidente que ela adorou a notícia! Em pouco tempo, lá estava eu novamente embalando suas coisas e ajudando a colocar tudo no caminhão de mudança.

Com o tempo, vovó Zita também resolveu voltar para mais perto de nós. Por coincidência, encontramos para ela um barracão com bom preço, numa rua paralela àquela onde mamãe morava. Era a distância ideal: nem tão perto a ponto de que mamãe pudesse controlar a vida da vovó, nem tão longe a ponto de que ambas precisassem pegar ônibus para se visitarem.

Estávamos, enfim, próximas. Todas no mesmo bairro novamente. De certa forma, aquilo me tranquilizava. Vovó Zita já estava com quase oitenta anos e tinha dificuldade de locomoção, em razão de sequelas de uma fratura no fêmur. Eu, Clarice e tia Graça decidimos contratar uma pessoa que ficasse com vovó durante o dia. À noite, Rita, uma conterrânea de Vladmir, dormiria com ela.

Seguiram-se alguns meses tranquilos. Eis que vovó Zita recebe um telefonema do tio Mário dizendo que estava preso. Era noite. Vovó ligou para mim, e eu fiquei de ir a sua casa na manhã seguinte para levá-la à delegacia.

— Preso? Mas por qual motivo, vó?

— Ele disse que levou uma fechada no trânsito e ficou com muita raiva. Aí passou com o carro dele bem pertinho do carro que o havia fechado e apontou uma arma de brinquedo para o motorista, para dar um susto, só por desaforo. Só que o homem achou que a arma fosse de verdade e chamou a polícia. A polícia perseguiu o carro do Mário, e ele então jogou a arma de brinquedo pela janela. Os policiais o prenderam e também recolheram o carro. Acharam a arma. Viram que era de brinquedo, mas disseram que aquilo não era brincadeira, que ele poderia ter causado um acidente, e agora ele está preso — disse vovó Zita, aos prantos.

Ao chegarmos à delegacia, o delegado nos contou que tio Mário já havia sido liberado. Que estava bem e que passara a noite lá para aprender a se comportar. Ao sairmos, vovó mostrou-se incrédula:

— Será que liberaram mesmo o Mário? E se fizeram alguma maldade com ele?

— Não, vó! O delegado parecia estar dizendo a verdade. Com certeza está tudo bem. A senhora não tem o telefone do Mário?

— Não. Nem sei onde ele está morando. É muito difícil, esse menino.

— Fica tranquila, vó. A senhora não viu que ele ligou ontem quando a coisa apertou? Então! Se ele não ligar, é sinal de que está tudo bem.

No fundo eu disse isso para acalmar o coração da vovó, mas era de fato preocupante e inadmissível que um filho tirasse o sossego de uma mãe e depois não ligasse para dizer que tudo estava bem.

Três dias depois, surgiram em vovó todos os sintomas de hepatite. Muito vômito, diarreia e os olhos bastante amarelos. Mário apareceu, confirmando o que o delegado havia dito. Estava tudo bem com ele. Mas nem isso fez vovó melhorar.

Parecia que toda aquela angústia vivida em três dias tinha feito um estrago por dentro dela. Clarice a levou para passar um tempo na sua casa, mas, dois dias depois, me ligou dizendo que precisou levar vovó para o hospital e que ela havia ficado internada. Saí correndo do trabalho e, sem combinarmos, eu e tia Graça chegamos juntas.

Clarice estava ao lado da vovó. Assim que nos viu, veio nos abraçar.

— O médico que olhou a vovó disse que ela vai fazer vários exames amanhã. Não dá pra fazer hoje porque ela precisa estar de jejum.

Vovó estava meio sonolenta, mas, assim que viu o movimento, abriu os olhos e sorriu ao ver que havíamos chegado. Acariciei seu cabelo e beijei sua testa.

— Dorme, vó. Os seus três anjos da guarda estão aqui para velar o seu soninho.

Ela tornou a sorrir, suspirou e se virou para dormir. Nós três nos afastamos um pouco para que Clarice pudesse contar o que o médico havia falado.

— O médico que atendeu a vovó disse que ela parece muito fraca. Os sintomas são de hepatite, mas ele falou que ela fará amanhã uma bateria de exames. Só depois dos resultados será possível dar um diagnóstico.

— Vamos nos revezar para passar a noite com ela — eu disse.

Em menos de duas horas, fui para casa, tomei um banho, voltei para o hospital e liberei tia Graça. Clarice já havia saído. Vovó estava acordada, e achei seu aspecto melhor.

— Mamãe conseguiu tomar uma sopinha — minha tia disse. — Até agora não vomitou. Vamos pedir a Deus que ela consiga segurar esse alimento.

— Vamos, sim! Vamos fazer uma oração pedindo a Deus que restitua a saúde da vovó.

Vovó sorriu. Rezamos as três, e, em seguida, tia Graça se despediu. Vovó agradeceu por eu estar ali com ela. Perguntou pelas meninas e eu disse que elas estavam bem. Vladmir cuidaria delas. Então, vovó perguntou pela mamãe.

— Por enquanto tudo bem, vó. Ainda está se dando bem com a dona do barracão, que mora na casa da frente. Deus permita que isso dure. Ela está feliz lá. Está conseguindo lavar as roupas. Naquele ritual que a senhora conhece, mas está indo. Fico preocupada com a alimentação dela. Ela continua trabalhando naquele serviço que a Clarice conseguiu pra ela. Mas mais falta do que comparece.

Eu e vovó rimos da minha fala. Eu continuei:

— De vez em quando ela vai ao médico e diz que precisa de uma licença, que não está dando conta. O problema é que ela não consegue chegar no horário de jeito nenhum. Só chega atrasada. Tudo o que ela faz é muito demorado. E o pior é que não aceita ajuda de ninguém. Aí se perde nos afazeres da casa, não consegue controlar o tempo, e, quando vê, sai de casa sempre depois do horário em que já deveria estar no trabalho. Como a repartição em que ela trabalha fica perto da minha, eu estava levando almoço pra ela todos os dias. Ela deveria chegar ao serviço ao meio-dia. Meu horário de almoço é do meio-dia às duas. Todos os dias eu arrumava uma marmita bem bonita, com o melhor pedaço de frango ou peixe, e levava pra ela no trabalho. Tem dia em que chegamos praticamente juntas, ou seja, mamãe chega ao trabalho com duas horas de atraso.

— Mas por que você disse "levava"? Não está levando mais? — perguntou vovó, com cara de espanto.

— Não estou, vó. Um dia desses, quando cheguei ao serviço da mamãe, ela estava usando o banheiro, e uma de suas colegas me disse: "A comida da sua casa é uma delícia!". Estranhei essa colocação e perguntei como ela sabia, ao que recebi como resposta: "Sua mãe me dá a marmita todo dia. Ela fala que não tem apetite, porque toma café muito tarde. E quando eu digo que já almocei, ela passa a marmita para uma das telefonistas".

Contei para vovó que fiquei muito triste e aborrecida com aquela revelação. Mamãe não comia nada que tivesse sido preparado para ela. Não adiantava. Era uma desconfiança, um medo. Aquilo me deixou deprimida e até ofendida. Eu sempre estive do lado dela. Sempre a defendi. Sempre briguei por ela com a família do papai e até mesmo com ele. E nem assim ela confiava em mim. Vovó percebeu minha tristeza e disse:

— Filha, não fica chateada com sua mãe. Isso não está nela. Não sei se você se lembra, mas, quando você e a Clarice eram pequenas, levei a sua mãe em tudo quanto foi benzedor pra ver se tirava essas cismas. Não teve jeito. Ela sofreu muito e ainda sofre por causa da Helenice. Tenha paciência.

— Vó, me conta uma coisa. Quando é que a senhora percebeu que a mamãe era uma pessoa diferente? Com que idade a mamãe estava?

Vovó olhou para a frente como se estivesse recordando um tempo passado. Ficou com os olhos perdidos e disse:

— Acho que ela tinha uns doze anos quando comecei a notar alguns comportamentos estranhos. Ela ficava muito nervosa quando os irmãos mexiam nas coisas dela. Por isso passou a esconder a chave da parte dela do guarda-roupa. Mas sempre foi determinada e muito trabalhadora. Com dezesseis anos, quis começar a trabalhar no comércio. Era complicado, porque sempre saía de casa atrasada. Parecia que não conseguia organizar o tempo. Eu dizia pra ela deixar as roupas já separadas à noite, pra não ter que sair naquela correria, mas não tinha jeito. Todo dia era a mesma coisa. Uma vez, ela saiu tão desembestada, correndo pra pegar o ônibus, que não viu um carrinho de mão no passeio e bateu o nariz no danado. Quando dei fé, lá vem sua mãe de volta, chorando com a mão no nariz.

Fiquei pensativa com aquelas pequenas histórias.

— Mas, vó, a senhora nunca imaginou que isso podia ser algum problema psiquiátrico?

— Eu pensava, sim, mas a gente não tinha condições de procurar um médico dessa área. Eu achava também que podia ser algum encosto, alguma coisa espiritual. Desde nova, ela fala que tem uma voz que fala com ela. Eu pensava que, se ela tivesse alguma coisa grave, não seria tão inteligente. Sua mãe faz conta de cabeça, sabe? Passou na admissão direto! Só não continuou os estudos porque seu avô falava que era bobagem gastar com estudo de filha mulher.

— É, vó. A mamãe é mesmo diferente. Mas não se preocupe com isso. Eu vou cuidar dela. Fique tranquila.

Dei um beijo carinhoso na bochecha da vovó, ajudei-a a ir ao banheiro e depois coloquei com carinho a coberta sobre ela. Rapidinho ela adormeceu, e eu fiquei ali, pensando em tudo o que ela me disse.

~

Na manhã seguinte, bem cedo, dois enfermeiros vieram buscar a vovó para fazer os exames. Tia Graça chegou para me render. Do hospital, fui direto para o trabalho. Nos revezamos nos cuidados e na companhia à vovó Zita: eu, tia Graça, Clarice, tio Mário e tio Ernesto. Mamãe dizia que não gostava de hospital e, por isso, ia apenas de vez em quando, no horário de visita. Na verdade, mamãe tinha um medo tremendo de pegar alguma doença. Além disso, quando ia ver a vovó, quase sempre arrumava alguma encrenca com os enfermeiros. Dizia que eles não lavavam as mãos direito para cuidar da mãe dela.

Uns dez dias após a internação, o médico chegou ao quarto e, sem que a vovó percebesse, disse que gostaria de falar com os filhos da dona Zita. Clarice estava comigo, e nos apresentamos como netas, mas nos prontificamos a ouvir o que ele tinha a dizer.

— A avó de vocês está com um tumor no fígado. Será necessário fazermos uma cirurgia de remoção.

— E o senhor é quem vai fazer a cirurgia? — perguntei.

— Posso fazer, mas essa cirurgia, para ser feita nos próximos dias, tem que ser particular.

— Não pode ser paga pelo SUS?

— Pode. Mas os meus honorários, não.

Achei estranha aquela fala, mas tive receio de questionar muito e o médico ficar com raiva e deixar de cuidar bem da vovó. Clarice perguntou, então, qual seria o valor que deveríamos pagar. Era alto, mas passível de ser pago se dividíssemos entre três ou quatro pessoas. Falamos para o médico que preparasse tudo, pois trataríamos de arranjar o dinheiro.

Quando o médico se afastou, tivemos a chance de chorar. Nos abraçamos e choramos muito. Não foi preciso falar nada. Sabíamos que nosso sentimento naquele momento era idêntico. Com as limitações e dificuldades da mamãe, somados à distância física e à fraqueza do papai no enfrentamento dos problemas, vovó Zita acabara ocupando na nossa vida um lugar muito mais importante do que o de uma avó. Vovó Zita foi, na verdade, mãe e avó. Desempenhou com louvor o papel de avó, defendendo-nos, fazendo nossas vontades, dando colo e muito carinho, e acumulou o papel de mãe, cuidando de nós, da nossa alimentação, ensinando-nos valores, dando exemplos, lutando por nós. A possibilidade de perdê-la trazia um vazio e uma dor no peito que só quem teve uma avó Zita consegue entender.

No dia seguinte, já tínhamos o cheque para entregar ao médico. Mas, para nossa tristeza, o estado da vovó começou a piorar. Sem que a deixasse ver, enchi os olhos de lágrimas. Naquele dia, fiquei com vovó da hora em que saí do trabalho até por volta das dez da noite. Ela estava visualmente triste e falou pouco comigo. Acordou de uma soneca e, como se estivesse numa madorna, disse meio sonolenta e com um leve sorriso:

— Ela está na beira da cama.

— Quem, vó?

Dormiu de novo. Algum tempo depois, chegou tia Graça. Naquela noite ela dormiria com a vovó. Nós nos abraçamos na sua chegada. Eu disse apenas:

— Hoje ela não está bem.

Percebi lágrimas nos olhos da tia Graça. Peguei minha bolsa e disse:

— Fiquem com Deus.

~

O telefone tocou quando eu estava tomando o café. Um toque triste, que cortou o silêncio e levou meus pensamentos à minha querida vovó Zita. Quando atendi e tia Graça disse meu nome com voz de choro, as lágrimas começaram a descer. Um vazio imenso tomou conta do meu ser. Eu apenas respondi:

— Já sei. Estou indo aí.

Fui até o quarto das meninas. Elas ainda dormiam. Vladmir estava se aprontando para ir para o trabalho. Quando ele olhou para mim, caí num choro profundo. Ele me abraçou com força.

— Calma, amor. É a vida. Sua avó vai descansar agora.

— Você tem razão. Mas está doendo muito. Não sei se vou conseguir vir almoçar. Assim que tudo ficar resolvido em relação ao velório e enterro, ligo pra você. Tenho muita coisa pra resolver. Quando der oito horas, vou ligar para o meu trabalho. Diga à Cleo para não levar as meninas hoje para a escola. Elas amam a vovó Zita. Assim que der, venho pra casa e conto a elas.

Vladmir me abraçou novamente. Ele sabia o quanto a vovó Zita era importante na minha vida. Peguei um táxi e fui para o hospital. No trajeto, várias cenas passaram pela minha cabeça. Revi vovó na piscina do clube comigo e com Clarice quando éramos crianças. Revi vovó chegando ao barracão em que morávamos tendo nas mãos algo envolvido em uma toalha de mesa com um grande nó. Lembro dela desamarrando o nó e mostrando para nós, feliz, uma sopeira de louça com tampa que, ao ser destampada, deixava no ar o cheirinho gostoso da comida ainda quente. Revi vovó dizendo: "Foge! Foge! Seu avô chegou!". Revi mamãe falando: "Não pode subir na goiabeira!" e a vovó a levando para dentro de casa, piscando para mim e para Clarice, como dizendo: "Pode subir, sim! A goiabeira está cheia de frutos!".

A cada lembrança, muitas lágrimas e uma dor no peito de muita tristeza. Recordei vovó me benzendo no dia do nascimento da Débora e também na tarde do nascimento de Luísa. Eu me lembrei da sua presença no aniversário de três anos de Luísa. Do último

Dia das Mães na sua casa, um barracão simples, mas tão cheio de acolhimento e de alegria. Perdida em meus pensamentos, só me dei conta de que chegamos ao hospital quando o taxista me avisou.

Limpei as lágrimas com as mãos, paguei a corrida e desci rapidamente. Na recepção, assim que expliquei o motivo, deixaram que eu entrasse logo. Peguei o elevador sozinha, desci no quinto andar e me apressei pelo corredor para rapidamente alcançar o quarto da vovó. Por um instante, fui tomada por um sentimento de esperança. *Quem sabe foi um sonho e eu vou chegar ao quarto e ver a vovó recostada, tomando um mingau quente e sorrindo para me receber?*

Só que a realidade me mostrou uma cena diferente. Vi tia Graça chorando baixinho perto da cama. Aproximei-me da vovó Zita e, ao tocar em seu braço, percebi que ela não estava mais ali, apenas um corpo frio e sem vida sobre a cama. Por mais que eu tentasse me controlar, um choro alto, soluçado e sentido saía de mim como nunca antes.

Passados alguns minutos, Clarice chegou. Eu, ela e tia Graça choramos juntas e abraçadas. Depois de nos acalmarmos um pouco, dividimos as tarefas mais urgentes: Clarice iria cuidar da certidão de óbito e do local para velório e sepultamento. Tia Graça iria à casa da vovó Zita para buscar a roupa com a qual ela seria enterrada. As duas me pediram para cuidar da mamãe, indo até a casa dela para dar a triste notícia.

Os filhos de Clarice esperavam por ela no carro. Miguel já tinha catorze anos, e Daniel, onze. Pedi a ela que deixasse os meninos na minha casa. Minhas meninas amavam os primos e certamente a presença deles naquele dia ajudaria muito a minimizar a tristeza que enfrentariam quando soubessem da perda da bisavó.

Fui então para a casa da mamãe e, com muito cuidado, contei a ela que vovó Zita já não estava entre nós. Estranhamente, mamãe não chorou, mas era nítida sua tristeza. Não consegui entender o porquê de não ver lágrimas caindo dos seus olhos. Mamãe ficou estática, de cabeça baixa, e, depois de um silêncio, disse:

— Isso foi mau-olhado daquela vizinha.

Um sentimento de impotência misturado com angústia tomou conta de mim ao perceber a distância que minha mãe vivia da realidade. O imaginário dela dominava sua vida. Não adiantava dizer que vovó falecera porque estava com um tumor no fígado e que não tinha dado tempo de realizar a cirurgia. Concordei com um simples aceno de cabeça. Não era o momento de tentar trazê-la para a realidade, embora eu sempre me esforçasse para fazer isso. Eu estava sem forças e resolvi que concordar com ela seria o melhor a fazer naquele momento.

Pedi a ela que se aprontasse para irmos para minha casa. Lá, ela almoçaria e depois iríamos ao velório. Mamãe não quis. Disse que não queria ir ao velório nem ao enterro. Estranhei sua decisão e tive vontade de perguntar o motivo. Seria medo de pegar alguma doença? Seria vontade de guardar da vovó a imagem dela viva e saudável? Resolvi respeitar sua decisão e nada disse. Só perguntei se ela ficaria bem. Expliquei que eu teria que ir embora, porque os meninos da Clarice estavam lá em casa e eu queria contar para minhas meninas o que tinha acontecido com a bisavó que elas tanto amavam. Mamãe disse que eu podia ir tranquila, pois ela ficaria bem. Nós nos despedimos e eu saí.

Nossa relação de carinho era estranha. Mamãe não era de chamego, abraços e beijos. Era muito preocupada com a própria saúde. O simples fato de alguém falar muito próximo a ela, expelindo gotículas de saliva, a incomodava, e ela não conseguia disfarçar seu descontentamento. Fazia logo cara de nojo, e rugas de preocupação apareciam imediatamente na sua testa. Mesmo naquele momento, não foi possível abraçá-la.

No caminho para casa, fui tentando entender como seria aquela perda para mamãe. Imagino que talvez ela tenha chorado depois da minha saída. Em seguida, me perdi novamente nas lembranças de situações vividas com vovó e, assim, logo cheguei em casa. Percebi que as meninas já sabiam da perda quando ambas correram até mim, chorando.

Levei Débora para o quarto e fiz sinal para que Miguel e Daniel cuidassem de Luísa. Lá, falei com minha filha mais velha:

— Filha, eu acho que você e sua irmã não deveriam ir ao velório. A bisa não está lá. Seu espírito já subiu para o céu, e só há um corpo, sem vida, que será enterrado. Você e Luísa são muito pequenas para participar disso. De onde a bisa estiver, ela está vendo o quanto vocês gostam dela e o quanto estão tristes. Fique aqui com a sua irmã. Hoje vocês não vão à aula. Antes de anoitecer eu já estarei aqui com vocês. Me dá mais um abraço bem apertado. Amo você, filha!

Daniel entrou no quarto, e eu pedi à Débora que fosse ficar com Luísa. Meu sobrinho, então, disse:

— Tia, fui eu que contei para as meninas.

— Obrigada, querido. Você já está um rapaz. E como foi a reação delas?

— Quando eu falei que a bisa não estava mais neste mundo e que Deus a tinha levado para o céu, Luísa foi logo dizendo: "Por que Deus não levou a vovó Pietá em vez da bisa?".

~

Logo que terminamos de almoçar, Clarice ligou dizendo que dentro de uma hora o velório seria iniciado e que o sepultamento da vovó Zita seria às dezessete horas, naquele mesmo dia. Ficamos de nos encontrar no cemitério em uma hora.

Lá chegando, encontramos tia Graça com seus filhos e o marido. Aos poucos, foram chegando tio Tado, tio Mário e tio Ernesto. Tia Linda já havia falecido. Morreu jovem, aos quarenta e cinco anos, após um aneurisma.

Quando saí do cemitério, fui direto à casa da mamãe. Eu estava preocupada e precisava saber como ela tinha passado o dia. Mamãe recebeu-me com um semblante de profunda tristeza. Abriu o portão e foi logo perguntando:

— O enterro será amanhã que horas?

— Já foi hoje, mãe. O enterro foi às dezessete horas.

— Gente! Que absurdo! Por que tanta pressa? O correto é aguardar vinte e quatro horas depois que a pessoa morre. Você não lembra daquele filme que mostrava a pessoa acordando dentro do caixão? Tem uma doença que se chama catalepsia, que a pessoa parece que morreu, mas não morreu. Que absurdo! Por que vocês não esperaram?

— Mãe, a vovó morreu. Na hora em que cheguei hoje cedo ao hospital e toquei no braço da vovó, vi que ela não estava mais ali. Fique tranquila. Ela não tinha essa doença chamada catalepsia. Agora, está ao lado de Deus. Está descansando de uma vida atribulada, cheia de preocupações com os filhos, netos e bisnetos. Vovó sempre foi uma pessoa maravilhosa. Não me recordo de um só dia em que ela não tenha demonstrado carinho por todos da família, pelos bichos e por quem estivesse próximo a ela. Ela está em paz.

Quando terminei, mamãe começou a falar sem parar sobre o tal mau-olhado, mas eu conduzi meus pensamentos para outro lugar. Estava cansada e triste com a perda da minha avó-mãe.

Mamãe a dois quarteirões

Depois do falecimento da vovó Zita, comecei a pensar em trazer mamãe para mais perto de mim. Sempre me vinha à cabeça o pedido da vovó: "Cuide da sua mãe!".

Um dia, indo com mamãe assistir à comemoração do Dia das Mães da qual Luísa participaria na escola, ela olhou para um prédio antigo que ficava na rua onde eu morava, em frente à igreja anexa ao colégio, e disse:

— Deve ser ótimo morar aqui neste prédio! Você abre a janela e vê o Santíssimo Sacramento.

Achei bonita aquela fala e fiquei imaginando a igreja com as portas abertas e a mamãe na janela do apartamento, olhando lá no fundo o Santíssimo Sacramento. Comecei a pensar que, talvez, ter a mamãe morando mais perto minimizaria meu trabalho e minhas preocupações. É fato que todas as questões dela sempre ficaram por minha conta.

Não falei nada naquele momento, mas passei a observar o prédio (antigo, de quatro andares) na esperança de que algum apartamento fosse colocado para alugar. E não deu outra. Em pouco mais de um mês, lá estava a placa "Aluga-se"! E com a janela localizada bem em frente à porta da igreja.

Mesmo com os custos mais altos, achei que seria bom para mamãe estar mais perto de mim. Quem sabe ela conseguiria se organizar para almoçar conosco todos os dias? Quem sabe deixaria que suas roupas fossem lavadas lá em casa e até se tornasse uma pessoa mais tranquila na convivência diária com as netas?

Engraçado como o desejo do meu coração era capaz de me fazer esquecer a realidade. Acho que aquelas divagações eram uma forma inconsciente de negar a doença da mamãe. Admitir que ela tinha um transtorno psiquiátrico era muito pesado para mim. Embalada pelo desejo de que mamãe tivesse uma vida mais próxima da normalidade, acabei alugando o apartamento.

Mamãe ficou radiante! O imóvel era grande para uma pessoa só. Tinha três quartos, um bom banheiro, uma sala imensa, cozinha e dependências completas de empregada. Mas eu queria tentar. Quem sabe daria certo. Era exatamente na frente da igreja. Deus haveria de abençoar.

A ilusão de que dona Pietá iria almoçar diariamente conosco caiu por terra logo na primeira semana, já que mamãe nunca conseguiu ter disciplina com horário. E, embora morando a dois quarteirões de distância, eu nunca sabia a que horas e em que dia ela iria aparecer.

Ela acordava cedo, ligava a televisão e o rádio ao mesmo tempo e no último volume e se distraía fazendo sei lá o quê. Quando ia tomar o café, já era por volta das onze horas. Ela dizia que ligava a TV para ver os programas de saúde e receitas, e o rádio, para ouvir o horóscopo. Mamãe sempre guardou na memória o aniversário de todos os parentes e conhecidos e, por isso, sabia o signo de cada um. Ela é de peixes, assim como eu. Quando por algum motivo não conseguia ouvir o horóscopo, o tempo fechava para ela. Chegava ao ponto de ligar para o meu trabalho e pedir:

— Ivanice, olha aí na internet o que deu no meu horóscopo.

— Mãe do céu! Estou no trabalho!

— Olha aí, Ivanice! Eu me distraí aqui, e quando dei fé o meu horóscopo já tinha passado. Eu preciso saber! Olha aí, Ivanice!

E eu olhava. Era mais rápido pesquisar e ler para ela do que tentar convencê-la de que fazer aquilo no meu ambiente de trabalho era errado. O egocentrismo sempre foi um traço forte da personalidade da mamãe, os desejos e as necessidades dela eram sempre prioridade sobre tudo e todos.

Com a distração do rádio e da TV, a parte da manhã passava sem que mamãe conseguisse se arrumar para almoçar conosco no horário certo. A tarefa que ela arrumou para se distrair depois do café era ficar de tocaia na janela, vigiando a Débora sair da escola e andar dois quarteirões com uma colega até em casa. Por vezes, Débora se queixava comigo:

— Mãe, você precisa falar com a vovó pra parar com a mania de ficar na janela vigiando a hora que eu saio do colégio. Eu quase morro de vergonha. Ela fica de lá da janela gritando: "Débora! Vai embora! Para de conversar! Depois você conversa com seu colega!".

Quando eu abordava o assunto com mamãe, ela se aborrecia:

— Mas que enjoamento da Débora! Ela ainda não tem idade pra namorar. Tem que sair da aula e ir direto pra casa. Isso é que é certo!

Não era nada fácil convencer a mamãe de qualquer coisa. Ela estava sempre certa. Quando emitia uma opinião, não havia quem conseguisse convencê-la do contrário.

Dias depois dessa nossa conversa, eis que um dia Débora chega do colégio triste e cabisbaixa.

— O que foi, filha? Aconteceu alguma coisa?

— Mãe, hoje eu estava na sala assistindo à aula e, de repente, a diretora abriu a porta. Sabe com quem ela estava? Com a vovó!

— Mas a diretora falou alguma coisa com você?

— Não. Mas, como eu me sento bem na frente, ouvi ela falando com a vovó: "Ali, dona Pietá. Sua neta está tranquila, assistindo à aula". Fiquei com vergonha diante dos meus colegas e também da professora. Isso nunca aconteceu com ninguém. Não quero que a vovó fique indo ao colégio pra ver se eu estou lá.

— Filha, eu vou conversar com a diretora pra saber o que aconteceu e depois vou conversar com a sua avó. Mas não fique triste com isso, querida... Sua avó é preocupada. Ela ama você e sua irmã — eu tentei.

Naquele mesmo dia, liguei para a diretora do colégio. Débora e Luísa estavam lá havia muitos anos. Eram crianças dóceis, inteligentes, educadas com todos e muito estudiosas. Por isso, não passavam despercebidas. Solange, a diretora, falou:

— Entendo que a Débora tenha ficado com vergonha em frente dos colegas e da professora. Nessa fase de pré-adolescência, a timidez é normal. Os jovens estão passando por muitas mudanças e não gostam de se sentir diferentes dos demais. Sua mãe chegou à portaria do colégio meio assustada e foi logo dizendo que queria ver a neta. Disse que estava em casa e de repente teve um pressentimento de que a Débora estava correndo perigo. Falou para os funcionários que só passou o pente no cabelo, fechou a casa e veio correndo para cá. Achei engraçado como ela é vaidosa, pois, mesmo preocupada, ainda passou o pente no cabelo. — Acho que Solange acrescentou essa fala para aliviar um pouco a tensão que o assunto por si só provocava. Então continuou: — O pessoal da portaria disse para ela que não era possível que ela visse a neta naquele momento. Eles não poderiam interromper a aula para trazer a Débora até a portaria. Sua mãe ficou nervosa com a negativa, por isso vieram me chamar na minha sala. Fui até ela e tentei de todas as formas convencer sua mãe de que a Débora estava bem. Eu disse a ela que vi quando Débora chegou, mas não adiantou. Ela foi ficando cada vez mais aflita. Aí, resolvi levá-la até a porta da sala. Percebi que ela não ficaria tranquila se não visse, com os próprios olhos, que a Débora estava bem.

— Solange, minha mãe tem questões psiquiátricas. Quando ela tem esses pensamentos, que chama de pressentimentos, isso vira verdade na cabeça dela. É muito complicado. Vou conversar com ela. Vai ficar brava, porque não consegue enxergar nada do que faz como indevido, mas vou pedir a ela para isso não se repetir.

Naquele dia voltei do trabalho pensando em como conseguiria convencer mamãe a não ficar na janela monitorando Débora e a não ir mais ao colégio. Com certeza, teria que usar o artifício da "inversão de papéis". Eu, sendo filha, tinha que me portar como mãe, dando bronca, tentando educar e até ameaçando dar castigo. Eu odiava, mas não tinha outro jeito...

Para mal dos pecados, nesse dia ela apareceu, e essa conversa aconteceu naquela mesma noite. Ao chegar em casa, deparei com mamãe na cozinha esquentando o almoço às 18h30.

— Mãe, não é possível! Já pedi à senhora para vir almoçar cedo. A senhora mora a dois quarteirões daqui. Como é que pode uma coisa dessas?

— Eu não tenho empregada como você. Tenho muita coisa para fazer. Não gosto de sair de casa sem tomar banho e não gosto de deixar o serviço pela metade. E também, qual é o problema de eu esquentar a comida agora?

— Essa hora é a que eu consigo ajudar Luísa no dever da escola, auxiliar Débora em alguma pesquisa.

— Deixa de implicância, Ivanice! Você não perde a oportunidade de implicar comigo.

O argumento usado para justificar seus atrasos era sempre o mesmo. Eu tentava não sofrer com aquela situação, embora fosse difícil. Mamãe não conseguia manter a casa dela em ordem nem deixava ninguém ajudar. A mania de acumular tudo, de jamais jogar nada fora, havia piorado depois que eu e Clarice nos casamos. Quando éramos solteiras, nós duas cuidávamos de descartar várias coisas escondido, de forma a manter a casa organizada. Mas depois que mamãe passou a morar sozinha não conseguíamos mais tirar um folheto de missa da sua casa. Se ela recebesse um panfleto de propaganda na rua, aquele papel estava fadado a morar com ela para sempre.

Foi uma pena a mamãe ter aparecido lá em casa justamente naquele dia. Eu ainda não tinha conseguido digerir a questão da ida dela ao colégio e o trabalho que ela tinha dado aos funcionários da portaria e também à diretora. Lembrei-me da Débora com os olhos cheios de lágrimas durante nossa conversa e aquilo tudo, somado à fala da mamãe, me deixou sem papas na língua.

— Já que estou implicando com a senhora, vou aproveitar para te pedir, ou melhor, para te implorar, para tirar o foco da Débora.

Não quero que a senhora vá ao colégio nem que fique na janela da sua casa monitorando a saída dela e gritando pra ir logo pra casa.

— Gente do céu! Eu me preocupo com a Débora. É minha neta! Agora vou comer chorando. Quantas vezes eu almocei com as lágrimas caindo dentro do prato por culpa do seu pai.

— Então vou lá para o quarto até a senhora acabar de jantar, ou melhor, de almoçar. Mas quando a senhora acabar vamos continuar esta conversa.

Fui para o quarto. Vladmir estava com a porta fechada, e as meninas estavam com ele. Quando eu e mamãe começávamos a discutir, ele sempre fazia isso: ligava a TV, aumentava o volume e fechava a porta do quarto. Tentava ao máximo distrair as meninas para que não ouvissem a briga e não ficassem tristes.

Assim que entrei no quarto e me sentei na cama, Débora me abraçou. Aquela atitude era uma forma de agradecimento. Ela sabia que aquela conversa era no sentido de resolver a questão que tanto a incomodava. Fiquei ali por uns vinte minutos e voltei para a sala. Mamãe estava na cozinha com a cara bem fechada. Eu respirei fundo e comecei:

— Mãe, a Débora está ficando mocinha. A Solange, diretora do colégio, me disse que nessa época as crianças ficam mais tímidas, envergonhadas...

Antes que eu concluísse minha fala, mamãe me interrompeu com rispidez:

— Quer dizer que você foi falar mal de mim com a diretora?

— Não, mãe. Eu não fui falar mal da senhora com a diretora. Eu liguei para ela para saber o que havia acontecido, porque a Débora chegou em casa triste, dizendo que a senhora tinha ido na sala dela e que ela tinha ficado com vergonha diante dos colegas e da professora.

— Mas vergonha por quê? Eu estava mijada? Cagada? Por que ela sentiu vergonha de mim?

— Mãe, não é vergonha da senhora. É vergonha por chamar a atenção. Por que cargas d'água a avó aparece na porta da sala durante a aula?

— Que bobagem! Você devia era me agradecer por eu me preocupar com as suas filhas.

Nessa hora, o tom de voz da mamãe já estava alterado. Mas eu tinha que continuar a conversa, porque não queria mais ter que voltar ao assunto. Também desejava poupar as meninas de ouvir a discussão, então falava em tom normal, mas ela respondia aos gritos.

— Mãe, pelo amor de Deus, eu quero te pedir para a senhora não ficar na janela na hora em que a Débora estiver saindo da escola e voltando para casa. Isso não é necessário. Ela vem para casa com a Raíssa, colega dela e nossa vizinha. São apenas dois quarteirões. Não há perigo algum — eu implorava que ela me escutasse.

— Mas por que ela tem que ficar de papo com os colegas? Cada dia é com um menino diferente. Ela não tem idade para namorar. Você tem que ficar de olho. Essa idade é um perigo.

— Mãe, quem tem que cuidar disso sou eu e o Vladmir. A senhora já criou suas filhas. Os tempos agora são outros.

E antes que eu terminasse de falar ela veio com mais gritos:

— Vou ficar na minha janela na hora que eu quiser. A casa é minha. A janela é minha!

— Então eu vou pedir transferência e vou embora da cidade.

— O quê? — ela estava em choque.

— Vou embora. Vladmir pede transferência, vendemos o apartamento e compramos outro fora daqui...

Nessa hora, mamãe surtou. Começou a gritar, completamente fora de si:

— Vai, sua besta! Vai sofrer nas mãos do seu marido como eu sofri com o seu pai. Ele vai te bater. Você vai ver como é bom ficar longe de mim.

Aí eu também saí de mim. Para evitar que as meninas ouvissem a discussão, conduzi a mamãe para o quarto da Cleo, nossa ajudante, que nesse momento estava no colégio. Meu nervosismo foi tamanho que entrei numa espécie de transe, peguei a calça jeans que estava por cima de uma pilha de roupas e comecei a bater nas minhas pernas sem parar. Acho que aquilo provocou um barulho indecifrável para quem não conseguia ver o que estava acontecendo. Mamãe, então, começou a gritar:

— Socorro! Ela está me batendo! Socorro!

Eu não conseguia sair do transe no qual estava mergulhada. Nem me lembrava que havia passado a chave na porta de vidro do cômodo em que estávamos. Só consegui "acordar" quando ouvi o vidro sendo quebrado. Vladmir acreditou que eu estava realmente batendo na mamãe e, para pôr fim àquela situação, deu um soco no vidro para abrir a porta. Mamãe, com o susto, parou de gritar.

Quando vi minhas filhas chorando, meu coração se partiu. Tudo que eu queria era consolá-las. Vladmir pediu a mamãe para ir embora. Ela desceu as escadas do prédio aos gritos, para toda a vizinhança ouvir:

— Vocês vão pagar! Vocês todos vão pagar o que estão fazendo comigo!

~

As meninas foram se acalmando aos poucos, e eu engoli o choro até o momento em que tive certeza de que elas já estavam dormindo. No dia seguinte, acordei com os olhos muito inchados. Quando um "terremoto" dessa magnitude acontecia, eu levava, no mínimo, cinco dias para me recuperar. Uma sensação de ressaca tomava conta de mim. A melhora vinha aos poucos, à medida que as cenas da discórdia ficavam menos nítidas.

Mamãe, ao contrário, no dia seguinte já cantava e sorria. Não acho que ela esquecia o ocorrido. Penso que não entristecia porque tinha a plena certeza de que estava com a razão. Na sua visão, ela havia sido maltratada sem ter feito qualquer coisa de errado. Sempre que surgia uma oportunidade, seja com alguém da família ou do ponto do ônibus, contava o ocorrido à sua maneira. O início da história era sempre o mesmo: "A Ivanice pintou comigo!".

Os membros da família não davam ouvidos, pois todos sabiam o quanto eu me dedicava à mamãe e da sua necessidade de se vitimar. Mas, quando ela falava com desconhecidos, as pessoas acreditavam. Digo isso porque, um dia, fui parada na rua por uma vizinha do prédio que ficava em frente ao meu. Com cara de poucos amigos, ela veio tirar satisfações sobre os maus-tratos à mamãe por mim e pelo Vladmir. Ouvi com paciência e, depois que ela disse tudo, comecei a explicar sobre os problemas da mamãe. Fiz um breve resumo e percebi que ela entendeu que estava enganada. Pediu desculpas por ter abordado o assunto, se despediu e seguiu seu caminho.

Uma pessoa que tem transtorno psiquiátrico não é facilmente identificada. Só o contato frequente permite aos outros perceberem que há algo diferente. As meninas, desde cedo, perceberam o risco de as pessoas acharem que eu e Vladmir estávamos maltratando a avó. Uma tarde, Débora ligou para o meu trabalho e disse, desesperada e aos prantos, que estava com medo de que o pai fosse preso, porque a avó tinha ameaçado ir até a delegacia.

Voltei para casa assim que pude para entender a situação.

— Filha, qual foi o problema desta vez?

— Quando a vovó chegou, o papai falou com ela: "Isso é hora?". Ela ficou brava. Disse que qualquer hora era hora, já que ali era a casa da filha dela, e, sendo assim, era a casa dela também. Aí papai respondeu: "Essa casa é minha também!". A vovó respondeu que o seu salário é maior do que o do papai, e por isso você tinha contribuído mais para a compra do apartamento. Portanto, a casa era mais sua do que dele. A vovó disse também que lutou muito para você chegar no ponto que chegou. Por isso, ela tinha todo o direito de vir aqui em casa na hora que ela bem quisesse.

— Meu Deus...

— Depois disso, o papai ficou nervoso e falou que era um absurdo ela chegar àquela hora para almoçar, tirar tudo da geladeira e depois deixar as vasilhas sujas, tudo bagunçado. Aí vovó deu uma risadinha e falou: "Ah! Já sei! Você está com peninha da Cleo. Coitadinha.

Ela vai ter que lavar mais vasilhas...". Aí o papai ficou bravo e falou que era para ela ir embora e que ela só iria almoçar lá em casa se chegasse na hora do almoço. A vovó falou que não ia embora de jeito nenhum. O papai foi em direção a ela e falou que ela ia sair, sim. Pegou a sacola dela e foi levando a vovó para a porta pelo braço. Aí ela disse que o papai tinha batido nela e que ela iria dar queixa dele na delegacia aqui perto e que ele ia ver o que dá bater em idoso. Ela disse que o papai iria preso e que ia apanhar na cadeia.

Débora falava com voz de choro, as lágrimas começaram a cair pelo seu rosto. Meu coração ficava apertado todas as vezes que via minhas filhas sofrendo com aquela situação sobre a qual eu não conseguia ter nenhum controle. Abracei Débora com força. Ela caiu no choro. Para acalmá-la, prometi que passaríamos alguns dias na casa da vovó Ceição e do vovô José, pais do Vladmir.

Ir para a casa dos avós paternos era sempre uma enorme alegria para as meninas. Lá, sim, era casa de avós. Muitos primos, muitas brincadeiras, liberdade para brincar na praça, biscoitos assados no forno de barro do quintal...

Débora secou o rosto com as mãos e abriu um enorme sorriso. Até o dia da viagem, estaria absorvida pela expectativa de estar com os avós, tios e primos. O durante também era maravilhoso. E o depois era o momento de contar para os amigos do colégio quão diferente era passar uns dias no interior, longe da cidade grande.

Chegou a esperada quarta-feira antes do feriado de Páscoa e lá fomos nós para a rodoviária, que estava abarrotada de gente e malas. Era gostoso ver a alegria estampada no rosto de Débora e Luísa. Vladmir também ficava feliz de ir ver os pais. A viagem de doze horas de ônibus era um pouco cansativa, mas a energia era rapidamente recuperada com um bom banho e um café com biscoitos quentinhos, assados pela vovó Ceição.

Na chegada, algo de novo aconteceu. Meu sogro, Seu José, nos aguardava no portão da casa. Abriu um sorriso enorme quando viu as netas, que correram para abraçá-lo. Meu sogro era um homem tímido, de pouca conversa, mas que se derretia todo quando via os netos. Um dos irmãos do Vladmir havia ficado viúvo com três filhos pequenos. Meus sogros se organizaram para criar os meninos, que ficaram com eles até a adolescência, quando meu cunhado se casou novamente.

Tudo levava a crer que passaríamos dias maravilhosos. Os outros primos, assim que souberam que Débora e Luísa estavam na casa da vovó Ceição, correram para lá. Foi aquela farra! Muitas brincadeiras e sessões de filmes na sala da casa. Além de muita comilança, com as quitandas preparadas para os netos pela minha sogra.

Até que uma triste notícia nos pegou totalmente desprevenidos. De repente, a campainha tocou e meu cunhado entrou correndo e assustado:

— Vladmir, vem comigo. Pai passou mal no bar.

Os dois saíram correndo e todos nós ficamos tristes e apreensivos. Do bar mesmo, meu sogro foi conduzido ao hospital da cidade. Tinha tido um infarto e não estava bem. Naquela noite, a casa, que durante o dia emanara alegria e sons felizes, ficou silenciosa e triste.

No dia do nosso retorno, um pouco antes de nos dirigirmos à rodoviária, recebemos a notícia de que meu sogro estava melhorando. Infelizmente as meninas não teriam apenas boas lembranças para dividir com os colegas da escola, mas nossa esperança era de que em breve o vô José retornasse à sua casa recuperado.

~

Já de volta à cidade, a semana começou na correria, com Débora chegando atrasada ao colégio, e eu e Vladmir, igualmente ao trabalho. A todo momento em que eu me recordava do meu sogro, pedia a Deus pela saúde dele. Nos primeiros dias, as notícias eram animadoras e já se falava em alta. Porém, de uma hora para outra, Seu José teve outro infarto.

Vladmir resolveu fazer a viagem de carro para ver o pai e a família. E Cleo, vendo minha aflição, disse para eu ir com ele, ela cuidaria das meninas.

Mas mamãe estava lá em casa na hora em que recebemos a notícia. Foi me conduzindo para meu quarto e, lá chegando, falou baixinho, para que Vladmir não a escutasse:

— Você não vai, não, Ivanice. É um perigo pegar estrada à noite. Também tem as meninas. Você não pode deixar as meninas sozinhas com essa Cleo. Essa moça não tem responsabilidade nenhuma. Você não pode ir, Ivanice.

Um sentimento de impotência tomava conta de mim quando mamãe resolvia conduzir minha vida, tomando decisões que deveriam ser minhas. Era previsível o que aconteceria se eu me posicionasse em desacordo com a opinião dela. Naquela situação específica, ela começaria a gritar, Vladmir discutiria com ela, as meninas começariam a chorar e voltar à normalidade seria muito difícil. De fato, eu não tinha escolha.

— Está bem, mãe. Eu não vou — respondi, resignada.

Voltei para a sala e, muito sem graça, falei com Vladmir:

— Amor, vou ficar com as meninas. Não fica triste comigo, mas é difícil para mim acompanhar você neste momento.

Vladmir não disse nada. Foi para o quarto, pegou algumas peças de roupa, colocou tudo numa mochila, pegou uma garrafinha de água e um pacote de biscoitos, deu um beijo na Débora e outro na Luísa e disse:

— Fiquem com Deus.

— Amor, vá devagar. Me dê notícias assim que você chegar. Vou ficar aqui rezando para que você faça uma boa viagem e para que Deus restitua a saúde do seu pai.

Vladmir me deu um abraço e saiu. Fiquei ali na sala com um aperto enorme no coração, mas tentei agir como se tudo estivesse bem. Afinal, não queria iniciar uma discussão com mamãe. Todas as vezes que isso acontecia, era nítido o sofrimento das meninas, o que acabava comigo.

Nem quando Vladmir me avisou, na madrugada, de que havia chegado bem, o aperto no peito foi embora. Minha vontade era de estar com ele naquele momento. Esses pensamentos me tiraram o sono, e passei quase a noite inteira rolando de um lado para o outro, sem conseguir dormir.

Quando o despertador tocou, a sensação que tive era a de que eu tinha acabado de deitar. Levantei o mais rápido que pude, tomei café com Débora, deixei-a na escola e fui para o trabalho. Assim que cheguei lá, Vladmir ligou chorando:

— Amor, meu pai acabou de falecer.

Lágrimas vieram rapidamente aos meus olhos. Que vontade imensa de estar ao lado do meu marido lhe dando força naquele momento tão difícil.

— Meu querido, que tristeza. Eu devia ter ido com você. Eu precisava estar aí com você. Aguente firme. Imagino a sua dor. Vou pra casa, vou organizar tudo, pegar um ônibus e ir.

— Não, amor. Não venha. Ainda não sei a que horas vai ser o enterro, mas será logo. Além disso, para as meninas virem com você é complicado. Elas ficariam muito cansadas, acabaram de fazer essa viagem. E pra você vir e deixar as meninas é complicado também. Você conhece sua mãe... Ela pode arrumar confusão com a Cleo, e a Débora e a Luísa sofrem com isso.

O que Vladmir disse fazia todo o sentido, mas era horrível pensar que, num momento tão difícil, eu não estaria ao lado dele nem daria o último adeus ao meu sogro.

Fui para o banheiro da repartição e chorei muito. Os motivos eram vários: a morte repentina do meu sogro, as lembranças da nossa chegada na semana anterior com ele nos aguardando no portão, a tristeza que as meninas sentiriam ao saberem da morte do avô, a vontade imensa de estar ao lado do meu marido naquele momento, de abraçar meus cunhados e minha sogra, e a incapacidade de enfrentar mamãe nas decisões que ela acabava tomando por mim.

Depois do choro, respirei fundo várias vezes. Lavei o rosto e fui até o meu chefe. Ele me disse palavras de conforto e me liberou do trabalho naquele dia. Fui para casa como um zumbi, um avião ligado no piloto automático. Quando cheguei, Luísa me recebeu sorrindo:

— Mamãe, que bom que você chegou! Por que veio mais cedo?

— Vem cá, filhota. Senta aqui pertinho. Tenho que te contar uma coisa bem triste. Seu avô José foi para o céu.

Luísa começou a chorar e colocou a cabeça no meu colo. Fiz carinho no seu cabelo e falei baixinho:

— Filha, é muito triste quando somos obrigados a ficar distantes daqueles que amamos, quando sabemos que não vamos mais encontrar uma pessoa muito querida a não ser em nossos sonhos. Mas tenha certeza que aqueles que amamos não morrem nunca no nosso coração. Por isso, eles estarão sempre conosco. Hoje você não vai à escola. Ficaremos aqui juntinhas, eu, você e a Débora, debaixo das cobertas. Vamos assistir a um filme. Você vai ficar o dia todo coladinha em mim.

Aos poucos, Luísa foi se acalmando. Quando parou de chorar, sugeri a ela que ficássemos no meu quarto um pouco. Eu estava muito cansada e com sono. Ela gostou da ideia. Deitamos juntas e acordamos com a Débora chegando da escola. Mais choro e mais tristeza quando dei a notícia a ela. À tarde vimos TV juntinhas, debaixo da coberta, uma consolando a outra.

Mamãe não apareceu naquele dia, o que acabou sendo bom. Estava sentida com ela, e sempre que isso acontecia eu ficava sem paciência com suas falas e acabávamos brigando. À noitinha, liguei para Vladmir. As meninas falaram com ele e choraram a morte do avô novamente. Vida que segue, mas segue triste até que a tristeza se transforme em saudade e as lembranças dos bons momentos ocupem a mente e acalmem o coração.

Vladmir chegou dois dias após o enterro, a tempo de almoçar conosco. Estava muito triste. Quase não disse nada, apenas comentou:

— Todos perguntaram por você — disse, olhando para mim.

Senti uma cobrança naquela fala e entristeci por não ter tido coragem de enfrentar a situação e acompanhar meu esposo num momento tão difícil. Mas agora era tarde. Tempo é algo que não volta atrás. Meus olhos se encheram de lágrimas num misto de arrependimento por não ter ido e de raiva pela minha covardia, por não saber, naquela altura do campeonato, como lidar com a manipulação da minha mãe.

~

Assim que acabou o expediente, fui correndo para casa. Queria estar com Vladmir e tratá-lo com muito carinho como forma de compensar minha ausência num momento tão triste da vida dele. Passei na padaria e comprei pão fresquinho para tomarmos um lanche todos juntos.

Estávamos lanchando quando o som do interfone interrompeu nossa conversa. Era mamãe. Por mais que eu insistisse, não tinha jeito. Ela aparecia para almoçar quando bem queria e ai de quem dissesse a ela que aquilo era errado.

— Isso é hora de a sua mãe vir almoçar? — perguntou Vladmir.

— Amor, deixa pra lá. Eu já cansei de falar com ela. Já até ameacei não permitir que ela almoce fora do horário, mas não tem jeito. Você sabe como ela é...

— Mas por que ela não age assim com a Clarice?

Não consegui responder nada.

~

Quando percebi que mamãe havia terminado de comer, fui para a cozinha para conversar com ela. O assunto não era nada agradável, mas necessário:

— Mãe, hoje a síndica do prédio me ligou. Ela pediu para a senhora tirar as plantas da jardineira do prédio e colocar no apartamento.

— Não é possível! A mulher já começou a implicar comigo?

— Não é implicância, mãe. Ela disse que te falou que a moça que faz a faxina no prédio podia molhar as suas plantas quando molhasse as do prédio, mas que a senhora não concordou.

— Mas por que eu mesma não posso molhar as minhas plantas?

— Ela disse que a senhora acaba gastando muita água. Disse também que a senhora tem jogado água nas plantas à noite, já tarde, e que acaba molhando aquela área inteira. Vou te ajudar a levar as suas plantas para dentro do apartamento. Aliás, já devíamos ter colocado dentro do apartamento desde o dia da mudança.

— Que absurdo! Eu sempre arranjo alguém pra implicar comigo. Já começou!

Nesse momento, Vladmir viu que mamãe estava atacada, e como ele também não estava com a melhor das paciências, disse:

— Sua mãe já começou a arrumar encrenca? Não é possível!

— Vai à merda, Vladmir! É por isso que você perdeu seu pai. É castigo pela forma como você me trata.

Vi o semblante do meu marido se encher de ódio. Fiquei horrorizada com a fala completamente insensível da mamãe, e aumentou em mim o arrependimento de não ter estado ao lado de Vladmir em um momento tão triste.

— Chega, mãe! Por hoje chega! A senhora já falou demais. Agora pode ir.

Abri a porta e mais uma vez mamãe desceu xingando e gritando:

— Que absurdo! Me colocar pra fora desse jeito! Vocês vão pagar! Ah, vão!

~

No sábado seguinte, depois do almoço, fui ao prédio onde mamãe morava para convencê-la a levar as plantas para dentro do apartamento. Foi um trabalho delicado. Convencer mamãe sobre qualquer coisa sempre foi uma tarefa difícil. Depois de algumas horas aguardando o momento em que ela poderia descer, fomos finalmente até as jardineiras e, juntas, carregamos de dois em dois os quase quarenta vasinhos de plantas. Quando enfim consegui concluir o trabalho, abri a janela e olhei para o Santíssimo Sacramento lá dentro da igreja. Pedi força, paciência e sabedoria a Deus para continuar aquela missão.

Resolvida a questão das plantas, achei que teria um pouco de paz. Mas logo na semana seguinte recebi no meu trabalho uma ligação do proprietário do apartamento. Depois de alguns rodeios, ele, sem graça, disse que os vizinhos estavam reclamando dos hábitos noturnos e barulhentos da minha mãe.

Assim que coloquei o telefone no gancho, a boia da minha caixa-d'água emocional arrebentou de vez. Tive que correr para o banheiro e lá chorei sem entender se era de raiva, de cansaço ou de desespero. Depois, respirei fundo várias vezes. Lavei o rosto, sequei com papel-toalha, passei na copa, tomei um café sem açúcar e então voltei para a sala.

Ao me ver entrar, meu colega Fernando, que trabalhava na mesa ao lado da minha, puxou a cadeira dele para perto da minha mesa e disse:

— Ivanice, eu quero te dar uma sugestão. Posso?

Fiz um gesto de permissão com a cabeça. Se eu começasse a falar, decerto cairia no choro. Meu colega continuou:

— É impossível trabalhar ao lado de alguém e não ter ciência dos problemas que o seu colega está enfrentando. Nesses últimos anos trabalhando ao seu lado, venho percebendo a sua luta com a sua mãe, sempre mudando, sempre precisando de fiadores, os problemas que ela causa...

— Ela tem...

— Eu sei. Ela tem questões psiquiátricas. É realmente difícil. Mas eu tenho uma sugestão para lhe dar. É você quem paga o aluguel para a sua mãe?

Balancei a cabeça num sinal de sim, e Fernando continuou.

— Minha sugestão é que você e seu esposo se esforcem para comprar um pequeno apartamento para a sua mãe morar. Com certeza vocês conseguem um financiamento para pagar uma prestação equivalente ao aluguel. Em alguns anos esse imóvel será patrimônio de vocês. Mas o melhor disso tudo é o seguinte: sua mãe tem direito a viver em sociedade, mesmo sendo portadora de algum transtorno. Pelo que eu observo, ela não coloca em risco a vida de ninguém. Não é uma pessoa agressiva, é apenas complicada. Como inquilina, de tempos em tempos você tem sido obrigada a mudar sua mãe de cá pra lá, de lá pra cá, por causa das reclamações de vizinhos, síndicos ou proprietários. Sendo você a proprietária, as pessoas terão mais respeito e pensarão duas vezes antes de reclamar.

Fernando tinha toda a razão. Enquanto eu o ouvia, meu coração foi se enchendo de esperança e cheguei a sorrir. Ao final da sua fala, eu já estava tranquila e sem vontade de chorar. Levantei-me da minha cadeira e dei um abraço forte no meu colega. Ele correspondeu e sorriu, dizendo:

— Compre o apartamento! Você vai colocar um fim nessa novela de mudança da sua mãe. Vai dar certo!

Uma nova tentativa

Depois da conversa que tive com Fernando, tomei a decisão de comprar um apartamento para minha mãe. Coincidência ou não, havia um à venda a meio quarteirão de onde morávamos. Eu e Vladmir fomos olhar. Era um prédio de sete andares com dois apartamentos por andar. O imóvel tinha dois quartos, sala, banheiro, cozinha e área de tanque. O prédio tinha um bom aspecto, dois elevadores, uma vaga de garagem para cada apartamento e até um pequeno salão de festas com banheiro. A unidade que estava à venda era a de fundos. Eu me lembrei imediatamente de Débora. Certamente ficaria feliz, já que, não tendo janelas de frente para a rua, vovó Pietá não poderia mais ficar vigiando cada passo dela.

No mesmo dia falei com mamãe sobre nossa intenção. Ela ficou superfeliz. No dia seguinte, marquei novamente com o corretor e levei-a para ver o apartamento. Ela amou, achou tudo perfeito! Eu disse que financiaria o apartamento, mas que dali ela não sairia mais e que acabariam as desculpas para não ir almoçar no horário correto, dada a proximidade do nosso apartamento. Ela respondeu que seria muito feliz ali, que não precisaria mais mudar e que daria um jeito de não perder o almoço.

Saindo dali, mamãe foi para casa e eu fui até a Caixa Econômica Federal, verificar a possibilidade de usar o FGTS do Vladmir para a compra do apartamento. Só que a informação que recebi caiu como um balde de água fria no meu entusiasmo. Fui informada que não poderíamos usar o FGTS, visto que a legislação da época só permitia o uso dos recursos para a compra do primeiro imóvel, e nós já tínhamos o apartamento em que morávamos. À noite, ao voltar do trabalho, mamãe estava na minha casa "almoçando". Falei que infelizmente tinha dado zebra... e causei um escândalo!

— Mentira! Isso é o seu marido que não quer que vocês comprem um apartamento para eu morar! Sou mesmo sem sorte! Tenho que acabar meus dias morando de aluguel. Não tem jeito...

Gritava e "chorava" sem lágrimas. Fiquei com pena e disse que tentaria resolver a situação. Acabei pegando o valor correspondente ao FGTS que imaginamos que conseguiríamos resgatar com um amigo, que emprestava dinheiro a juros. Compramos o apartamento.

Havia cerca de um ano que mamãe estava morando em frente à igreja, num apartamento maior do que o barracão anterior. Era inexplicável como ela conseguiu em tão pouco tempo triplicar as "tralhas". O dia em que fui embalar as coisas para a mudança era justamente o meu aniversário, e me senti triste e solitária naquela difícil missão. Não resisti e liguei para Clarice, que atendeu feliz:

— Oi, minha irmã! Já ia te ligar! Hoje é seu aniversário! Quero te desejar...

— Clarice, estou te ligando porque estou aqui na casa da mamãe, tentando embalar as coisas. A mudança dela para o apartamento que eu e Vladmir compramos é amanhã e você não faz ideia de como a nossa Digníssima Acumuladora conseguiu triplicar a quantidade de tralhas. Acho que o fato de o apartamento ter três quartos, mais dependências completas de empregada, fez com que ela perdesse completamente a noção do que é realmente necessário. Você não imagina como estão as coisas por aqui. Só para você tentar entender um pouco o meu desespero, eu acabei de abrir uma gaveta que só tem palitos de plástico de pirulito, papéis de bala e etiquetas de papel, daquelas que vêm em peças de roupas novas. Estou com ódio daquele jornal semanal que é entregue gratuitamente aos sábados aqui no bairro. Temos quatro pilhas, cada uma com mais ou menos um metro de altura, desse maldito jornal...

— Calma, minha irmã. Hoje eu não consigo ajudá-la, mas amanhã vou cedo aí. Faz uma coisa: tudo o que você vir que é descartável, coloque em sacos e separe sem que a mamãe veja. Amanhã, na hora em que eu chegar, você só aponta para a localização desses sacos que eu dou um jeito de sumir com eles. Fica tranquila! Amanhã estarei com você!

Era incrível como Clarice tinha um jeito prático de resolver as questões da mamãe. Eu invejava a sua segurança. Quando Clarice falava alto, mamãe ficava pianinho. Se eu tomasse uma atitude dessas, seria excomungada. Mas com Clarice era diferente... Mamãe não "crescia" para o lado dela.

Aquela sugestão me deu um novo ânimo. Comecei a embalar tudo, fazendo a triagem do que prestava para alguma coisa e do que não prestava para nada. Comecei pela gaveta com os palitos de plástico, papéis de bala e etiquetas de papel. Virei tudo num saco, amarrei e já coloquei no canto onde estabeleci que ficariam os "descartáveis". Fui fazendo isso com tudo o que via pelo caminho: livros antigos, jornais, folhetos de propaganda, revistas de revenda de cosméticos, latinhas e embalagens plásticas. Antes de ensacar, resolvi, para desencargo de consciência, perguntar para a mamãe por que havia diversos pares de sapatos enfileirados na cozinha. Ao que ela respondeu:

— Eu separei esses sapatos pra doar.

— E por que não doou ainda, mãe?

— Porque quero lavá-los antes. Não gosto de dar coisas que eu usei sem antes lavar.

— A senhora tem medo de que façam alguma magia ruim com o seu suor? — falei com ironia, ao que ela prontamente respondeu:

— Não sei... "Há mais coisas entre o céu e a terra do que pode supor a nossa vã filosofia."

Frase de Shakespeare, pensei. Mamãe sempre foi uma mulher inteligente. Cursou somente até a quarta série primária, mas sabia se expressar muito bem. Gostava de contar que tinha passado no exame de admissão, mas que seu pai não permitira que ela continuasse os estudos. Ele achava um desperdício, já que as mulheres daquela época, depois que se casavam, se dedicavam unicamente a cuidar da casa e dos filhos. Mamãe sempre gostou muito de ler. Assistia aos telejornais e discutia os assuntos da atualidade com qualquer pessoa estudada.

Diante da resposta sobre os sapatos que estavam em fila na cozinha, não tive dúvidas: enfiei todos num saco plástico e coloquei junto com as coisas que seriam descartadas por Clarice.

Já bem tarde da noite, por volta das onze horas, fui para casa descansar para mais uma mudança no dia seguinte. Ainda tinha dúvidas se aquela seria mesmo a última, mas, com a graça de Deus, eu tinha fé de que uma próxima demoraria a acontecer, visto que agora mamãe não seria mais vista como inquilina. Se meu colega Fernando estivesse certo, mamãe passaria uns bons anos no novo apartamento.

No dia seguinte, um sábado, Vladmir acordou cedo para me ajudar na difícil tarefa. Após um café reforçado, já que não sabíamos a que horas faríamos outra refeição, partimos para o apartamento em frente à igreja para fazer a mudança de dona Pietá. Mamãe ficava extremamente agitada nos dias de mudança. Parecia uma barata tonta, andando de um lado para outro, se queixando de tudo, sem fazer nada.

Pouco depois que chegamos, o caminhão de mudança parou em frente ao prédio. Comecei a descer com as caixas enquanto os dois ajudantes do motorista se preparavam para carregar os móveis. Vladmir resolveu pegar uma das caixas com plantas e, para mal dos pecados, deixou a bendita caixa cair. Para mamãe, aquilo virou motivo de escândalo e gritaria. Bastou isso para começar a xingar Vladmir na frente de todos:

— Tenha cuidado com as minhas coisas! Você deixou cair de propósito, Vladmir! Você é ruim!

Eu tentava acalmar Vladmir e fazia sinal para os carregadores de que mamãe tinha algumas "questões". Minutos depois desse incidente, eis que chega Clarice, toda sorridente e elegante como sempre. Deu bom-dia, sorriu para todos e sussurrou no meu ouvido:

— Onde estão os sacos que vão sumir?

Apenas apontei para o canto da sala e Clarice, feito um raio, começou a descer com eles. Descia uns cinco sacos grandes e sumia por um tempo. Depois, voltava e pegava outros. E assim, num tempo menor do que eu previa, tiramos tudo do apartamento alugado e chegamos à nova moradia da mamãe.

Os carregadores e Vladmir montaram a cama e colocaram os móveis pesados nos locais indicados por dona Pietá. Na hora de colocar o fogão, uma surpresa:

— Não quero que coloquem o fogão na cozinha. Esta cozinha é muito pequena. No lugar do fogão, coloquem a mesa de fórmica. Vou vender o fogão. Eu não cozinho em casa mesmo. É bobagem ter fogão aqui.

— Mas, mãe, como a senhora vai fazer para esquentar um leite, uma água para fazer chá?

— Vou comprar um fogareiro elétrico. Tenho muito medo de gás. Vou vender esse fogão e o botijão de gás. Aliás, algum de vocês tem interesse em comprar? — perguntou mamãe para os dois carregadores e para o motorista.

— Eu tenho! — respondeu o motorista.

Ali mesmo tudo foi resolvido, e o fogão e o botijão de gás já saíram para seu novo destino. Quando queria, mamãe sabia ser muito prática e objetiva.

Achei precipitada a decisão dela, mas em dia de mudança o estresse e o cansaço eram tão grandes que resolvi não questionar nada. Mamãe indicou para Vladmir onde ele deveria furar a parede da cozinha para instalar os armários e eu e Clarice fomos tentando colocar o mínimo de ordem na casa.

Já no final da tarde, quando o apartamento estava com ares de uma casa próxima do normal, mamãe começou a estranhar toda aquela organização... Olhava de um lado para outro para ver se faltava alguma coisa e, em alguns minutos, passou a falar repetidamente e cada vez mais alto:

— Onde estão meus jornais? Onde estão meus sapatos? Onde estão aquelas latas e os vidros que estavam empilhados na pia da cozinha do outro apartamento? Onde estão os meus livros? Estou dando falta do meu livro de receitas! Meu Deus! O que vocês fizeram com as minhas coisas?

Tentei acalmar mamãe dizendo que estava tudo ali, que ainda havia caixas para serem esvaziadas, mas Clarice resolveu entornar o caldo sem dó nem piedade:

— Eu doei tudo! Suas coisas fizeram muitas pessoas felizes debaixo do viaduto!

— O quê? Mentira! Você está brincando! — gritava mamãe com voz de choro, mas sem derramar uma lágrima sequer.

— É isso mesmo que a senhora está ouvindo — Clarice continuou, sem perder a classe. — Eu coloquei tudo no meu carro e doei. Doei e está doado. E chega de viver na bagunça!

Mamãe desceu as escadas do prédio "feito" uma louca, gritando, com voz de quem estava chorando. Saiu pelo portão do prédio e foi correndo pela rua, berrando:

— Jogaram as minhas coisas fora! Jogaram as minhas coisas fora!

Tive vontade de correr atrás dela, mas não tive pernas. Estava exausta, e Vladmir e Clarice me convenceram de que em breve ela estaria de volta. Clarice disse, com ar de deboche:

— Ela vai pra debaixo do viaduto aqui de perto, mas eu doei tudo para o pessoal que vive lá no centro — e caiu na gargalhada.

Subimos para o apartamento. Continuamos a organizar outras caixas, e, depois de meia hora, mamãe chegou, muito suada e nervosa:

— Ivanice, você não podia ter feito isso comigo! Tenho ódio de você, Ivanice! Você é má!

— Mãe, por que a senhora está falando para mim? Foi a Clarice que doou as coisas! Por que não fala com ela?

— Fui eu mesma! — gritou Clarice. — Chega de atormentar a Ivanice! Fui eu que doei as suas coisas. Aliás, o que eu doei foi um monte de livros velhos, pilhas de jornais que nunca seriam lidos, um colosso de pares de sapatos que a senhora mesma falou para a Ivanice que iria doar, uma papelada velha, um monte de embalagens de plástico, vidros e latas que não serviam pra nada...

Mas a mamãe continuou a olhar para mim como se quisesse me fuzilar:

— Você me paga, Ivanice!

Como a maioria das coisas já estava mais ou menos organizada, e Vladmir já se mostrava superestressado, resolvi que era hora de tirar o time de campo. Dei um simples tchau para mamãe e fomos embora os três, deixando dona Pietá fazer seu escândalo de inauguração no apartamento novo. Do térreo, dava pra ouvir:

— Vocês me pagam! Jogaram minhas coisas fora! Vocês não tinham esse direito! Isso é um absurdo!

Clarice riu e disse:

— Ivanice, as coisas começaram a melhorar para o seu lado. Agora ela já está falando no plural. Você acabou de deixar de ser a única culpada. Isso merece uma comemoração.

— A única comemoração que eu quero agora é um bom banho e a minha cama.

Ri um riso sem graça, agradeci a Clarice pela ajuda e fui para casa com Vladmir.

Que comecem as reclamações

Nos primeiros dias após a mudança, bastava que mamãe colocasse os olhos em mim para começar as reclamações sobre a "limpa" que Clarice havia feito doando coisas dela.

— Você não tinha o direito de jogar as minhas coisas fora, Ivanice!

— Mãe, já cansei de te falar que quem colocou os sacos no carro e saiu para doar foi a Clarice.

Mas a proteção da mamãe com a Clarice era antiga. Por isso, em vez de citar o nome da minha irmã, ela apenas colocava a frase no plural e ainda incluía outros argumentos:

— Vocês não tinham o direito de jogar as minhas coisas fora! A Clarice pode ter levado as coisas, mas você sabia! E, se sabia, não devia ter deixado ela fazer isso!

Aquela "ladainha" durou um longo tempo. Eu tentava mudar de assunto e não me aborrecer com aquele falatório. O que estava feito estava feito.

Minha expectativa de que mamãe, morando mais perto, conseguiria chegar no horário do almoço foi frustrada logo na primeira semana, com a desculpa de que era necessário concluir a organização do apartamento, razão pela qual ela não conseguia chegar na hora certa (e não chegou na hora correta durante os sete anos que morou a meio quarteirão de onde eu morava).

Apenas duas semanas após a mudança, mamãe começou a reclamar da nova moradia:

— O apartamento é muito frio. Não tenho coragem de usar a água da pia da cozinha nem do filtro. Não sei há quanto tempo a caixa do prédio foi lavada. Achei a água suja. Para lavar vasilhas, estou usando a água do tanque, que vem direto da rua. Pra beber, estou comprando garrafinha de água mineral. A cozinha é pequena demais! Não coube o fogão!

De vez em quando eu argumentava:

— Como assim, mãe? São catorze apartamentos no prédio. Será que ninguém tem fogão? Será que ninguém cozinha lá no prédio? Foi a senhora que preferiu colocar a mesa de fórmica no lugar que era reservado ao fogão.

— Mas onde eu ia colocar a mesa de fórmica?

— Podia ter vendido em vez de vender o fogão. Lembrando que a senhora amou o apartamento e fez birra quando eu falei que não ia conseguir comprar. Lembra que peguei dinheiro emprestado a juros para inteirar e fazer a senhora feliz?

Nessas horas, ela mudava de assunto.

~

Depois que Helenice casou e teve seus filhos, nós nos víamos raramente. Ela sempre foi mais reservada, uma personalidade diferente de mim e de Clarice. Nós duas mais efusivas, mais faladeiras, e Helenice mais contida, mais tímida. Por vezes eu me pegava pensando sobre aquelas diferenças: *Seria em razão da criação? Seria por não termos criado intimidade de irmãs? Seria a personalidade dela?* São perguntas para as quais eu nunca tive resposta. A falta de intimidade não me deixava à vontade para solicitar ajuda em relação às questões da mamãe, e assim passamos uns bons anos nos vendo apenas nas comemorações dos aniversários, isso quando ela aparecia. Somente depois que os filhos de Clarice e Helenice se tornaram adolescentes (eles regulavam na idade, enquanto minhas meninas eram um pouco mais novas) foi que Helenice começou a se aproximar de nós, visitando-nos vez por outra. Os primos gostavam de se ver, e talvez isso tenha motivado minha irmã a nos visitar com mais assiduidade.

Uns dois anos depois que passou a morar pertinho de mim, num encontro que teve com minha irmã Helenice, mamãe reclamou que ela não a visitava com frequência e que deveria fazer isso pelo menos uma vez por semana. Helenice combinou com mamãe que iria visitá-la todas as terças-feiras, após sair do trabalho. Não sei como, mas mamãe me convenceu de que as visitas deveriam acontecer no meu apartamento. Alegou que eu tinha fogão, uma boa sala, com mesa grande para servir um lanche, e empregada para colocar a mesa e depois lavar a louça. Para evitar discussão, concordei e passei a ter aquele compromisso semanal, o qual honrei por cinco anos seguidos.

Todas as terças-feiras à noite, lá estava Helenice no meu apartamento para cumprir o compromisso da visita semanal, conforme prometera à mamãe. Houve um ponto positivo nisso: eu e Helenice nunca estivemos tão próximas. Por outro lado, uma coisa me incomodava demais: mamãe só chegava quando Helenice já estava quase indo embora. Ou, o que é pior, algumas vezes mamãe nem aparecia. Quando faltava, era como se ela deixasse claro que não estava valorizando tanto aquela visita. Isso me deixava sem graça diante de Helenice, além de muito brava com mamãe.

Em algumas terças-feiras, voltando do trabalho supercansada, eu pensava: *De onde vou tirar ânimo para passar na padaria, arrumar a mesa e receber Helenice sorrindo?* Em seguida, completava o pensamento com raiva: *Mais uma vez a mamãe me manipulou. Arranjou um compromisso semanal pra mim.*

Nos dias em que eu estava calma, respirava fundo e tentava ver aquela situação sob outro prisma. Minha mãe era doente e, como tal, não conseguia agir como eu gostaria que ela agisse. Nas terapias que eu já havia feito até ali, aprendi que não devemos ter com as pessoas portadoras de transtornos psiquiátricos o mesmo nível de exigência que temos com as pessoas não portadoras. Quando esses aprendizados me vinham à mente, eu tentava relativizar os atrasos ou a ausência da mamãe. Pensava no quanto tarefas simples e rápidas eram difíceis e demoradas para ela. Qualquer pequeno imprevisto, como uma toalha cair no chão, era motivo de choro e a tirava do prumo. Inevitavelmente, me vinha um sentimento de compaixão que só durava até a próxima raiva que ela me fazia passar.

Assim eu vivia: na bipolaridade entre o perdão e a intolerância.

~

Sete anos foi o tempo máximo que consegui manter mamãe no apartamento que compramos para ela morar. Um tempo longo se comparado ao período que ela havia morado nos vários imóveis alugados desde que me casei. Também nesse prédio mamãe encontrou uma inimiga. E a relação foi ficando tão complicada que mamãe começou a subir e a descer os andares somente pelas escadas. Recusava-se a entrar no elevador porque não queria correr o risco de encontrar com sua "inimiga mortal", que poderia "fazer uma maldade com ela" se ambas estivessem sozinhas.

A sensação que eu tinha era a de que estava prestes a enlouquecer. Eu vivia nervosa e triste. Um dia, resolvi organizar uma reunião de família, semelhante a uma reunião de condomínio. Fiz contato com os quatro irmãos da mamãe e com minhas irmãs. Marquei o encontro no meu apartamento e fiquei torcendo para que mamãe não aparecesse naquela noite.

A sorte parecia estar ao meu lado. Sem dona Pietá, consegui reunir dois irmãos da mamãe, Graça e Ernesto. Minhas irmãs Clarice e Helenice também estavam presentes, além de meu sobrinho, Miguel.

Falei o que todos já sabiam: eu estava cansada e precisava de apoio. Todos me ouviram com atenção, mas a oferta de ajuda não aconteceu. Minhas irmãs alegaram que eu era a culpada pela mamãe me dar todo aquele trabalho. Que eu deveria colocar limites. Segundo elas, mamãe só agia como agia porque eu permitia isso.

Ernesto disse que tinha uma vida difícil, com dois filhos pequenos, que precisava trabalhar muito e, portanto, não tinha tempo disponível para ajudar. Tia Graça foi a única que se dispôs a fazer alguma coisa. Disse que poderia visitar mamãe, levando o almoço para ela uma vez por semana, de forma a tentar deixá-la mais calma e me dar uma folga.

A reunião terminou com um lanche e muita frustração da minha parte. Eu tinha certeza de que a oferta da tia Graça não seria aceita pela mamãe. Ela só comia quando ela mesma tirava a comida da panela. Dessa forma, tudo permaneceria como sempre tinha sido.

Mesmo com as raivas que mamãe me fazia passar constantemente, eu tentava fazer de tudo para que ela se sentisse feliz. Houve um tempo em que, anualmente, um banco particular realizava um concurso para "Talentos da Terceira Idade". Eu incentivava mamãe a participar. Ela escolhia uma música para cantar, nós ensaiávamos juntas e ela ia a um estúdio de gravação que havia no bairro para gravar. Eu preenchia o formulário de inscrição e enviava pelos Correios, junto com o CD gravado. Até a divulgação do resultado, mamãe ficava na maior expectativa. Chegava a acreditar que seria a vencedora. De fato, sempre teve uma bela voz. Quando o resultado do concurso saía, era aquela decepção: mamãe nunca era classificada. Ela caía em profunda tristeza, e tristeza significava mais nervosismo. Eu entristecia também e tentava consolá-la:

— Mãe, esses concursos já têm as cartas marcadas. A senhora canta muito bem, mas o critério de escolha do vencedor não é esse.

— Isso é mau-olhado de alguém que ficou sabendo e que não gosta de mim.

Essa situação se repetiu por dez anos seguidos. Houve uma vez, lá pela oitava participação da mamãe, que escrevi uma carta para os organizadores contando de forma resumida a história de dona Pietá e dizendo o quanto ela ficaria feliz se fosse pelo menos citada, se ganhasse uma menção honrosa pelos anos em que já havia participado, um prêmio de consolação. Nunca recebi resposta, e mamãe nunca foi contemplada ou citada.

A proximidade tóxica

Os anos foram passando com aquela proximidade tóxica e sofrimento para toda a minha família — inclusive para minhas filhas, o que me causava muita dor. Era difícil descobrir um meio de sair daquela areia movediça, mas eu precisava tentar.

Eu e Vladmir descobrimos um prazer que ajudava a aliviar os dias de dificuldades com mamãe. Começamos a fazer aulas de dança de salão, e tomamos gosto pela atividade. Com isso, fizemos amizade com vários casais e, de vez em quando, íamos a eventos aos sábados à noite nas escolas de dança. Era muito gostoso sair, encontrar amigos e dançar. Durante um desses eventos, porém, fui surpreendida com uma chamada no celular. Era Débora, que na época devia ter uns doze anos.

— Mãe! Você e papai precisam voltar pra casa agora! Vovó está aqui e já faz tempo que está gritando com a Cleo. A Cleo foi pro quarto e trancou a porta, mas a vovó continua gritando do lado de fora — falou, nervosa e quase chorando

— Calma, filha. Como isso começou? O que a sua avó está falando com a Cleo?

— Ela está gritando e falando que a Cleo deveria arrumar um namorado solteiro e não ficar "dando em cima" de homem casado. Disse que o papai tem filhas pequenas e que é um absurdo ela ser amante dele.

— Meu Deus... Passe o telefone para a sua avó agora, filha! Diga que quero falar com ela com urgência!

— Alô? Ivanice?

— Mãe, vá pra sua casa, agora! Vou dar três minutos pra senhora ir embora! Não é possível que eu não possa ter sossego. Talvez tenha se esquecido de que a Cleo tem irmãos e que, com certeza, eles não vão gostar nada dessa história. Certamente vão mover um processo contra a senhora e vão exigir que prove o que está dizendo. Como a senhora não tem provas, vai acabar presa, e eu não vou levar nem uma maçãzinha pra senhora no xilindró — tive que dizer, pelo bem de Débora e Cleo.

Cleo era uma boa moça, bastante honrada. Gostava muito das meninas e cuidava da casa de forma mediana, o que para mim estava ótimo, visto que a prioridade era o trato com minhas pequenas. Quando ela começou a trabalhar em casa, me falou do desejo de continuar os estudos, o que vi como um ponto muito positivo. Sempre apreciei pessoas que querem crescer e que batalham por isso.

Na época, olhei algumas escolas estaduais no nosso bairro e a que encontrei com segundo grau noturno, embora no mesmo bairro, não era tão próxima. Para que Cleo não corresse o risco de chegar atrasada às aulas, Vladmir a levava até o colégio assim que chegava do trabalho, enquanto eu dava atenção às meninas. Isso despertou ciúme e desconfiança na mamãe.

E quando mamãe cismava com algo não tinha o que fazer. O delírio crescia, ia se enchendo de nuances e de "imagens mentais" que, para ela, se tornavam reais. Assim, em pouco tempo, uma narrativa inventada se transformava em verdade absoluta. Precisei de muitas sessões de terapia para entender isso e aprender a lidar com essas situações. Levei tempo e sofri demais até conseguir aceitar que minha mãe era doente e, por isso, precisava ser cuidada e que, talvez, jamais conseguiria retribuir ou até mesmo mostrar-se grata.

Nessas realidades imaginadas, Cleo se tornou a amante do Vladmir. Por isso, dona Pietá analisava cada olhar entre os dois, cada short que Cleo usava, cada palavra que falava — e tudo era colocado no "gabarito que identifica uma amante", no qual, segundo os critérios de minha mãe, Cleo cabia como uma luva.

Foram muitas histórias, como essa relatada, e muito sofrimento até que, após quase três anos de relação profissional, mamãe venceu. Decidi rescindir o contrato de trabalho com a Cleo — assim como precisei fazer com outras ajudantes antes e depois dessa ocasião, sempre devido aos delírios de minha mãe. Uma profissional virou amante do meu marido, a outra não prestava, teve uma que podia até "colocar veneno na comida dos patrões" e, lógico, a que mexeu na bolsa de dona Pietá e roubou coisas...

Problemas entre mamãe e as pessoas que trabalhavam na minha casa eram frequentes. A relação dela com as ajudantes, depois que inventei de colocá-la morando perto de mim, era quase sempre difícil, e por vários motivos. Entre eles, porque eram normalmente as trabalhadoras que me informavam sobre problemas que surgiam sem que eu entendesse, no início, de onde haviam brotado. Mamãe acabava desconfiando de que eu havia sido avisada e dizia:

— Sua empregada já está fazendo fofoca com você, não é? Nunca fui com a cara dessa moça!

Uma situação complicada aconteceu quando notei que Luísa, com cinco aninhos, estava com medo de ir ao banheiro sozinha. Algumas vezes ela pedia para eu ir ao banheiro com ela ou então segurava o xixi até não conseguir mais. Perguntei, então, a Araci, que trabalhava em casa na época, se ela sabia o que podia ter acontecido.

— Dona Ivanice, eu não ia comentar nada, mas, já que a senhora está perguntando, vou te contar o que ouvi. Outro dia, vi a senhora discutindo com a sua mãe sobre ir ao centro espírita, certo? Ela gritou que a senhora foi batizada e fez a primeira comunhão na igreja católica e que não sabia de onde veio essa sua vontade de frequentar o espiritismo...

— Foi isso mesmo, Araci. Eu e mamãe tivemos uma discussão feia aquele dia...

— Pois é, dona Ivanice. Naquela noite, assim que a senhora saiu, vi a dona Pietá conversando com a Luísa e dizendo: "Sua mãe foi para a sessão espírita. É um absurdo!". Aí Luísa perguntou por que a avó não gostava de espiritismo, ao que ouviu como resposta que "pessoas que frequentam o espiritismo ficam rodeadas de espíritos ruins". Percebi que Luísa ficou muito assustada. Pode ser que o problema de não querer mais ficar sozinha e pedir pra alguém ir ao banheiro com ela seja por causa dessa conversa.

Araci tinha toda a razão. Luísa estava com medo de ver os "espíritos" que a avó disse que poderiam estar no apartamento, nos rodeando. Depois dessa revelação, conversei longamente com minha filha mais nova tentando desconstruir essa história que foi plantada na cabecinha dela.

Sempre que ia negociar com alguma profissional para trabalhar na minha casa, eu já avisava na entrevista que, apesar do bom salário, o desafio seria lidar com minha mãe, pois conviver com ela era difícil. Eu abria o jogo e perguntava se a pessoa dava conta, e todas respondiam que sim. Porém, acho que não esperavam que o desafio fosse tão grande...

Em outra ocasião, mamãe lançou suas imaginações sobre minha filha mais velha, deixando-a nervosa e triste.

Débora estava ficando mocinha, o corpo tomando uma forma bonita e os seios crescendo. Assim, a neta virou a preocupação da avó. Mamãe passou a imaginar que Vladmir pudesse abusar da própria filha e não me deixava mais sair de casa sem levar a menina junto. Simplesmente não permitia que Débora ficasse sozinha com o pai, por mais que eu fizesse tudo que estava ao meu alcance para tirar essa ideia da cabeça dela.

Como sempre, o devaneio da mamãe foi crescendo. Até que ela passou a falar abertamente sobre essa possibilidade, inclusive com Débora.

— Débora, você está ficando uma mocinha linda! Está com um corpinho lindo! Me conta, seu pai já tentou passar a mão em você alguma vez? — ela perguntou certo dia.

— O que é isso, vó? A senhora está ficando doida? — Débora gritou.

Precisei repreender Débora por falar assim com a avó, mas lágrimas já brotavam em seus olhos. Abracei minha filha e a levei para o outro quarto. Fechei a porta e tivemos uma longa conversa. Expliquei que a avó era uma pessoa doente, que a cabeça dela era uma "fábrica de imaginações" e que, para ela, essas "imaginações" cresciam e se tornavam realidade.

— Mas, mãe, a vovó não pode falar assim do meu pai. Ele nunca fez isso. É muita maldade dela — minha filha dizia e chorava.

Tentar dissipar uma fantasia construída dentro da cabeça de dona Pietá era muito difícil. Ela não se dava por vencida. Ninguém nunca tinha razão. A verdade era sempre dela.

— Você não assiste a novelas, não vê notícias. Ouço o rádio e vejo televisão todo dia. E todo dia tem notícia de pai que abusa da filha.

— Mãe, mas a TV e o rádio não dão notícias dos pais que respeitam suas filhas. Vladmir é uma pessoa maravilhosa. Jamais faria isso, tenho certeza!

— Eu não ponho a minha mão no fogo. Acho que você deve ficar atenta. Estou falando por bem — ela encerrava o papo.

Assim, eu ia perdendo as forças. Só me restava pedir a Deus para que essa "história" fosse embora logo e outra, menos complicada, surgisse.

Aos poucos, percebi que levar a mamãe para morar tão perto de mim não tinha sido uma boa ideia.

O acesso dela à nossa casa havia ficado muito fácil e sem nenhum controle. Quando planejávamos alguma viagem, era preciso esconder as malas debaixo das camas todas as vezes que o interfone tocava. Luísa, muito esperta, um dia me questionou por que eu dizia que falar mentira era errado se vivia mentindo para a avó.

— Filha, você tem razão: mentir é errado. Mas existe uma categoria de mentira que pode ser usada: é a "mentira santa". É aquele tipo que a gente usa para evitar sofrimentos. Eu tenho que usar a "mentira santa" com a sua avó de vez em quando. Principalmente quando vamos viajar. Se a gente conta pra ela, ela fica muito nervosa ao pensar que ficará sem ninguém por perto por uns dias e acaba sofrendo sem necessidade.

As meninas cresceram naquele ambiente complicado. Era ruim quando, por vezes, após algum escândalo feito pela mamãe no apartamento, eu ouvia, ora de Débora, ora de Luísa: "Eu não gosto da vovó Pietá!".

~

Débora havia acabado de passar no vestibular quando recebi o telefonema de Júlia, uma amiga muito próxima dos tempos do colégio.

— Oi, amiga! Como estão as coisas por aí? Estamos com muita saudade e tomamos uma decisão: vamos visitar vocês! Podemos passar uns dias aí?

— Lógico que sim! Será uma enorme alegria recebê-los! É só falar o período em que vocês virão. Vou me programar e preparar a casa para receber vocês com muito carinho!

Esse reencontro era motivo de grande felicidade! Eu e Júlia nos aproximamos muito logo que nos conhecemos no colégio ao descobrirmos uma importante afinidade: ambas tínhamos vidas bastante complicadas. Júlia perdeu a mãe aos seis anos e era criada por uma tia. Eu tinha uma mãe doente e um pai ausente. Além disso, minha amiga também perdeu o marido. Anos depois, conheceu um bom homem: Theo. Ele e Júlia engataram um namoro e, em dois anos, foram para os Estados Unidos, onde se casaram.

A ideia de receber aquela família tão querida me deu um novo ânimo. Comecei a me preparar e a organizar a casa para a visita dos três: Júlia, Theo e Juninho, meu afilhado de batismo. Comprei roupas de cama e toalhas de banho novas. Encomendei duas camas de solteiro de rodinhas, feitas sob medida, que cabiam debaixo da cama das meninas. Os três chegariam juntos e ficariam em um hotel, mas Theo teria que voltar antes por questões de trabalho, e então Júlia e Juninho ficariam hospedados no nosso apartamento.

Todas as vezes que mamãe chegava e me pegava fazendo algo que tivesse a ver com o recebimento das visitas, falava com rispidez:

— Nossa! Precisa de tudo isso? Roupa de cama nova, toalhas novas...

Eu fingia não escutar. Precisava ficar sempre atenta para não morder a isca. Quando me distraía e entrava na provocação, virava uma briga sem fim, e as meninas sofriam muito com aquelas discussões. Mamãe sempre demonstrou muito ciúme do meu tempo. Sempre que me via fazendo algo para alguém, era motivo de reclamação.

Um dia antes da chegada das visitas, mandei fazer uma faixa de boas-vindas que eu e Vladmir instalamos de um poste a outro. Recebi os três com uma pequena recepção na cobertura do apartamento. Chamei alguns parentes da Júlia e amigos que tínhamos em comum. Quando mamãe chegou para "almoçar", já por volta das seis da tarde, nossa casa estava em festa! Ela cumprimentou minha amiga bem friamente, me chamou na cozinha e foi logo cochichando:

— Pra que tudo isso? Se eu soubesse que estava tendo festa aqui, não teria vindo.

Por um instante, me lembrei de um aniversário da Luísa, quando fiz apenas um bolo e comprei uns salgadinhos. Convidei somente Clarice, madrinha de batismo de Luísa, e Michelle, a melhor amiga da minha filha, com os pais. Foi horrível. Por algum motivo, mamãe saiu do prumo. Clarice conduziu mamãe à cozinha e falou, brava, para ela parar de fazer escândalo. Foi a mesma coisa que pedir o contrário. Mamãe gritava na cozinha pedindo para Clarice "parar de bater nela", e os olhinhos de Luísa se enchiam de lágrimas a cada grito da avó.

Voltando à minha recepção, dei de ombros para mamãe e subi para a cobertura. Antes, porém, orientei Cida, minha ajudante da época, a ficar no seu quarto assistindo à TV e não dar assunto à dona Pietá. Em dias assim era um perigo, pois eu sabia que ela adorava fazer uma cena quando havia plateia. Por sorte, passei ilesa naquela ocasião e consegui curtir a festa, mas só respirei aliviada quando mamãe foi embora.

~

Consegui tirar uma semana de férias para passear e dar atenção às minhas visitas. Foram dias ótimos, nos quais passávamos o tempo todo andando pela cidade. Em uma noite, mamãe chegou em casa para "almoçar" e estávamos os dois casais nos preparando para ir a um restaurante. Ao nos ver arrumados, mamãe fez cara de poucos amigos e se dirigiu a mim:

— Vocês vão sair a esta hora?

Foi Júlia quem respondeu:

— Vamos, dona Pietá. A senhora quer vir com a gente? Vamos comer uma picanha num restaurante que o Theo adora. Lá é uma delícia! Servem um arroz com alho e brócolis, vinagrete e uma farofinha pra acompanhar. Tudo isso com uma cervejinha bem gelada, não tem coisa melhor.

Mamãe respondeu de forma meio grosseira:

— Sabia que carne dá câncer? E essa hora não é hora de encher a barriga com carne, arroz e farofa. Ainda mais tomando cerveja. — Virou-se para mim e continuou: — Você não devia ir, Ivanice. Vai deixar as meninas aqui sozinhas com o Juninho?

Dessa vez não consegui me segurar. Fiquei muito nervosa e comecei a falar sem parar que eu iria, sim, acompanhar meus amigos a um restaurante e que, se sentisse vontade de beber uma cerveja, faria isso. Aliás, não só uma, mas quantas cervejas eu quisesse. Que eu havia criado muito bem minhas filhas e que Débora era uma moça de respeito e que inclusive estava namorando!

A partir dali, mamãe e eu começamos a discutir feio, uma gritava mais que a outra. Vladmir tentava me acalmar, mas eu estava completamente fora de mim. De vez em quando pensava no Theo, que não falava uma só palavra em português, e imaginava que ele devia estar horrorizado, sem entender nada.

Fui ficando tão nervosa que comecei a gritar e a chorar. Batia na mesa e falava que estava no meu limite, que não aguentava mais, que queria morrer. Mamãe devolvia na mesma moeda:

— Ela está louca! Vocês estão vendo? Ivanice está louca!

Débora e Luísa testemunharam aquela cena chorando baixinho. Minha amiga chamou o marido e o filho, e eles saíram rapidamente. Eu chorava sem parar, enquanto mamãe continuava a gritar:

— Depois eu é que sou louca! Estão vendo só? Eu não fiz nada! Eu estava calada!

Fui para o quarto e só saí de lá quando percebi que mamãe já tinha ido embora. Naquela noite, custei muito a pegar no sono. Fiquei pensando se haveria alguma saída que eu ainda não havia tentado. Eu estava completamente sem norte, sem saber o que fazer.

No dia seguinte, pela manhã, Júlia me ligou. Perguntou como eu estava, disse que os três iriam almoçar próximo ao hotel para me darem um descanso, mas que depois ela gostaria de me ver longe da minha casa, para que pudéssemos conversar em paz, sem interrupções ou interferências. Marquei de encontrá-la numa confeitaria. Lá poderíamos conversar tranquilas, sem as meninas por perto e sem o risco de mamãe chegar e a discussão recomeçar.

Ao avistar minha amiga sentada à mesa da confeitaria, esperando por mim, meus olhos já se encheram de lágrimas. Eu estava triste e envergonhada. Havia aguardado por meses a chegada dela, havia planejado fazer tantas coisas. Tinha tirado uma semana de férias para podermos aproveitar cada momento, mas o esperado aconteceu. Era muito difícil não discutir com mamãe. Dona de uma personalidade forte, ela tinha muita dificuldade em enxergar o outro, em respeitar a decisão do outro. A opinião dela era sempre certa e, por isso, inquestionável. Quando me tornei adulta e passei a observar seu comportamento, percebi que praticamente todas as suas atitudes tinham como objetivo atender seus desejos, suas vontades. Em tudo o que mamãe falava ou fazia, havia um interesse próprio.

Outra coisa foi me incomodando mais e mais ao longo dos anos: a irritação que ela demonstrava com as atividades que eu realizava nas minhas horas livres. Qualquer coisa que eu resolvesse fazer que não trouxesse algum benefício para ela era vista como bobagem. Por várias vezes, ouvi mamãe dizer: "Por que você vai fazer aulas de canto? Você já sabe cantar!", "Quando termina esse seu curso de percussão? Ainda não deu pra aprender?". A proximidade (meio quarteirão) deixava mamãe muito à vontade para "ir e vir". E aquela constante invasão à minha casa e, consequentemente, à minha vida, estava acabando comigo.

Tive que tomar uma água, enxugar os olhos e respirar fundo antes de começar a falar com Júlia. Mas ela foi mais rápida do que eu.

— Minha amiga, estou profundamente preocupada com você.

— Quero que você me perdoe por ontem... — comecei.

— Não é disso que eu quero falar. Fique tranquila. Depois que saímos da sua casa, fomos jantar e conversei com o Theo e com o Juninho sobre os problemas que você tem com a sua mãe, eles entenderam e está tudo bem. Estou preocupada é com você! A cena que presenciei ontem foi de arrepiar. Vou lhe dizer uma coisa que pode lhe deixar triste, mas o objetivo é realmente dar uma sacudida, para que você pense numa saída. Se eu não conhecesse a sua história e tivesse chegado na sua casa no momento daquela briga sua com a sua mãe e alguém me dissesse: "Uma dessas duas mulheres tem transtorno psiquiátrico", eu juro que não saberia dizer qual.

— Você está dizendo que o problema sou eu?

— Não! Estou dizendo que você pode estar prestes a enlouquecer. Você está no seu limite. Cuide de você, minha amiga. Você ainda tem tanto a viver, tanto a realizar. Por favor! Quero que me prometa que vai procurar ajuda. Alguém que possa lhe mostrar, que possa lhe fazer acreditar, que existe uma saída para tudo isso. Você me promete?

No meu coração, entendi e concordei com o que Júlia estava me dizendo, embora não acreditasse que seria possível mudar qualquer coisa. A preocupação que minha amiga demonstrou por mim caiu como um bálsamo na minha dor. Eu me sentia sozinha com aquele problema, e de repente Júlia estava ali, me dizendo o que eu sempre esperara ouvir das minhas irmãs. Acho que, no fundo, Clarice e Helenice tinham receio de me incentivar a mudar demais e acabar "sobrando" algo para elas. Eu me agarrei àquele alívio que o carinho de Júlia me trouxe e respondi:

— Obrigada por se preocupar comigo, minha amiga. Eu vou buscar ajuda, sim! Prometo! Agora vamos pedir uma boa fatia de torta de chocolate. Precisamos adoçar este dia!

Júlia e Juninho ficaram mais quatro dias em minha casa após o retorno de Theo para os Estados Unidos. Graças a Deus, não tivemos mais nenhum problema. Usei uma boa tática: nós sempre saíamos por volta das dezessete horas e só voltávamos lá pelas nove da noite. Assim, reduzi a possibilidade de encontrar com mamãe e, com isso, minei as chances de um novo conflito.

No dia em que minha amiga foi embora, no aeroporto, ao se despedir de mim, ela novamente falou:

— Cuide de você, minha amiga! Você me prometeu!

Meus olhos se encheram de lágrimas. Dei um abraço muito apertado em Júlia e em Juninho, meu afilhado, e os acompanhei com o olhar até que ambos entrassem na sala de embarque.

~

Na terça-feira seguinte ao retorno da minha amiga, por volta das sete da noite, minha irmã Helenice chegou para o compromisso semanal com mamãe, assumido por mim. Fazia quinze dias que não nos víamos, visto que ela havia deixado de ir em casa para que eu pudesse dar atenção aos meus hóspedes.

— E aí, minha irmã? Como foi com as visitas?

— Tirando o que foi ruim, o resto foi bom... — falei, com ar de riso.

— Mas o que foi ruim?

Contei para Helenice sobre a briga que eu e mamãe tivemos na frente das visitas. Depois, falei com ela sobre minha conversa com Júlia.

— Minha irmã, Júlia está certíssima! Você precisa procurar ajuda. Eu sei que a barra é pesada, mas só você pode mudar o curso desse rio. Vou lhe dar o telefone de uma psicóloga que conheço. Gosto muito do trabalho dela. Ligue e marque um horário. Quem sabe falando sobre o problema com alguém preparado você não acaba achando uma saída? Mas não se atreva a guardar o papel com o telefone na gaveta. Ligue pra ela amanhã! Terça-feira que vem, quero saber o que você achou.

Fiquei feliz com a preocupação que Helenice demonstrou por mim, mas confesso que tive preguiça de telefonar para a psicóloga. No meu íntimo, eu não acreditava que havia saída para meu problema. Porém, sabendo que Helenice me perguntaria na semana seguinte se eu havia ligado, dois dias depois marquei uma consulta.

Ressignificando minha missão

Maria Elisa, a psicóloga, era uma senhora muito bonita e elegante. Tinha uma simpatia e um carisma que me conquistaram desde o momento em que ela abriu a porta do consultório pela primeira vez.

Comecei minha fala com muita sinceridade, contando que, na verdade, eu estava ali para não ter que assumir para minha irmã que não havia marcado a consulta, mas que eu não tinha intenção de fazer terapia por entender que a questão com minha mãe passava por resignação, ou seja, a aceitação de que eu teria que conviver com aquilo por tempo indeterminado. Entre outras coisas, contei sobre as principais dificuldades com ela:

— Desde pequena, convivo diariamente com uma questão muito complicada. Depois de algumas terapias, consegui reconhecer que minha mãe é portadora de um ou mais transtornos psiquiátricos. Eu neguei isso por muitos anos. É muito difícil aceitar que aquela pessoa que teoricamente deveria cuidar de você, ser o seu suporte, te dar proteção, te ensinar sobre tudo, te proteger, é alguém que não tem condições psicológicas para isso. Acho que ter alguém na família com algum tipo de transtorno psiquiátrico é sempre ruim, mas eu penso que quando essa pessoa é a sua mãe, a carga é mais pesada. Vivo isso desde que me entendo por gente. É uma longa história.

Parei um pouco para tomar um ar e continuei:

— A situação hoje é a seguinte: eu sou casada, tenho duas filhas lindas, Débora, com dezenove anos, e Luísa, com catorze, e sou responsável por tudo que envolve a minha mãe, que mora a meio quarteirão da minha casa. É uma luta diária que traz sofrimento a mim, ao meu marido e às minhas filhas. Eu amo a minha mãe, embora às vezes sinta muita raiva dela. Eu tenho consciência de que é meu dever cuidar dela. É minha missão! Decerto, Deus me trouxe aqui para isso. Só que, embora eu não tenha coragem de fugir dessa obrigação, confesso que estou muito cansada. Eu não tenho ninguém com quem possa "dividir" esse trabalho. E tenho certeza de que não existe uma solução. A história é essa e pronto! Minha mãe é doente, a mãe dela já faleceu, ela precisa de alguém por perto, esse alguém sou eu e nada pode mudar isso.

Maria Elisa me olhou com ternura e falou calmamente:

— Ivanice, com muito respeito ao que você disse, vou ter que discordar em alguns pontos. Você me permite?

— Claro. Fique à vontade.

— Eu não sei nada dessa longa história, mas, diante do que você disse, "essa é a minha missão", eu gostaria que você refletisse sobre algumas questões: será que você tem uma única missão aqui nesta Terra? Será que a sua única missão é cuidar da sua mãe? Você disse que, com certeza, Deus te trouxe aqui para isso. Será que, se a sua missão fosse apenas essa, Deus teria te dado filhas? Esposo? Pense comigo: será que cada um de nós não tem uma missão consigo mesmo e, também, com as outras pessoas que vivem ao nosso redor? A missão de ser feliz e proporcionar felicidade? Qual será a sua missão com seu esposo e suas filhas? Qual será a sua missão com você mesma?

Fiquei um tempo em silêncio depois daquelas colocações. Eu nunca havia visto a situação sob esse prisma. De fato, tudo o que Maria Elisa falou fazia sentido. Cada um tem uma missão consigo e com as pessoas que os rodeiam. Dedicando tanto à minha mãe, eu certamente estava falhando comigo, com meu marido e com minhas filhas.

Essa primeira sessão foi o suficiente para me convencer a fazer terapia semanalmente. Com isso, passei a aguardar ansiosa por esse encontro e, aos poucos, comecei a ver "luz no fim do túnel". As sessões com Maria Elisa eram de puro aprendizado.

— Ivanice, a solução talvez esteja em criar uma distância física entre você e sua mãe. Não morar tão longe que ela precise fazer mala para ir te ver, nem tão perto que ela possa ir de chinelo de dedo. Você nunca pensou em se mudar?

— Nunca pensei nessa possibilidade, Maria Elisa. As meninas amam o apartamento. Cresceram no bairro. Todos os amigos moram por perto. No nosso apartamento temos uma pequena cobertura. É simples, mas é bem gostosa.

— Mas, na vida, às vezes abrimos mão de certas coisas para ter outras. Penso que essa questão de a sua mãe ser muito invasiva e fazer da sua casa o anexo da casa dela, como você já disse aqui, poderia melhorar bastante. Pense nisso.

Aquela ideia, que a princípio parecia fora de cogitação, começou a "martelar" na minha cabeça. *Quem sabe sair de tão perto da mamãe seja a solução?* Aquela proximidade tóxica já havia completado uma década, tempo demais para viver na completa falta de privacidade e de sossego. Quando levei mamãe para morar perto de mim, fiz pensando no pedido da vovó Zita: "Cuide da sua mãe", mas nunca imaginei que o preço seria tão alto. Na semana seguinte, falei com Maria Elisa que havia chegado à conclusão de que eu realmente precisava me mudar. A psicóloga se mostrou otimista.

— Ivanice, acho que essa mudança vai fazer bem para todos, inclusive para a sua mãe. A distância vai te deixar mais descansada e, assim, você vai ter mais carinho com ela quando se encontrarem. Já viu que, quando queremos opinar se algo é bonito ou feio, costumamos dizer: "Me deixa ver um pouco mais de longe"? Vai ser assim com a sua mãe, quando essa invasão exagerada não for mais possível. Você vai ver.

Nas sessões seguintes, fui "costurando", com a ajuda da Maria Elisa, como eu faria aquela mudança. Contei para ela que mamãe estava em pé de guerra com uma vizinha do prédio. Além disso, reclamava sem parar do apartamento, dizendo que era frio, que a água da torneira era suja, que a cozinha era muito pequena, que não havia nada perto... Foi então que surgiu a ideia de eu vender o apartamento em que mamãe estava morando e comprar outro, naquele mesmo bairro, onde as questões apontadas por ela fossem solucionadas.

Àquela altura, eu já estava cheia de ânimo e fiquei motivada a procurar outro lugar para mamãe morar. Saí pelo bairro com uma lista de "requisitos", olhando cada prédio. Depois de alguns dias, deparei com um bem próximo à igreja, um que preenchia todas as exigências. Era um prédio simples, mas bem localizado e que oferecia segurança. Estava decidido! Ali seria o novo endereço da mamãe.

Falei com as meninas e com Vladmir sobre minha decisão de mudar de bairro e também de trocar o apartamento da mamãe. Os três foram contra.

— Para que isso, amor? Estamos bem aqui! — disse meu marido.

— Para que a gente tenha sossego — eu estava firme.

— Ah, mãe, eu amo aqui! Adoro receber meus amigos na cobertura — disse Débora.

— Para onde você está querendo mudar, mãe? Eu também adoro este apartamento! Já me acostumei tanto aqui — falou Luísa.

— A questão da sua mãe não dar sossego é culpa sua. Você é que tem que pôr limites nela. Pergunta se ela faz com a Clarice o que faz com você. — Vladmir levantou a mesma carta de sempre.

— Eu estou decidida! Já deu! Se vocês três quiserem ficar aqui, podem ficar. Vou alugar um apartamento de um quarto pra mim e venho visitar vocês uma vez por semana.

Nessa hora, os três riram, e Débora disse:

— Não, senhora! A gente não vive sem você, mãe. Se você quer mesmo mudar, então vamos todos.

Nós quatro nos abraçamos e comemoramos aquela decisão. Parecia o presságio de um novo começo.

Na sessão seguinte, contei para Maria Elisa as novidades. Pedi a ela uma opinião de como deveria abordar aquele assunto com mamãe.

— Acho que você deve apresentar outro motivo para justificar sua decisão de mudar. Vamos pensar juntas. Se não fosse a questão da sua mãe, qual seria um motivo que te levaria a mudar de apartamento?

— Eu penso que seria ótimo se morássemos perto do colégio da Luísa. Débora já tirou carteira e vai dirigindo para a faculdade, já Luísa está fazendo o ensino médio no mesmo colégio que Débora fez e todo dia é um estresse, uma correria, para ela chegar a tempo da aula.

— Então está aí o motivo! Diga para a sua mãe que vocês precisam mudar para perto do colégio da Luísa. Você não mentirá e, assim, evitará mais discussões com ela.

No dia seguinte, usei a estratégia que criei com a ajuda da psicóloga, mas a reação da mamãe não foi como prevíamos.

— Você está brincando? Mudar daqui? Que absurdo! Vai me deixar sozinha? Eu sou idosa. Você não pode fazer isso comigo. Se insistir nisso, vou dar uma queixa de você na delegacia. Você está descumprindo o Estatuto do Idoso! — ela dizia aos gritos.

— Mãe, pelo amor de Deus, tente entender. Luísa precisa morar perto do colégio. Está cursando o ensino médio, uma fase escolar difícil. Além do mais, o bairro para o qual estamos pretendendo mudar fica pertinho daqui.

— Você vai mudar e me deixar morando naquele prédio com a Neuza? Ela vai "crescer" pra cima de mim quando souber que você não mora mais aqui. Vou acabar apanhando daquela mulher. Não confio nela. — Neuza era o "desafeto atual" da mamãe, a vizinha com a qual ela havia se desentendido.

— Sobre isso, tenho uma proposta para lhe fazer: eu mudo e a senhora muda também! Estou disposta a vender o seu apartamento e comprar outro, mais bem localizado, para a senhora morar.

Mamãe relaxou o semblante e disse:

— No bairro em que você for morar?

— Não, mãe. No bairro para onde pretendemos nos mudar os apartamentos são muito caros. Não dou conta de comprar dois lá. Vou olhar um apartamento aqui mesmo, mas que tenha tudo perto e que não seja frio.

Minhas últimas palavras amenizaram a discussão por aquele dia, mas não adiantava. Em todos os outros, o roteiro recomeçava:

— Você vai se arrepender de se mudar daqui! Você vai ver. Assim que sair de perto de mim, Vladmir deixará de ter respeito por você. Você vai apanhar dele! Eu estou avisando! Você vai se arrepender! — mamãe berrava.

Todos os dias era a mesma ladainha, mas me enchi de coragem e colocamos a placa de "Vende-se" no nosso apartamento.

~

Foi um período complicado. A preocupação de dona Pietá aparecer quando algum possível comprador estivesse conhecendo nosso apartamento, os olhos atentos para o surgimento de um imóvel à venda no prédio que havia escolhido para mamãe e a ansiedade de buscar um novo local para minha família — em um bairro bem mais caro para apartamentos menores. Um dia, Luísa deixou escapar:

— Vamos sair de uma cobertura, onde vemos o céu, para morar dentro de um caixote, e ainda vamos pagar o dobro por isso?

— Filha, nosso principal objetivo com a mudança vai além de ver o céu. Eu preciso ter sossego! Aliás, todos nós precisamos!

Até que uma coisa muito boa aconteceu: vagou um apartamento no "futuro prédio" da mamãe. Tratei logo de entrar em contato com o corretor e agendar uma visita. Mas claro que marquei meia hora depois do horário que disse para minha mãe, já que com certeza ela não ficaria pronta no horário correto.

Quando o corretor abriu a porta do apartamento, tive vontade de voltar. O piso estava muito danificado, as paredes precisavam de pintura e havia mofo em vários pontos. O vaso sanitário do banheiro principal estava em "petição de miséria", como diria vovó Zita. Apesar de todos os pesares, fiquei pasma: mamãe gostou do apartamento!

— Vai precisar de uma reforma, mas o apartamento é bom! Veja a cozinha, Ivanice! Aqui dá pra colocar um fogão. E tem esse quartinho que podemos usar como quarto de despejo. Assim, o apartamento vai ficar sempre arrumadinho. Gostei também de ter esse banheiro pequenininho aqui perto do tanque. Assim ninguém vai precisar usar o meu.

Fiquei feliz ao ver o entusiasmo dela e me animei a comprar o imóvel. Preenchia todos os requisitos. Quer dizer, todos menos um: o preço. Estava mais alto do que eu previa, ainda mais com uma reforma sendo necessária.

Ao me despedir do corretor, em meio à nossa conversa animada e ao entusiasmo dele, talvez já fazendo as contas da sua comissão, visto que mamãe demonstrou muita empolgação com o apartamento, nós dois não percebemos que dona Pietá fechou a porta do apartamento e guardou a chave na bolsa.

Mamãe se mostrou feliz com a possibilidade de uma nova moradia. Era sempre assim. Acho que, para ela, uma mudança de endereço era capaz de mudar tudo.

— Pode comprar, Ivanice! Vai dar certo! Ali é outra coisa! Tem tudo perto e o apartamento é muito melhor. Você viu a cozinha? Lá cabe um fogão! Você vai ligar para a proprietária ou eu ligo?

— Eu vou ligar para o corretor, mãe. Mas vou fazer uma proposta mais baixa primeiro, pois teremos de fazer uma boa reforma ali.

— Mas se você não pagar o valor que estão pedindo, vão acabar vendendo pra outra pessoa — ela insistiu. Eu desconversei, pois não queria entrar nos pormenores.

Mais tarde, ao chegar ao trabalho, antes que eu contatasse o corretor, ele me ligou, perguntando se eu havia ficado com a chave do apartamento. Respondi que não, mas fiquei de verificar se dona

Pietá, por distração, havia ficado com ela. Aproveitei e fiz a proposta, que ele ficou de repassar à proprietária.

No dia seguinte, passei no prédio da mamãe para tentar desvendar o mistério da chave perdida.

— Fiquei, sim, sem querer. Eu me distraí enquanto você e o corretor estavam conversando, fechei a porta do apartamento e coloquei a chave na bolsa.

— Então, abre o portão. Estou atrasada para o trabalho. Vou subir só para pegar a chave. Tenho que devolvê-la ao corretor.

— Não posso abrir agora, Ivanice. Eu estava no banheiro e parei o que fazia porque você estava tocando o interfone sem parar. Na hora do almoço eu te dou a chave.

— Mas, mãe...

— Vai para o seu trabalho, Ivanice! Você não acabou de falar que está atrasada? Vai, então. Quem ficou sem a chave até agora pode ficar até a hora do almoço.

Respirei fundo e deixei quieto. Sabia que seria inútil discutir e precisava trabalhar. Só que naquele mesmo dia, um pouco mais tarde, recebi uma ligação bem eufórica do tal corretor.

— Ivanice! Tudo certo, então! Fiquei feliz com o desfecho.

— Que desfecho?

— Como assim? Sua mãe foi até o prédio e pegou o telefone da proprietária do apartamento com o síndico. Ligou para ela e disse que não iria devolver a chave porque você havia resolvido comprar o apartamento pelo valor anunciado.

Tive que respirar fundo várias vezes para não ter um ataque. Como era possível aquilo? Como eu contaria isso para Vladmir? Eu já sabia direitinho o que ele iria dizer: "Sua mãe se faz de boba por conveniência!". De fato, como uma pessoa podia ser tão estrategista, tão dissimulada e tão esperta a esse ponto?

Conforme eu previa, Vladmir ficou muito nervoso quando contei para ele o que havia acontecido.

— Meu Deus do céu! Acho que ninguém nunca vendeu um imóvel pelo exato preço que anunciou! Sua mãe é fogo na roupa! Que absurdo! Faltou ela falar para a proprietária: "A senhora está vendendo o apartamento muito barato. Quem sabe não aumenta um pouco o preço?".

Com jeito, fui acalmando a fera com muito "Calma, amor. Vai dar tudo certo". Para comprar o apartamento para mamãe eu precisava vender com urgência o imóvel onde ela estava morando. Imediatamente, comecei a atirar para todos os lados em busca de um possível comprador. Falei com toda a vizinhança e com os colegas de trabalho. Vladmir fez o mesmo no trabalho dele. E eis que, como um milagre, uma vizinha me indicou uma amiga que procurava por um apartamento com as características e valor do apartamento da mamãe. Coisa de Deus! Não fosse essa coincidência divina, e o fato de a moça ter amado o apartamento e decidido comprá-lo, teríamos muita dificuldade para vendê-lo, uma vez que mamãe não era adepta de abrir a porta da casa para estranhos. Como faríamos para levar os possíveis compradores?

Mas enfim deu tudo certo e, com a graça de Deus, vendemos o apartamento onde mamãe morava e pudemos honrar o compromisso com a proprietária do outro. Apesar de feliz, dona Pietá era insaciável! Começou a dizer que havia uma placa de "Vende-se" num prédio novo, bem em frente ao novo endereço dela.

— Por que você e Vladmir não compram o apartamento que está à venda em frente ao prédio onde eu vou morar? Eu liguei para o telefone que está na placa. O apartamento tem três quartos, área privativa em frente à sala, duas vagas paralelas. As meninas vão adorar e não vão sentir falta da cobertura.

— Mãe, a senhora não está entendendo. Nós temos que mudar de bairro. Temos que morar perto do colégio da Luísa.

— Isso é desculpa! Você quer é sair de perto de mim. Pensa que eu sou trouxa.

Eu respirava fundo quando estava com paciência, mas entrava na briga quando não estava nos meus melhores dias. Afinal, ninguém é de ferro.

Em um sábado pela manhã, eu e Vladmir levamos mamãe até uma grande loja de material de construção para que ela pudesse escolher o piso e as cores das tintas para o novo apartamento. Ela parecia uma criança de tão contente, e eu me alegrei com aquela cena. Ela andava pela loja apontando tudo, e, assim, nossa compra acabou ficando bem mais cara do que imaginávamos. Mas resolvi relevar. Queria vê-la feliz, mesmo sabendo que aquele estado de espírito de dona Pietá durava pouco tempo.

Saímos da loja animados e cheios de boas expectativas para a nova moradia da mamãe. Vladmir já havia contratado dois profissionais para fazer a reforma e, na semana seguinte, os trabalhos tiveram início. Era preciso correr para conseguirmos manter o prazo de entrega do apartamento que havíamos vendido para a amiga da minha vizinha.

Concomitante a isso, quase todos os dias um pretenso comprador ia conhecer nosso apartamento. Alguns davam retorno, outros, não. Recebíamos propostas, mas sempre bem abaixo do valor que havíamos anunciado. Até que certo dia um casal com um bebê foi conhecer o imóvel, e eu senti que a venda daria certo — e deu! Algumas semanas depois da primeira visita, lá estávamos os quatro na imobiliária, fechando o negócio.

Com isso, eu e Vladmir intensificamos as buscas pela nossa futura casa. Chegamos a quase fechar negócio em um apartamento que ficava não tão perto do colégio de Luísa, mas num bairro vizinho. Não fechamos porque fiquei imaginando o quanto mamãe ficaria brava ao constatar que, de fato, era falso o motivo que eu apresentara para a mudança.

Só que naquela época parecia que as coisas estavam começando a se encaminhar a meu favor. Vladmir passou em frente a um prédio lindo, pertinho do colégio. Viu uma placa de "Vende-se", conseguiu o telefone do proprietário e, juntos, marcamos uma visita. Ambos cheios de expectativa e pressa.

Quando a esposa do proprietário abriu a porta do apartamento, imediatamente uma trilha sonora começou a tocar na minha mente: "Você é mais do que sei. É mais que pensei! É mais que eu esperava, baby!".

O apartamento era lindo! Bem iluminado, com grandes janelas, os cômodos com ótimo tamanho, muitos armários, enfim, perfeito! E não precisava de nada para mudar. A pintura estava razoável, e nas janelas da sala havia uma cortina simples, mas que dava para ser usada por um bom tempo. No mesmo momento, falei para a mulher que havíamos gostado muito, ao que Vladmir se manifestou com um sinal de cabeça e um sorriso. Expliquei a ela que nossa filha caçula estudava no colégio bem pertinho dali e que precisávamos resolver a questão com urgência, pois já havíamos vendido nosso apartamento e o prazo para a entrega aos compradores estava correndo.

— Telefone para o meu marido e marque uma conversa. É ele quem cuida dessa parte.

— Combinado! Vou ligar para o seu esposo. Vou ver se conseguimos nos encontrar ainda hoje, depois que eu e Vladmir sairmos do trabalho.

Assim que pisamos na rua, Vladmir disse:

— Você nem perguntou o preço do apartamento. Deve ser uma fortuna! É muito bom, e além disso é muito bem localizado.

— Amor, eu não quis perguntar porque tive medo de demonstrar para ela que a gente não pode comprar. Vou rezar muito, e na hora do almoço vou me preparar para essa conversa. Nada é impossível para Deus. Eu tenho fé que vai dar certo.

Liguei para o proprietário e combinei de ele ir ao nosso apartamento por volta das sete da noite. Nesse dia, pedi a Deus que mamãe não aparecesse por lá, e, no horário de almoço, fiz um texto me preparando para o encontro. Vladmir riu e disse:

— Por que você marcou de o moço vir aqui em vez de nós irmos ao apartamento dele?

— Porque quando estamos no nosso território temos mais força. A pessoa não cresce pra cima de nós. Há um acordo tácito de respeito, em razão de ele estar na nossa casa.

— Entendi. E essa redação aí? — disse Vladmir, rindo.

— Vou usar as técnicas de persuasão que aprendi num curso de cobrança que fiz no meu trabalho. Eu tenho fé que Deus vai nos ajudar, afinal não estamos querendo passar ninguém pra trás, só precisamos convencer o homem a aceitar nossa proposta de compra por um preço que, certamente, vai estar um pouco aquém do valor que ele está pedindo.

Quando ele chegou, Cida, minha ajudante, estava com um café fresquinho esperando, enquanto eu e Vladmir tentávamos descobrir se tínhamos algo em comum com o proprietário, para começar a conversa de modo descontraído. Descobrimos que ele conhecia uma das minhas colegas de trabalho e outras pessoas da empresa em que Vladmir trabalhava. Era também muito amigo de um ex-professor de Vladmir, da faculdade de Engenharia. Após a conversa inicial, conseguimos quebrar o gelo e, em poucas palavras, expliquei ao senhor o motivo da nossa mudança.

— Estamos neste apartamento há mais de doze anos. As meninas amam aqui, têm muitos amigos no bairro. Débora já está na faculdade, e Luísa está cursando o ensino médio. Todo dia é aquela peleja para não perder aula. Acorda em cima da hora, e quase sempre Vladmir sai de casa para levá-la já atrasado. Mas o principal motivo que nos levou a vender o apartamento é que estamos tendo alguns problemas com a minha mãe, que mora aqui ao lado. Ela tem uma personalidade forte, um gênio difícil, e é uma pessoa bastante invasiva. Assim, chegamos à conclusão de que, morando num bairro próximo daqui, posso continuar a dar a ela a assistência que sempre dei, mas vivendo com menos interferência.

Depois dessa conversa inicial, finalmente perguntamos o preço da nossa moradia dos sonhos, e, como já imaginávamos, o valor era mais alto do que poderíamos pagar. Mas a conversa foi se desenvolvendo com tranquilidade e vontade de ambas as partes de consumar a compra e venda. Internamente, com os meus botões, eu me lembrei de uma frase do Paulo Coelho: "Quando você quer alguma coisa, todo o universo conspira para que você realize o seu desejo".

E eis que, após uma hora e meia de negociações, fechamos a compra do apartamento com o proprietário, que concordou em abaixar um pouco o preço e aguardar o recebimento do valor restante, quando fosse liberado o empréstimo bancário que eu e Vladmir faríamos, desde que pagássemos a ele a correção monetária pelo prazo que o dinheiro demoraria a ser liberado.

Assim, milagrosamente, conseguimos adquirir um apartamento que superava as expectativas, em um ponto perfeito e com promessas de dias mais calmos pela frente.

Mudanças à vista

Minhas idas ao consultório de Maria Elisa passaram a ser aguardadas por mim com ansiedade. Eram verdadeiras aulas sobre como eu poderia dar seguimento às mudanças de endereço e agir com mamãe, a fim de evitar os conflitos.

Dona Pietá continuava a insistir que eu deveria comprar o apartamento à venda no prédio em frente ao local para onde ela se mudaria. A conversa começava de forma inocente e, quando eu me distraía e mordia a isca, o diálogo se transformava numa terrível discussão. A reforma do apartamento novo dela estava quase finalizada, e eu e Vladmir já havíamos formalizado a compra da futura moradia da nossa família. Como contar a mamãe tudo isso sem causar uma briga de grandes proporções?

— Vai ser difícil contar para a mamãe que conseguimos comprar o apartamento. É estranho uma mãe que não se alegra com a conquista de uma filha. No fundo eu sei que a preocupação dela não é comigo, e sim consigo mesma. É triste dizer isso, mas em todas as falas da mamãe é possível perceber que ela está sempre pensando primeiro nela — eu disse.

— Ivanice, procure não julgar sua mãe. Pense que, no fundo, a segurança dela está em você. Ela acredita que você será sempre a pessoa que vai salvá-la de qualquer perigo. Por isso, estar fisicamente distante a deixa apavorada. Converse com ela sobre o que você fará para que ela se sinta segura, mesmo morando um pouco mais distante. Quanto às mudanças, sugiro que façam a dela primeiro. Estando ela em "lua de mel" com a casa nova, você muda. Essa sequência vai evitar também que ela veja o caminhão de mudança saindo com as suas coisas, imagem que certamente fará mal a ela — foi a sugestão da psicóloga.

— Concordo, é uma ótima ideia. Mas ainda preciso contar sobre a minha nova casa.

— Ivanice, penso que você deveria contar para a sua mãe estando rodeada de pessoas queridas que possam lhe dar apoio. Dessa forma ela ficará sem graça de fazer uma cena na frente de todos, mostrando-se irritada e infeliz com a conquista de vocês. Quem sabe você poderia comemorar o aniversário de alguém da família no seu apartamento e, depois de cantar parabéns, dar a notícia a todos. O que acha desse plano?

— É uma ótima ideia, Maria Elisa! Na semana que vem será o aniversário da filhinha da minha prima Ana. Vou ligar pra ela e ver se ela concorda em cantarmos parabéns pra Alice lá em casa.

Nos dias que se seguiram, eu e Clarice organizamos toda a mudança da mamãe como da última vez. Mesmo sob os protestos dela, colocamos a casa em ordem para que dona Pietá pudesse viver confortável.

Logo na semana seguinte, marquei o aniversário de Alice na minha casa, já ansiosa para dar a notícia. Convidei tia Graça, Clarice e Helenice. Chamei também o namorado de Débora. Certamente, mamãe ficaria sem coragem de fazer um escândalo na frente de todos, principalmente dele. Dona Pietá amou a ideia de reunir a família — coisa que ela adorava!

No dia combinado, todos compareceram para cantarmos os parabéns para Alice e, em seguida, dar a notícia da compra do apartamento novo — de que todos já sabiam, com exceção da mamãe.

— Viva a Alice!

— Viva! — nós gritamos.

— Gente — comecei —, eu e Vladmir queremos aproveitar este momento de alegria e dividir uma conquista com vocês. Nós conseguimos comprar outro apartamento, bem pertinho do colégio da

Luísa, e em breve vamos nos mudar. Temos certeza de que vocês vão adorar nossa nova casa!

Nessa hora, todos vieram nos abraçar e nos dar os parabéns, com exceção da mamãe, que subiu para a cobertura pisando duro e lá ficou, decerto aguardando que eu fosse buscá-la para, estando sozinha comigo, esmagar minha alegria. Mas nada disso aconteceu. Uns quinze minutos depois, vendo que ninguém se habilitou a fazer o resgate, mamãe desceu com cara de quem queria me fuzilar, mas eu fingi não entender. Para que dona Pietá não brigasse comigo naquele dia, quando todos começaram a se despedir, Clarice deu um jeito de convencê-la a ir de carona com ela.

Mesmo sabendo que não conseguiria fugir daquela conversa para sempre, fiquei aliviada. Além do mais, eu havia treinado como devia me comportar para evitar, ao máximo, discussões e estresse. Maria Elisa me ensinou uma técnica de respiração que acalma e sempre me dizia que não precisamos dar resposta a tudo. Por isso, eu me preparei para falar pouco e não rebater tudo o que certamente mamãe viria a dizer.

Outro aprendizado que tive nas sessões de terapia foi usar o tom de voz exatamente ao contrário daquele utilizado pela pessoa que quer promover a discussão. "Na grande maioria das vezes, a pessoa sobe o tom de voz e fala de forma ríspida. Você, ao contrário, deve diminuir e falar suavemente."

Mesmo com tudo isso, certamente não seria fácil. Nas conversas com mamãe, eu sempre me aborrecia, principalmente quando o egoísmo e as estratégias usadas para me manipular saltavam aos olhos. Mamãe era perspicaz e muito inteligente, e nunca aceitava perder uma discussão.

Eu me mudaria no dia seguinte, e a casa já estava dando sinais disso. Consegui com meu chefe adiantar um dia das minhas férias para poder me organizar. Levantei cedo e tentei colocar as coisas embaladas nos quartos, de forma que não chamasse tanto a atenção da mamãe. Mas ela sempre foi uma pessoa observadora e, assim que pisou no ambiente, notou a falta dos enfeites sobre um móvel da sala. Foi o suficiente para que começasse:

— Que absurdo, Ivanice! Você vai mesmo se mudar e me deixar sozinha.

— Mãe, eu vou me mudar para perto e não vou te deixar sozinha.

— Vai, sim! Isso é um absurdo! Vou dar queixa de você. Você está descumprindo o Estatuto do Idoso. Eu estou com setenta anos, não posso ficar sozinha. Você é ruim! Você não pensa na sua mãe! Escuta o que eu estou lhe falando: você vai se arrepender!

Comecei a respirar como Maria Elisa havia me ensinado e falei comigo mesma: *Ivanice, você não precisa responder tudo.* Mamãe falou, falou e falou até a boca espumar, e então saiu pisando duro e aos berros. Tentei contar para ela de todas as providências que havia tomado em relação a mercado, comida e medicamentos, para que ela não passasse por nenhuma dificuldade, mas foi em vão.

Assim que parei de ouvir os gritos, liguei para Clarice e pedi que ela levasse mamãe para um passeio no dia seguinte. Era preciso evitar que dona Pietá pisasse no meu apartamento bem no dia da mudança e, com isso, tivesse um piripaque. Minha irmã, claro, achou um exagero da minha parte, mas concordou em ajudar.

Clarice sempre minimizava o poder bélico da mamãe — o que era totalmente compreensível. Ela e os filhos não passaram nem um milésimo das vergonhas, das raivas e dos apertos que eu, Vladmir e as meninas passamos durante a vida, principalmente durante aqueles doze anos.

~

No dia seguinte, nossa mudança transcorreu em paz. Além dos ajudantes, as meninas colaboraram muito e, antes do previsto, lá estávamos nós, retirando nossas coisas do caminhão de mudança e subindo para o novo apartamento.

O ambiente era grande e tinha muitos armários. Ao entrar, agradeci a Deus por aquele milagre. Quando finalmente terminamos de transportar as coisas para dentro da nova casa, meu celular tocou. Era Clarice.

— E aí, minha irmã? Deu tudo certo?

— Graças a Deus! Os chapas do caminhão acabaram de descer. E a mamãe? Desconfiou de alguma coisa?

— Desconfiou. Você sabe como ela é esperta. Se fosse assim pra tudo, seria uma beleza. Mas eu desconversei. Estamos relativamente próximas da sua casa, e pensei em passar aí com ela, já que ela vai ter mesmo que saber, o que acha?

— É verdade. Pode vir. Quem sabe ela gosta do apartamento?

Quando as duas chegaram, enquanto mamãe cumprimentava as meninas, que foram logo mostrando todo o apartamento para a avó, Clarice me contou que, assim que disse à mamãe: "Vamos conhecer a casa da Ivanice?", ela respondeu: "Ela se mudou hoje, não é? Eu sabia! As pessoas acham que me enganam". Depois, trancou a cara e não deu uma palavra no carro. Com Clarice, ela se comportava assim na maioria das vezes: emburrava.

Assim que mamãe voltou para a sala, perguntei sorrindo:

— E aí, mãe? Gostou da minha casa nova?

Ela respondeu entre os dentes, com a cara bem fechada:

— É boa. — E foi logo dizendo: — Vamos, Clarice. Quero ir para a minha casa.

Ninguém adulou. Dei um abraço nela e apenas disse:

— Bênção, mãe.

Ela secamente respondeu, ainda com a cara amarrada:

— Deus te abençoe.

Clarice e mamãe saíram e eu dei um grito de "Viva", comemorando o fim de todo aquele desgaste dos últimos meses. Naquela noite, apaguei. Um sono pesado de quem carregara o mundo nas costas por tempo demais.

No dia seguinte, quando acordei, por um momento não acreditei que havia conseguido. Caí, então, num choro profundo, um misto de alegria e tristeza. Um desejo de que tudo fosse diferente, uma mistura de culpa e certeza da decisão. Sentimentos contraditórios. Vladmir me deu um abraço forte e disse:

— Vamos levantar e fazer o primeiro café na casa nova! Vou à padaria aqui perto comprar pão quentinho pra gente. Hoje vamos trabalhar muito.

Uma oferta de paz

Minha primeira semana no apartamento novo foi uma delícia. Eu acordava cedo e ia logo abrindo todas as janelas, para apreciar a nova vista. Mas ainda tinha uma pendência: precisava falar com mamãe.

Liguei para ela e avisei que passaria lá após o trabalho para que pudéssemos conversar — e acrescentei:

— Conversar em paz.

— Está bem, Ivanice. Pode vir.

— Vou levar umas coisinhas gostosas pra gente fazer um lanche.

Passei no supermercado próximo à casa da mamãe e comprei frutas, biscoitos, bolo, pão de queijo, suco, leite, café solúvel e uma caixinha de chá de abacaxi com hortelã, que ela adorava. Quando toquei o interfone, ela perguntou, aflita:

— Quem é?

— Sou eu, mãe! Ivanice! Esqueceu que eu fiquei de passar aqui?

Ela não respondeu. Simplesmente abriu o portão do prédio e perguntou: "Abriu?". Respondi que sim, e subi pelo elevador. Com dificuldade, visto que estava com várias sacolas do supermercado, toquei a campainha. Ela atendeu com um semblante que era um misto de raiva e tristeza, o que me deixou muito culpada.

— Tudo bem com a senhora? Olha o tanto de coisa boa que eu trouxe!

Comecei a desembalar as coisas e vi que o semblante dela foi aos poucos suavizando. Ao terminar, eu disse:

— Estou com fome! A senhora prepara um café pra gente?

— Preparo, sim. Fica sentadinha aqui, então.

Mamãe não gostava que ninguém mexesse em nada na casa dela. Olhei ao redor e vi que o apartamento ainda estava do mesmo jeito que eu e Clarice havíamos deixado no dia da mudança.

— Pronto! O leite está quentinho. Agora é só colocar o café solúvel e o açúcar — ela disse depois de um tempo, já mais tranquila.

— Mãe — comecei com a voz bem calma —, antes da minha mudança, eu tomei algumas providências para que a senhora não sinta falta de nada em razão de eu estar morando em outro bairro. Eu conversei com o dono do supermercado, que é também dono do restaurante aqui pertinho, e nos dois lugares deixei um valor de crédito. Sendo assim, a senhora poderá almoçar todo dia no restaurante e não vai precisar pagar nada. É só se servir e, no momento da pesagem do prato, falar para a moça: "Meu nome é Pietá. Minha filha deixou um crédito aqui no restaurante para eu almoçar". Todos os funcionários já estão sabendo. A moça vai anotar o valor da sua refeição para ir abatendo do crédito. A senhora pode tomar um refrigerante ou um suco e, ao final, pode inclusive comer uma sobremesa.

Mamãe esboçou um sorriso, e eu senti a deixa para continuar:

— No supermercado também há um crédito em nome da senhora. Sempre que precisar de qualquer coisa, é só ir até lá, escolher o que quiser e, ao chegar ao caixa...

— Já sei! É só eu dar meu nome e falar que você deixou um crédito pra mim — dona Pietá finalizou meu pensamento.

— Isso mesmo! Eu trouxe aqui um bloquinho que dividi ao meio. Uma parte é para a senhora anotar os gastos no restaurante e na outra parte a senhora anota os gastos no supermercado. Eu deixei em cada um duzentos reais. Vai anotando o valor gasto e a data. Quando perceber que está faltando uns trinta reais para o crédito acabar, é só me avisar que eu coloco mais. Assim, a senhora não sentirá falta de nada.

— Mas e se eu precisar comprar algum remédio?

Tirei um cartão de crédito da bolsa e entreguei a ela.

— Eu pedi um cartão adicional da minha conta. A senha é o dia e o mês de aniversário da vovó Zita, assim a senhora não vai esquecer. Precisando de algum remédio, é só ir à farmácia e, na hora de pagar, apresentar o cartão. O caixa vai perguntar: "Débito ou crédito?". A senhora deve responder "crédito" e digitar a senha de quatro números. Não tem erro! A senhora é muito inteligente. Não terá dificuldades.

Nessa época mamãe tinha uma renda mensal de um salário mínimo, mas eu assumia todas as despesas dela. Um tempo depois de ter completado sessenta e cinco anos, ela passou a receber o auxílio ao idoso, pago pelo Governo Federal. Foi meu amigo e colega de repartição, Fernando, quem me orientou a conseguir esse benefício para ela. Foi uma luta para acertar todas as documentações, mas eu acabei conseguindo.

Continuei explicando à mamãe sua nova rotina:

— Podendo comprar no supermercado, almoçar no restaurante e usar o cartão de crédito para algum remédio, a senhora ficará tranquila. Sem falar que a senhora tem o cartão de débito com o dinheiro do auxílio ao idoso, que recebe todo mês. Se precisar usar o seu dinheiro para qualquer coisa, eu reponho depois, tá bom?

— Mas e se eu passar mal? Como faço?

— A senhora tem telefone fixo e celular, não tem?

— É, mas a operadora de celular da Clarice e do Miguel não é a que você paga pra mim. Outro dia tentei falar com a Clarice e deu uma mensagem que eu não tinha crédito para aquela ligação. Você bem que podia fazer uma assinatura da operadora deles pra mim... Assim eu não vou ter dificuldade de falar com eles quando eu precisar.

— Está bem, mãe. Vou ver qual é a operadora da Clarice e do Miguel e vou fazer outra assinatura pra senhora. Que mulher chique! Vai ter três números de telefone: um fixo e dois celulares.

Mamãe tinha um carinho muito especial por Miguel, filho mais velho de Clarice, e era recíproco.

— E, se eu vou passar a almoçar no restaurante nos dias de semana, quando é que vou à sua casa?

— Toda semana, ou no sábado ou no domingo, virei buscá-la para almoçar conosco. Depois do almoço, nós duas vamos ao cinema.

Após a conversa e terminado o lanche, saí do apartamento mais tranquila, com a promessa da mamãe de que ela passaria a almoçar no restaurante no horário correto.

No dia seguinte, pela manhã, mesmo estando no trabalho, saí uns minutos da sala para ligar para ela. Eu estava disposta a fazer aquilo por alguns dias, até que mamãe se acostumasse com a nova rotina. Para que a questão do almoço desse certo, ela teria que se habituar a acordar cedo de forma a chegar ao restaurante por volta do meio-dia. Assim, pegaria a comida fresquinha, sem que muita gente tivesse se servido.

O telefone tocou até o fim. Mais tarde, tentei novamente, e dessa vez tive retorno.

— Bom dia, mãe!

— Foi você que ligou mais cedo?

— Foi sim.

— Quando levantei para atender, o telefone parou de chamar. Eu deitei e acabei dormindo de novo. Dormi tarde, quase duas horas da manhã. Gosto de ficar assistindo à televisão. Acordei agora. O que você quer?

— Liguei para pedir para a senhora tomar café mais cedo, antes de começar a mexer com as plantas, para ter apetite ao meio-dia e almoçar no restaurante.

— Está bem, Ivanice. Eu vou tentar. Mas não precisa ficar me ligando todos os dias para isso. Assim você vai é me atrasar — respondeu, já meio ríspida, e desligou o telefone.

Resolvi "entregar para as almas" e não ligar mais, caso contrário ela usaria minha ligação como desculpa para o atraso dela. No domingo, conforme combinado, fui para lá, na expectativa de concluir a organização do apartamento. O rendimento foi pequeno. Ela estava elétrica, como sempre. Tentei puxar assunto:

— Como a senhora passou a semana?

— Mais ou menos — ela respondeu. "Mais ou menos" era uma expressão que ela usava demais. Para evitar aborrecimento, me fiz de desentendida.

— Conseguiu almoçar no restaurante?

— Almocei só dois dias, na terça e na quinta-feira. Na terça-feira eu consegui chegar lá meio-dia e meia e estava lotado! As pessoas se servem conversando. Quase morri de nojo. Já imaginou a quantidade de saliva que cai na comida?

— Mãe, é só a senhora chegar mais cedo. Lembra que eu falei para ir ao meio-dia em ponto?

— Mas eu não consigo, Ivanice! Eu não sou como você, que tem empregada pra fazer tudo.

— Mas a senhora pode deixar pra fazer o serviço depois que voltar do almoço, não pode? — falei, mesmo sabendo que essa história era papo-furado.

— Eu acordo, vou ao banheiro, escovo os dentes, depois me distraio mexendo nas plantas e quando vejo já são onze horas e ainda não tomei café. — Mamãe tinha nessa época mais de setenta vasinhos de plantas, fora as folhas que cultivava em garrafinhas.

— E por que a senhora não almoçou na quarta-feira?

— Acabei perdendo a hora. Acordei muito tarde.

— E na quinta? A senhora gostou da comida? — tentei mais uma vez.

— Na quinta eu só consegui chegar lá por volta da uma e quarenta.

Se ela falava uma e quarenta, com certeza havia chegado às duas horas. E continuou:

— Achei a comida fria, e você sabe que eu não posso com comida fria. Me dá um "bolo" na garganta. A comida não desce de jeito nenhum. Eu passo até mal.

— E na sexta-feira? Por que a senhora não foi?

— Porque eu acordei e havia um enxame de formigas nas minhas plantas. Fui tirando uma por uma. Catei umas duzentas formigas. Fui tirando com o dedo molhado e depois ia ao tanque, para jogar as formigas na água. Com isso, quando fui tomar o café, já era meio-dia.

Respirei fundo, como Maria Elisa havia me ensinado. Era triste pensar como algo tão simples podia se tornar tão complicado e sofrido para ela. No fim, o domingo acabou sem que eu tivesse conseguido deixar tudo em ordem, como era meu desejo. Mamãe tinha um gênio forte, e ultrapassar as barreiras que ela colocava era complicado. Quando percebi que estava no meu limite, propus que fizéssemos mais um lanche e depois fui para casa, mantendo a paz por mais um dia.

Uma carta para Maria Elisa

Ainda que as coisas não estivessem perfeitas, dia após dia eu me apropriava das conquistas que havia conseguido implementar com a ajuda de Maria Elisa. Uma noite, ao chegar em casa após o trabalho e deparar com aquele sossego, sem o risco de ser surpreendida com a invasão agitada da mamãe, resolvi escrever uma carta de agradecimento. Fazia pouco tempo que eu havia parado com as sessões de terapia.

Minha querida amiga Maria Elisa,

Há tempos venho planejando escrever pra você (e também pra mim). Digo "também pra mim" porque redigir esta carta me permitirá relembrar grandes e positivas mudanças que consegui implementar na minha vida, graças a sua preciosa ajuda.

Recordo-me das primeiras vezes que estive no seu consultório, quase dois anos atrás. Das minhas crises de choro. Das minhas constantes falas de que eu "queria a minha passagem de volta" e que "já estava de bom tamanho o que eu tinha vivido até ali". Ficará marcado para sempre em minha memória o dia em que você, tentando me resgatar de um estado de tremenda angústia, me ofereceu uma saída.

Foram horas preciosas que provocaram em mim um crescimento que eu jamais havia experimentado antes de nos conhecermos. Tenho consciência de que trabalhei muito, mas, sem a sua ajuda, com toda a sinceridade, eu não teria descoberto todos esses caminhos.

Quando cheguei ao seu consultório eu era um poço de lágrimas. Acreditava que a mamãe era o meu carma e que era minha obrigação me manter do lado dela (fisicamente) até que a morte nos separasse. Não conseguia enfrentar a situação com sabedoria. Nós tínhamos brigas horríveis. Gritos, choro e ofensas estavam presentes quase todas as vezes em que eu me encontrava com ela. Isso prejudicava o meu relacionamento com o Vladmir e com as meninas. Em muitos momentos faltava-me humor para que eu conseguisse ter com eles uma relação leve e amorosa.

Da mesma forma, no meu trabalho, eu me irritava por qualquer coisa. Não conseguia adotar uma postura profissional diante das diferenças de valores dos colegas e chefes. Falava verdades sem amor, o que me trouxe sérios problemas. Como consequência dessa forma de agir, adquiri o rótulo de "pessoa complicada", marca que me acompanhou por um bom tempo na repartição.

Você me encorajou a "mudar de encarnação" nesta vida mesmo. Falou-me de Lacan. Da questão da lógica da minha mãe (a que até então eu dava o nome de maldade) ser diferente da minha. Falou-me das três cordas (o real, o simbólico e o imaginário), fazendo-me compreender que o simbólico da minha mãe é uma corda rota. Me fez passar a vê-la como sujeito. Falou-me que os neuróticos não são melhores que os psicóticos, e da liberdade que esses últimos têm.

Foram muitos ensinamentos. Coisas em que eu jamais havia parado pra pensar...

A mudança foi sendo processada, e, quando vi, eu tinha vendido dois apartamentos, comprado outros dois, reformado o apartamento para a mamãe morar, aprendido a lidar melhor com ela, feito a mudança dela, a minha mudança, iniciado minhas aulas de música (sonho antigo que eu não conseguia deslanchar), melhorado o meu relacionamento com o meu marido e minhas filhas e, o que parecia impossível, percebi que gosto muito da dona Pietá.

Hoje passeio com ela pelo shopping que há próximo ao meu apartamento (como você previu em nossas antigas conversas). Também temos ido juntas ao cinema nos fins de semana. Construí alguns "oásis" na minha nova vida. A reforma da "casa interior" ficou linda, e agora estou materializando essa reforma do lado de fora.

A reforma do apartamento está ficando boa, mas é gasto atrás de gasto. Por isso, além de dar uma pausa nas sessões de terapia, dispensei a faxineira e dei uma parada com as aulas de canto — mas pretendo retomar tudo isso!

Você é uma excelente profissional e um ser humano maravilhoso. Eu não seria justa se deixasse de registrar isso pra você.

Não pense que esta carta é uma despedida. Sou apenas um bebê de 48 anos que acabou de dar os primeiros passos. Com certeza, precisarei muito de você nas próximas fases. Algo me diz que ainda voltaremos a nos ver semanalmente, a fim de que você possa me ajudar a descobrir novas rotas.

Um abraço muito apertado de alguém que lhe deseja tudo de bom. Que Deus lhe retribua em bênçãos; a você e aos seus, todo o bem que você fez a mim e a minha família.

Com enorme carinho,
Ivanice

Um grito de socorro

Infelizmente, as primeiras dificuldades logo ressurgiram. Mamãe passou a ir almoçar no restaurante esporadicamente. Quando eu ligava cedo do trabalho, na tentativa de que ela se organizasse para chegar ao estabelecimento por volta do meio-dia, ela ficava irritada:

— Ivanice, pode parar de me ligar cedo. Isso acaba atrapalhando, porque tenho que parar o que estou fazendo para atender.

— Mãe, mas eu telefono para ajudá-la. Vou ficar tão feliz se a senhora conseguir almoçar todos os dias...

— Eu vou tentar — falava de forma ríspida e logo se despedia, para desligar o telefone. O verbo *tentar* era muito usado pela mamãe. Ela nunca assumia o compromisso de fazer; no máximo de tentar.

Três meses se passaram desde a mudança. Eu permanecia firme, fazendo de tudo para que mamãe se acostumasse a almoçar no restaurante, mas não era tarefa fácil. Em três meses, se ela conseguiu ir seis vezes, foi muito. Um dia, quando perguntei pelo almoço, vi pela resposta que ela não iria mais. Tinha descoberto uma "inimiga" no local.

— A moça implicou comigo à toa, à toa. Eu só falei com ela que a comida estava fria e que comida fria me faz mal. Você precisa ver a grosseria que ela fez comigo...

Quando ouvi esse relato, pensei: *Posso riscar do caderno essa alternativa. Mamãe não vai mais almoçar no restaurante.* Dito e feito! Depois disso, sempre que eu perguntava se ela estava indo almoçar, mamãe respondia:

— Não. Perdi a confiança de almoçar lá. A tal moça, quando me vir chegar, pode até colocar alguma coisa na comida...

Mamãe passou a fazer lanches para substituir o almoço. Às vezes eu falava com ela para preparar um macarrãozinho, uma omelete, uma salada, mas era raro conseguir se alimentar assim. Ela me pediu para voltar a almoçar na minha casa no meio da semana, e eu, com pena, disse sim. Dessa forma, ela definiu que iria às terças-feiras e no sábado ou domingo, antes de irmos ao cinema.

Aliás, conseguir arrancar mamãe de casa no sábado ou no domingo para ir ao cinema era outra tarefa difícil. Eu mentia sobre o horário da sessão, mas isso adiantava pouco. Algo que deveria ser um momento de relaxamento passou a provocar em mim muito estresse. Era raro eu conseguir buscá-la a tempo de almoçarmos todos juntos, antes do filme. Quando voltávamos da sessão ela dizia que não estava com vontade de almoçar, preferia fazer um lanche. No fundo eu sabia bem o motivo: ela sentia medo de comer o que "havia sobrado". Aquilo me deixava muito triste e preocupada. De vez em quando, ela deixava escapar:

— Dizem que "peixe morre pela boca". Eu sou do signo de peixes, mas sou esperta. Não vou morrer pela boca, não.

Depois que ficou acertado que mamãe iria à minha casa às terças-feiras para almoçar, nossa relação começou a azedar, visto que os mesmos problemas de antes retornaram: o atraso, as brigas, os gritos pelo prédio. Novamente, me vi envolvida em sua teia. A vantagem era que ela não tinha mais fácil acesso à minha casa.

Em compensação, meu telefone, durante o período em que eu estava no trabalho, virou o meio para os constantes ataques de mamãe.

Interessante era observar como as pessoas ao redor, ao se depararem com situações assim, assumiam comportamentos diferentes. Algumas se solidarizavam, tentavam ajudar, como foi o caso do meu colega e amigo Fernando, a quem serei grata durante toda a vida. Outras debochavam e até usavam a situação para, sutilmente, me ofender.

Episódios assim só não culminaram no meu pedido de exoneração porque, como eu disse, havia pessoas boas ao meu lado. Certa vez, após uma briga feia com um colega que me chamou de louca, ainda com os olhos inchados de tanto chorar, por uma coincidência divina me encontrei com uma amiga com quem havia trabalhado anos antes.

— Ivanice! Que saudade! Como você está? — ela perguntou.

— Estou mal, minha amiga — respondi, me sentindo no fundo do poço. — Mas tão mal que estou pensando seriamente em pedir minha exoneração.

Contei a ela tudo o que estava acontecendo e, depois de muito colo, ela me fez prometer que eu não faria a loucura de pedir meu desligamento do cargo.

— Amiga, eu sou testemunha do quanto você lutou para passar no concurso e conquistar seu cargo. Quanto tempo falta para você se aposentar?

— Dois anos.

— Então seja inteligente. Continue fazendo o seu trabalho com seriedade, como sempre fez. Fale o mínimo necessário. Dois anos passam voando. Logo você estará aposentada. Você precisa garantir a sua estabilidade financeira. Foi pra isso que se dedicou tanto. Lembro como se fosse hoje de você estudando com aquele barrigão e dizendo: "Se eu passar neste concurso, conseguirei dar à minha mãe uma vida digna". Sua mãe vai sempre precisar de você. Aguente firme.

Aquelas palavras caíram sobre minha dor como um bálsamo. Segui os conselhos da querida colega, e em dois anos eu estava aposentada.

~

Pouco tempo após a mudança da mamãe para o novo apartamento, o que era previsível aconteceu: ela arrumou uma nova inimiga. Aliás, não só uma, mas duas! Dessa vez era a vizinha que morava no apartamento em frente ao dela e a síndica do prédio.

Com esses desentendimentos, foi dada a largada! Mamãe saiu novamente do prumo, e a partir daí foi só piorando. As coisas foram degringolando cada vez mais. O apartamento se enchendo de jornais, revistas, descartáveis, sem uma limpeza adequada, sem qualquer organização. As reclamações do imóvel passaram a ser frequentes. Algumas coisas realmente precisavam ter manutenção, mas mamãe não permitia que nada fosse feito.

Com duas inimigas no prédio, uma de frente e outra no apartamento acima do seu, meu sossego acabou. Mamãe cismou que não podia continuar morando ali, pois dizia que corria o risco de ser morta. Passou a ligar para todos os familiares e conhecidos, pedindo que as pessoas interferissem e me convencessem a tirá-la daquele apartamento. Quando ia à minha casa às terças-feiras para almoçar, chegando por volta das 17h30, o discurso era sempre o mesmo:

— Ivanice, você tem que me tirar de lá. Estou correndo risco de vida! Aquelas mulheres são perigosas. Você vai sentir remorso quando me encontrar morta dentro do apartamento. Você é ruim, Ivanice!

Como qualquer ser humano, no fundo, sempre esperei o reconhecimento da minha mãe por tudo o que eu fazia por ela. Mas a gratidão nunca vinha.

— Mãe, eu faço tudo pela senhora desde que me entendo por gente. Não é possível que não reconheça isso.

Ela simplesmente respondia:

— É sua obrigação fazer. E digo mais: se você não fizer, dou queixa sua por descumprimento do Estatuto do Idoso!

~

Nessa época, voltei a clamar pela ajuda das minhas irmãs e do meu sobrinho Miguel, neto predileto da minha mãe, mas sem retorno. Clarice chegou a ficar oito anos sem ir ao apartamento da mamãe. Elas só se viam quando eu promovia o encontro indo visitar Clarice e levando mamãe comigo.

Na ocasião em que fiz terapia com Maria Elisa, em uma das sessões convidei minhas irmãs para participarem. Falei da necessidade que eu tinha de dividir com alguém as questões da mamãe, ainda que as despesas permanecessem comigo. A verdade era: dona Pietá precisava de atenção, e eu precisava de um respiro. Nesse dia, Clarice e Helenice disseram que cada um tem o próprio jeito de conduzir os problemas e que mamãe me dava muito trabalho porque eu não sabia colocar limites nela — o mesmo discurso de sempre.

A situação foi piorando dia após dia. Quando eu dizia à mamãe que Clarice e Miguel poderiam se dedicar um pouco a ela, de forma que eu não ficasse sobrecarregada, ela argumentava que eles não tinham tempo.

— Se tivessem, decerto ajudariam, pois gostam muito de mim — ela dizia, enquanto eu pensava: *Amor é ação, e não falação*.

Certa noite, cerca de um ano depois que havíamos nos mudado para o novo apartamento, diante de um escândalo que mamãe estava fazendo no passeio do prédio, num ímpeto, liguei para Miguel, filho de Clarice. Ele tinha um jeito peculiar de lidar com mamãe, e ela o respeitava muito. Os dois sempre tiveram uma relação bastante afetuosa. A ligação foi um pedido de socorro. Eu tinha certeza de que, se Miguel ligasse para mamãe, ele conseguiria acalmá-la e ela terminaria na hora com aquele show. Miguel me tratou com frieza. Não disse praticamente uma palavra, respondeu apenas que não iria ligar para a avó. Fiquei muito chateada e enviei por e-mail uma enorme mensagem para Clarice e Miguel, com cópia para Helenice, Débora e Luísa.

Clarice e Miguel,

Definitivamente, este não é o melhor momento para eu falar desse assunto com vocês. Pode acontecer de eu ser cruel na minha fala. Por outro lado, quando estou no meu estado normal, tenho o hábito de ser sempre muito condescendente com as pessoas e não me sentir à vontade para falar daquilo que me incomoda.

A questão de eu CUIDAR da mamãe, em todos os sentidos que essa palavra possa ter — finanças, saúde, estrutura operacional necessária para a sobrevivência de alguém, lazer, interação com as pessoas da terceira idade —, é FATO! E isso não é de hoje. SEMPRE foi assim, embora algumas poucas vezes, no auge do meu limite, eu tenha tentado, em vão, dividir as tarefas.

Desabafos à parte, vou falar do objetivo desta mensagem. Vocês dois (não sei se sem perceber) atrapalham o meu trabalho de tentar educar essa idosa de cabecinha branca e sorriso largo, linda por fora, mas que só eu, minhas filhas e meu marido, dada a LONGA e CONSTANTE convivência, sabemos quem é de fato por dentro.

Vocês fazem o papel do "pai ausente" que, nos poucos momentos que passa com a criança, a enche de mimos e mentiras. Aí, quando a criança volta pra casa da mãe, o faz com a ilusão de que é muito amada pelo pai e que só não está com ele porque o pobre coitado não faz outra coisa na vida senão trabalhar para pagar a pensão.

Vocês me ajudariam muito se parassem de mentir pra ela dizendo que não a visitam porque a carga horária de trabalho de vocês não permite, nem aos fins de semana, um rápido encontro.

Se não querem colaborar, se não podem se comprometer um único domingo, um único horário de almoço, uma única noite com uma visitinha que seja, sejam sinceros com ela. Digam a VERDADE. Qual o problema? Vocês não são os primeiros a dizer que sabem colocar limites nela? Mas que limites são esses? À base de mentiras? Ajam dentro da verdade! Joguem limpo! Caso contrário, ela ficará sempre com essa falsa crença de que é muito amada por vocês e que vocês só não disponibilizam tempo algum para ela porque não têm. E todos sabemos que isso não é verdade.

Ainda que você, Miguel, estivesse fazendo o tal curso de segunda à quinta, por que não poderia visitá-la às sextas? Ainda que você trabalhasse todos os sábados e domingos, por que não poderia, pelo menos de vez em quando, "enfeitar" os eventos que organiza com a presença dessa velhinha tão doce e simpática?

E você, minha irmã? Ainda que trabalhasse de domingo a domingo, como a mamãe diz, por que não poderia almoçar uma vez ou outra com ela, já que trabalha no mesmo bairro onde ela mora?

A mamãe age com vocês como uma adolescente que acredita nas mentiras mais ridículas que o namorado infiel conta. Eu sei que nada vai mudar. Eu sei que vocês nunca vão sair da zona de conforto para atendê-la, mesmo que tenham todo o tempo do mundo.

Por isso, o motivo deste desabafo é pedir que parem com essas mentiras. Digam a verdade para ela. Parem com esse joguinho de quererem ficar bem na fita, ou então assumam uma postura coerente com esse AMOR MARAVILHOSO que dizem sentir pela mamãe.

Se vocês querem que a situação permaneça como está, ou seja, eu assumindo sozinha todas as questões da mamãe, conversem com ela. Aconselhem a dona Pietá a maneirar o trato comigo e agir politicamente, pelo menos até ela ganhar na Mega Sena e "ficar livre de mim", um dos seus mais recentes delírios.

A história da mamãe comigo não tem nada de afeto (falo isso sem traumas; já trabalhei isso em várias terapias). A questão dela comigo é necessidade, lembrando que, legalmente, como não sou filha única, essa obrigação não é só minha.

Ivanice

A partir dessa carta-desabafo, recebi três respostas. A primeira foi de Miguel, meu sobrinho e afilhado de batismo:

Madrinha,

Não gostaria de te dizer isso por e-mail, ainda mais com plateia (as várias pessoas aqui copiadas que, por mais próximas que sejam, não são corresponsáveis pelo que está acontecendo), mas já que você escreveu o que quis, tomo a liberdade de fazer o mesmo.

Primeiro, aos fatos que me dizem respeito. Você é minha madrinha e, apesar de em alguns momentos mandar recados para mim dizendo que não acredita nisso, tenho por você um amor equivalente ao de minha mãe. Sinto sua casa como minha, e suas filhas são, sim, minhas irmãs. Seu marido sempre foi uma referência paterna e, muitas vezes, você foi a materna. Mas, com o tempo, acho que você me tirou do patamar de sobrinho para colocar em outro lugar, que não sei o qual.

Para não alimentar suas dúvidas, vou dizer: faço pós-graduação em Gestão de Negócios à noite e, em paralelo, faço aulas particulares de inglês em dias e horários variados.

Em relação ao trabalho, pode parecer muito estranho para você, mas, SIM, trabalho todos os dias, dependendo da época do ano. Tenho uma empresa que atende setenta projetos por ano e acompanho o andamento de todos. É importante registrar que essa rotina é uma opção, não uma obrigação. Trabalho muito porque gosto do que faço e sei da importância disso na minha carreira. Não me penalizo! Posso reclamar às vezes do cansaço, inevitável, mas é o meu trabalho.

Se há uma coisa que você colocou na sua mensagem que é completamente descabida, é que eu minto para a vovó. Não faço isso! Você pode dizer que essa é uma prática da minha mãe, mas, por favor, não me coloque no mesmo balaio. Às vezes digo para a vovó que vou viajar para a China, que vou me encontrar com o Roberto Carlos, mas são coisas tão esdrúxulas que não duram mais que alguns minutos. São brincadeiras de um neto com sua avó.

Aliás, gostaria muito que você me tratasse e me respeitasse como seu afilhado e sobrinho. Não sou seu irmão, tampouco tenho responsabilidades como minha mãe tem. Não sou fiador da Clarice!

Sobre a questão da vovó, te disse isso há dez anos em uma reunião convocada por você para compartilhar com a família o peso em suas costas, e repito agora: a vovó não vai mudar enquanto você não colocar limites. E esses limites não são protocolares, são de atitude.

Enquanto você quiser carregar água no balaio para ela, você vai carregar.

Enquanto você quiser colocar sua família no meio, você vai colocar.

Enquanto você quiser transformar a vovó na antagonista da sua vida, assim será.

Vovó não vai mudar! Mas você pode.

Se me permite, tenha a humildade de entender que você só pode mudar com ajuda especializada. Certa vez, você me disse que se deu alta da terapia. Desculpe-me, mas terapia é um processo que não tem fim.

Entenda que você é responsável pela vida de uma única pessoa: a sua. Você não tem o dever, nem o direito, de querer "educar" a sua mãe. Em vez de lutar arduamente para querer transformar uma pessoa, que tal aproveitar a SUA VIDA?

Após cinco anos de terapia (farei mais uns vinte, no mínimo), posso lhe dizer que ignoro o que pensam ou falam de mim. É por isso que não compro briga quando recebo alguns recados seus.

Independentemente do que você diz ou fala, eu sei que você me ama. É isso que me importa. E nada mais. Quero continuar a abrir sua geladeira e pedir cafuné ou massagem nos pés, como sempre fiz. A gente cresce, mas pode continuar com a essência de criança. É assim que vivo.

Peço a gentileza de não ser copiado em novas mensagens alusivas à sua relação com a vovó Pietá. Como neto, estou aproveitando dela enquanto a tenho. Não quero ser o mais amado, o mais legal; mas também não me penalizo por ela achar isso.

Amo muito minha avó, mas não a deixo fazer comigo o que quer. Eu imponho os meus limites. Ela pode reclamar da primeira vez, mas me respeita.

Espero que você volte a ler esta minha mensagem nas próximas semanas, com a cabeça mais calma.

Beijo grande do Miguel

Na sequência, recebi da Clarice a seguinte resposta:

Ivanice,

Acho que vou te decepcionar mais uma vez, mas resolvi não responder sua mensagem ao pé da letra por entender exatamente o porquê do seu desabafo. Eu sou assim mesmo, uma pessoa sem regras, talvez até um tanto egoísta, mas fui sendo moldada assim pela vida afora, sabe Deus por quê...

Embora sejamos farinha do mesmo saco, você saiu esse pão de ló, essa doçura de criatura, e eu essa broa de fubá, que também tem seus valores, mas que é mais grosseira, rude. Fazer o quê, não é mesmo?

Não vou ficar na defensiva a nenhuma crítica que você me fez, até porque tenho maturidade e humildade suficientes para ouvi-las, recebê-las e refletir a respeito.

Sobre suas expectativas em relação a mim e ao Miguel, só posso te dizer o seguinte: sua entrega é tão intensa e visceral não só à mamãe, mas ao Vladmir, às meninas (Débora e Luísa), a nós (irmãs, sobrinhos, parentes, amigos, colegas, vizinhos, cachorros) que você espera dos outros as mesmas atitudes. Não faça isso. Você já tem maturidade o suficiente para entender que você é assim. Nós não somos.

Admitimos, com a maior dignidade, que não temos seu perfil filial e maternal. Ele é seu. Sua entrega é linda como você, rara e admirável, mas não a invejamos. Cada um é como é, e nem por isso somos inferiores ou superiores.

Quero só te alertar para uma coisa: não cobre dos seus filhos, muito menos dos meus, um comportamento que não deve ser deles. A mãe é nossa. Já basta eles terem que nos aguentar. Você tem sido injusta e leviana com o Miguel e feito cobranças indevidas. Ele não tem culpa da personalidade da nossa mãe. Não o veja como seu concorrente ou ajudante de carregamento de carga, e sim como seu sobrinho e afilhado e como um neto que encara a avó com limite e bom humor.

Agora que você aposentou, aproveite que terá mais tempo para fazer o que realmente gosta e cuide-se mais. Invista na sua carreira artística, sem se esquecer da sua carreira de vida. Cuide do seu corpo e da sua voz, mas também da sua mente. Lembre-se do nosso DNA e procure um profissional realmente sério e comprometido com seu progresso emocional. Ou então faça como eu: admita quem é, nossas raízes, e ligue o botão do dane-se.

E lembre-se: por mais que você seja perfeita, o mundo à sua volta não é, e você não vai conseguir mudá-lo com sua dedicação e discurso. Seja mais tolerante consigo e com os outros. Quem sabe assim a vida não poderá lhe parecer mais leve?

Quanto ao papai e à mamãe, esse é o "nosso pacote" — meu e seu. Não acho que foi por acaso que ficamos às voltas com esses dois seres. Até Helenice foi excluída dessa história. Vai saber... A única ajuda que podemos ter é de Deus.

Nós temos uma saída para resolver a situação que tanto nos incomoda, mas será que também temos coragem para fazê-lo? Não temos, sabe por quê? Porque somos humanas, feitas de defeitos e qualidades. Sinto muito por não atender às suas expectativas.

Sucesso, minha irmã!

Beijos, e que Deus te dê lucidez para seguir seu caminho.

Clarice

A última resposta veio de Débora. Diante de tanta "teoria comportamental" nas mensagens anteriores, pude ler algo real vindo de alguém que, como eu, sofria pelo mesmo problema.

Família,

Muitas vezes prefiro não me expressar nessas discussões, mas desta vez vou dizer algumas coisas, mais como um desabafo mesmo.

Em resumo, o que aconteceu no sábado foi um escândalo da vovó (como já é de praxe) na portaria do nosso prédio. Um cinismo e uma total falta de gratidão da parte dela (como é bem comum) também fizeram parte do show. Minha mãe chegou ao limite da paciência e acabou ligando para o Miguel. Não escutei a conversa, mas sei exatamente o que ela queria: que ele ligasse pra vovó naquele momento, apenas para acalmá-la. E por que o Miguel? Porque ele é uma pessoa por quem a vovó tem um amor enorme e a quem escuta. Naquele momento, uma simples ligação dele poderia cessar os gritos.

A mamãe já pediu diversas vezes para que todos ajudassem no cuidado com a vovó. Hoje, não sei se isso é bom ou ruim, percebo que minha mãe já se conformou com o fato de que não receberá a ajuda que gostaria. Porém, nos momentos em que atinge seu limite, ela pede coisas como uma ligação, para simplesmente apagar o incêndio do momento.

Isso não é nada perto do dia a dia com a vovó. O Miguel e o Daniel tiveram a sorte de não vivenciar isso. Talvez daí venha o amor que o Miguel conseguiu nutrir pela vovó — um amor que, infelizmente, eu não consigo ter igual perante tantas situações tristes, constrangedoras e desesperadoras que vivi a vida toda.

Lembro de brigas horrorosas que presenciei entre a mamãe e a vovó. Uma me marcou muito: quando elas se fecharam em um quartinho (talvez numa tentativa da minha mãe de poupar a mim e a Luísa), e meu pai teve que quebrar o vidro da porta, com medo do que poderia ocorrer. Após essa briga, eu disse, aos prantos e cheia de culpa, que não gostava da vovó e que queria que ela morresse.

Lembro também da minha mãe chorando desesperada diversas vezes, dizendo que não aguentava mais aquilo e que queria morrer. E me lembro do pânico que eu sentia ao ouvir isso. Depois que tudo se acalmava, minha mãe tentava tranquilizar meu coração e o da Luísa, dizendo que não era verdade o que tinha dito, que amava muito nós duas e o papai. E sempre dizia: agradeçam a Deus por vocês serem netas, e não filhas dela.

Não estou falando isso para que sintam pena de nós. Só estou contando isso tudo porque eu, a Luísa e o papai não nos isentamos de participar das loucuras da vovó, apesar de não sermos filhos dela.

Hoje, eu e a Luísa amadurecemos, e a mamãe, com a ajuda de várias sessões de terapia e com a ajuda do papai, que sempre foi a pessoa que esteve ao lado dela e de nós, evoluiu muito na relação com minha avó (isso só percebe mesmo quem convive com essa situação dia a dia). Mas ainda há coisas que podem ser melhoradas. Entretanto, não é tão fácil quanto pode parecer para quem está vendo de fora.

Só quero que saibam que essa convivência é muito difícil, e só quem a vive diariamente sabe como é. Somos uma família e podemos nos ajudar, pelo menos, a apagar alguns incêndios.

Não vamos deixar que esses problemas desgastem o amor que temos uns pelos outros.

Débora

Embora Débora tenha, nas entrelinhas, solicitado ajuda (que não veio), depois desse fato eu realmente desisti. Era inútil continuar insistindo junto à família que dessem atenção à mamãe.

Li e reli as mensagens de minha irmã e de meu afilhado. Quanta teoria quando o que eu precisava era de um simples telefonema, um abraço. Passei anos da minha vida gritando por ajuda. Uma ajuda simples como levar mamãe para tomar um sorvete, almoçar, assistir a um filme, uma rápida visita, de forma que eu deixasse de ser o único foco na vida dela. As pessoas, por medo de se comprometerem, para continuarem cada qual na sua zona de conforto, preferiam redigir grandes mensagens teóricas, complicando o que seria simples.

Eu não podia fazer o que estavam me propondo: ser como eles, ou seja, indiferente às necessidades de minha mãe. Se assim fosse, quem cuidaria de dona Pietá? A vida colocou no nosso caminho alguém que precisava de cuidados e ajuda. Em uma analogia simples, se várias pessoas resolvessem me ajudar, ainda que pouco, o "pacote" não seria pesado para ninguém.

Quanto ao meu conceito de família, um dia, num momento de reclamação sobre o quanto eu me sentia sozinha na condução do problema e da vida de minha mãe, Débora, irritada, falou algo triste, mas verdadeiro:

— Mãe, deixe de romantizar esse seu conceito de família. Família é o que cabe neste elevador.

Olhei e vi apenas eu, ela, Vladmir e Luísa. A partir desse dia, decidi aceitar a realidade e não pedir mais a ajuda de ninguém.

A piora gradativa

A condição da mamãe foi piorando dia após dia. Eu tentava construir o oásis que Maria Elisa havia me sugerido. Voltei a fazer as aulas de canto e me envolvia nas apresentações de alunos da escola da qual fazia parte. Mas, vez ou outra, mamãe tentava secar meu paraíso das formas mais inacreditáveis.

Com o passar do tempo, as peculiaridades da mamãe foram se agravando. Quem entrava no apartamento dela logo percebia que o local não representava uma moradia saudável; era visível a confusão mental do morador. Exemplificando: na sala havia uma mesa redonda na qual não existia lugar para colocar uma xícara de café, sempre repleta de enfeites, santinhos de papel e vasinhos de planta. Aliás, as plantas até poderiam ser um capítulo à parte: vários vasinhos plásticos com pouca terra. Alguns com uma ou duas folhinhas que insistiam em se manter vivas. Quando uma folha quebrava, mamãe a colocava em um vidro vazio de maionese ou de remédio. Até medidores plásticos de xarope eram usados para conservar folhinhas de violeta que quebravam e nunca eram descartadas.

Para qualquer ser humano, fazer uma limpeza diária em tudo aquilo já daria um enorme trabalho. Imagine para uma pessoa que só conseguia tomar o café da manhã por volta do meio-dia. Os demais cômodos da casa eram igualmente repletos de objetos desnecessários, mantidos ali ano após ano sem que ninguém pudesse retirá-los do lugar.

Na janela da cozinha, algo me enchia de tristeza: uma fileira imensa de tampinhas de copo de requeijão, além de diversos copinhos de iogurte repletos de sementes de laranja.

— Mãe, pra que todas essas tampinhas de copo de requeijão mantidas de pé e enfileiradas aqui na janela da cozinha? — perguntei certo dia.

— Eu moro sozinha, Ivanice. Isso é pra fazer barulho caso alguém tente entrar pela janela.

— E essa quantidade de copinhos de iogurte cheios de sementes de laranja?

— Isso é pra entregar para a Clarice pra ela plantar no sítio. O dia que ela vier aqui em casa, darei a ela.

Mas Clarice jamais ia à casa da mamãe. "Não tinha tempo."

Em cima dos armários e da pequena mesa da cozinha, caixas de eletrodomésticos nunca usados. Em cima da geladeira, um papai-noel e um coelhinho de chocolate.

— Mãe, por que a senhora não comeu esses chocolates?

— Deixa isso aí, Ivanice! Não mexa em nada. Eu não comi porque tenho alergia. Chocolate é reimoso. É só eu comer e meus braços se enchem de manchas vermelhas.

— Então por que a senhora não deu esses chocolates para as meninas?

— Eu ia dar, mas esqueci. Agora já perderam a validade.

— Então vamos jogar fora.

— Não, Ivanice! Deixa aí! Pare de implicar com a minha casa. Você não diz que aqui é a minha casa? Então deixe a minha casa do jeito que eu quiser.

Uma bola de isopor, coberta de balinhas de goma vermelhas e envolvida em papel-celofane, usada como enfeite no aniversário de três aninhos de Alice, neta da tia Graça, ficou sobre a mesa da cozinha de minha mãe por quase nove anos.

— Mãe, a senhora reclama tanto de formigas aqui na sua casa e não me deixa jogar fora esse enfeite cheio de balas com açúcar...

— Esse enfeite foi do aniversário...

— Eu sei, eu me lembro! Foi do aniversário de três anos da Alice. Mas a menina já está com onze anos, quase doze.

— Mas eu tenho medo de jogar fora e acontecer alguma coisa de ruim com ela.

Mamãe era muito supersticiosa. Fazia conexões sem o menor sentido, e aquelas teorias criadas por ela viraram verdades absolutas na sua mente. Com o passar do tempo, ela adquiriu novas manias, que se somaram às antigas. E sempre que eu tentava me "intrometer" em algo ouvia como resposta:

— Ivanice, deixa de ser general! A casa é minha e eu deixo como quiser!

Com toda aquela parafernália, limpar o chão e tirar a poeira eram tarefas impossíveis. De vez em quando mamãe dava uma sumida e, quando eu ligava, dizia:

— Estou dando uma faxina na casa, Ivanice. Não sou como você, que tem empregada.

— Mãe, se a senhora deixar, eu posso ir aí fazer a faxina.

— De forma nenhuma! Você não vai fazer do meu jeito.

— Mas como é o seu jeito? Só tem uma forma de fazer faxina: com vassoura, pano, água e sabão.

— Não, Ivanice. De jeito nenhum.

Dona Pietá foi erguendo muros em torno do seu "castelo", e eu não conseguia transpor tantos obstáculos. Todas as vezes que eu chegava ao apartamento dela e deparava com aquela situação, voltava para minha casa completamente deprimida. *Como ajudar a minha mãe? Como tirá-la dessa teia sem ser sufocada?* Minhas forças foram acabando dia após dia.

De vez em quando, vinha à minha cabeça alguma ideia para solucionar uma parte específica do problema. Em relação às pilhas de reciclados que nunca eram doados e se mantinham ocupando um quarto de cima a baixo, um dia perguntei:

— Mãe, eu posso levar esses reciclados e doar para catadores de papel?

— Não, Ivanice! Eu é que quero doar! Tem muita coisa que pode ser usada para confecção de artesanato. Está tudo limpinho e separado. Eu não quero doar para catadores de papel, quero doar para quem vai aproveitar melhor. Mas antes de doar eu quero que alguém de um jornal ou de algum canal de TV faça uma reportagem comigo sobre os reciclados. Tenho um quarto lotado disso, o que daria uma boa notícia. Poderia estimular as pessoas a fazerem o mesmo, não é?

Mamãe sempre foi muito vaidosa. Acredito que ela se imaginava recebendo um "Título de Cidadã Honorária" da cidade. E os olhinhos brilhavam com a possibilidade de algo que nunca aconteceria.

As conquistas eram pequenas e esporádicas, enquanto as dificuldades se multiplicavam dia após dia. Mamãe parou de aceitar os convites para irmos ao cinema ou para fazermos qualquer passeio aos sábados e domingos. Esses eram os dias preferidos dela para falar que estava faxinando a casa.

Às terças-feiras, mamãe chegava para "almoçar" no fim do dia. Ligava a TV para assistir à novela enquanto comia. Estava sempre tensa e nervosa. Brigava tão seriamente com os personagens da novela que eu ficava imaginando que os vizinhos deviam achar que a briga era comigo ou com Vladmir. Tudo era muito difícil, e as reclamações só aumentavam.

Mamãe colocou na cabeça que precisava se mudar para um prédio que ela havia escolhido. Eu finquei o pé na minha decisão de que ela continuaria a morar onde estava, e aquilo virou uma disputa. Ela foi à imobiliária e pegou formulários de aluguel, começou a pedir a um ou outro parente e amigo para ser fiador. Quando eu a lembrava de que fora ela quem havia escolhido o apartamento onde estava morando, me dizia que não esperava que fosse arrumar duas "inimigas" por lá.

Mamãe passou a dormir cada vez mais tarde e acordar cada dia mais cedo. Quando estava "acesa" gritava, chorava e falava desaforos endereçados às vizinhas. Penso que fazia isso na expectativa de provocar uma briga de grandes proporções. Se isso acontecesse, eu acabaria fazendo sua mudança para o apartamento em que ela cismou de morar. Uma vez, aconteceu de a síndica me ligar em prantos, falando que dona Pietá estava muito nervosa e que temia que ela cometesse "alguma loucura".

— A senhora está com medo de ela se suicidar? Não se preocupe! Ela se ama demais. Nunca fará isso — eu respondi.

As fantasias foram ficando cada vez mais frequentes e extravagantes: fantasmas que apareciam na janela, vizinhas que iriam bater nela, pessoas que entravam de madrugada no apartamento e abusavam dela. Tudo aquilo me deixava muito triste, e eu me lembrava da Maria Elisa falando sobre como funciona o simbólico para um doente psiquiátrico.

Certo sábado à tarde, resolvi visitar Clarice e, como sempre, convidei mamãe para ir comigo. Vladmir não quis me acompanhar, então chamei Luciana, minha ajudante da época, para ir conosco. Quando parei o carro diante do prédio da mamãe e ela viu que eu estava acompanhada, franziu a testa com preocupação.

— Onde está o Vladmir? — dona Pietá indagou.

— Ele não quis vir, mãe — respondi, com calma.

— E por que a Luciana está com você?

— Porque ela resolveu não ir pra casa neste fim de semana, já que o filho está viajando. Então, pra não ficar sozinha, resolveu passar o final de semana conosco, e eu a convidei pra ir conhecer a casa da Clarice.

Mamãe continuou com o semblante preocupado. Entrou no carro e só voltou a falar quando peguei um trajeto diferente do habitual.

— Por que você está indo por aqui? Este não é o caminho da casa da sua irmã — mamãe disse quase gritando.

— Mãe, este caminho é mais perto, considerando que eu vim buscá-la em casa. A senhora está estranhando porque na maioria das vezes nós vamos pra casa da Clarice saindo da minha casa.

Dona Pietá não se deu por vencida. Eu e Luciana nos fizemos de desentendidas e seguimos conversando amenidades. Ao chegar à casa de Clarice, minha irmã já nos esperava com uma bonita mesa de café.

Ao nos sentarmos para lanchar, Luciana perguntou:

— Onde está a faca de pão?

Levantei-me e fui à cozinha pegar a faca. Quando voltei, mamãe me olhou com os olhos arregalados:

— Para que você pegou isso?

— Esta é a faca de pão. Peguei para cortarmos o pão de sal — respondi.

— Não! Esta não é a faca de pão! Não é!

Clarice mudou de assunto, tentando alterar o foco. Mamãe saiu da mesa e disse que estava sem apetite. Logo depois, voltamos para casa. Dona Pietá, com o semblante visivelmente assustado, prestava atenção a cada movimento meu. Respirei fundo, tentando não morder a isca, e assim consegui encerrar aquele dia sem brigas.

No domingo bem cedo, porém, meu telefone tocou. Era ela, completamente atordoada:

— Ivanice, eu não preguei o olho a noite toda! Você acha que eu não entendi por que você pegou aquela faca grande?

— Mãe, eu não estou acreditando... — tentei rir para descontrair, mas não consegui. — A senhora está insinuando que eu peguei aquela faca pra te matar? Não é possível!

— É isso mesmo! Eu não engoli aquela história de que a Luciana ficou na sua casa porque o filho viajou.

— Então era por isso que a senhora estava tão preocupada na ida? Achou que eu chamei a Luciana pra me ajudar a cometer um crime, é isso?

Nessa hora, quem surtou fui eu. Larguei o telefone, gritei e chorei ao mesmo tempo. Eu estava no meu limite. Não aguentava mais aquela situação. Vladmir desligou o telefone e conversou comigo até eu me acalmar. Parei de gritar, mas as lágrimas continuaram escorrendo sem parar.

Em momentos assim, tudo que eu queria era um colo de mãe. Mas tudo o que eu tinha era um sentimento de orfandade.

~

— Sua mãe está alugando um apartamento. Disse que vai se mudar de qualquer jeito. Estou ligando pra você não ser pega de surpresa — tia Graça me disse um dia ao telefone.

— Meu Deus do céu! Mas como ela conseguiu um fiador? Eu já expliquei a situação para vários parentes e amigos que me ligaram perguntando sobre isso.

— Ela vai fazer um seguro-fiança.

Como eu pagava todas as contas da mamãe, o auxílio ao idoso que ela recebia era usado apenas para pagar os pedidos de cosméticos que ela continuava a comprar, dizendo-se revendedora dos produtos. Todos os meses, portanto, sobrava algum dinheiro — o suficiente para fazer o tal seguro. Porém, se ela mudasse, acabaria não conseguindo arcar com o aluguel, e novamente a despesa seria minha responsabilidade.

Havia um problema ainda maior: mamãe voltaria a ser inquilina e, transtornada como estava, as reclamações dos vizinhos e os pedidos para que ela fosse retirada do imóvel não tardariam a surgir. Mamãe precisava se mudar, sim, mas não de casa. Era necessária uma mudança interior. Em qualquer lugar aonde fosse, encontraria defeitos. A insatisfação estava dentro dela; e os fantasmas, à sua volta.

Resolvi ir pessoalmente à imobiliária na qual mamãe estava prestes a assinar o contrato de locação do apartamento e expliquei toda a situação. O resultado foi como previ: eles desistiram de assinar contrato com ela, de forma a evitar problemas para ambas as partes.

— Ivanice! Você me paga! Você é má! Você não faz nada pra me ajudar. Você vai se arrepender! Você vai pagar o que está fazendo comigo, sua capeta! — Dona Pietá me ligou após saber das "novidades".

Ela gritava sem parar, e eu ouvia todo aquele xingatório com uma tristeza imensa. Tudo o que eu já havia feito por ela se reduzia a pó quando ela não conseguia o que queria. Eu tentava falar, mas era inútil. Foram mais de vinte minutos de gritos e insultos até que ela, de repente, desligou.

Fiquei imaginando os desdobramentos seguintes, que, certamente, não seriam nada agradáveis. A revanche era certa. Mamãe usava contra mim a arma mais poderosa que tinha: seus escândalos. E o pior: eu não tinha com quem contar.

~

No Natal, compramos passagens e fomos visitar a família do Vladmir. Senti um alívio e uma paz enorme por alguns dias. Tivemos de fato um Natal com sentido de família — sentimento que, infelizmente, durou só até o dia 26 de dezembro.

Quando voltamos para casa, mamãe estava daquele jeito. Cismou que queria ir à passagem de ano no clube que frequentávamos. Como as meninas iam passar o Réveillon cada uma com seu namorado, eu e Vladmir estávamos nos programando para ir à casa de um casal de amigos em uma reunião intimista.

Estar em um ambiente mais controlado era a melhor opção. Levar mamãe a um local público na vibração em que ela estava seria muito arriscado. Dona Pietá era extremamente habilidosa para iniciar uma discussão. Era estrategista e sabia como alfinetar bem no alvo, de forma que a pessoa provocada saísse do prumo. Ela era a idosa. A senhorinha de cabelos brancos e sorriso largo. Era fácil ser confundida com a vítima.

Por tudo isso, aceitei o convite para a entrada de ano na casa dos amigos e convidei mamãe para ir conosco. Eu e Vladmir nos sentiríamos bem entre pessoas queridas, e ela não conseguiria nos desestabilizar. Mas, é óbvio, dona Pietá se recusou a ir. Gritou, xingou e chorou, tentando me convencer a ir ao clube, mas não conseguiu.

Foi então que ela armou seu plano.

Eu e Vladmir chegamos à casa dos nossos amigos por volta das dez horas. Todos nos aguardavam felizes. Uma reunião deliciosa, íntima, com comida gostosa e bebida farta.

Cinco minutos antes da virada do ano, meu telefone tocou, e eu, na agitação, atendi rapidamente, imaginando que seria Débora ou Luísa.

— Alô? — falei, animada.

— Você não presta, Ivanice! Você vai pagar tudo o que está fazendo comigo. Você não perde por esperar. Você vai sofrer. Você vai ver — era mamãe falando sem parar.

Os minutos foram passando e eu grudada no telefone, como alguém que fica preso a uma corrente de alta voltagem e não consegue se desprender. Cheguei a desligar para parar de ouvir os xingamentos, mas ela continuou ligando.

A vingança estava concluída: perdi a contagem regressiva, os fogos, a empolgação e a alegria. Mamãe tinha esse dom, e só parou de ligar quando percebeu que tinha conseguido sugar toda a minha energia.

Naquele momento, eu já não era ninguém. Chamei Vladmir para irmos para casa e, lá chegando, chorei muito ao pensar que um novo e difícil ano estava só começando.

Uma luz no fim do túnel

E ra aniversário de Helenice e eu liguei para dar os parabéns. Eu estava péssima, e ela percebeu pela minha voz lenta e opaca. Então, perguntou:
— Você está bem, minha irmã?
Respondi que não, que estava péssima. Contei sobre a virada de ano sem nenhum sossego e que estava me sentindo cansada e sem perspectivas. Mamãe estava cada dia pior. Eu não tinha mais tranquilidade para nada.
— Helenice, mamãe tem ligado aqui para casa cada vez mais cedo. A conversa é sempre a mesma: "Não aguento mais! Eu vou morrer aqui! Estão entrando aqui em casa de madrugada e se aproveitando de mim. Eu preciso sair daqui". Ela fala que colocaram um chip nela, que tem gente controlando a vida dela, que grampearam o telefone fixo do apartamento. Estou no limite das minhas forças, irmã.
Helenice tentou me trazer para a borda, mas meu desejo, naquele dia, era permanecer no fundo da piscina. Na minha mente, eu imaginava a doença consumindo a pouca lucidez da minha mãe como um cupim que vai destruindo a madeira e deixando só farelos bem miúdos. E o pior é que, enquanto a lucidez dela era consumida, a alegria de viver daqueles que estavam mais próximos também virava farelo.
A sensação era a de que eu tinha atingido meu limite. Eu só pensava em passar para o outro plano. Decisão difícil, já que isso implicaria trazer sofrimento para minhas meninas e para meu marido. Mesmo assim, infelizmente o pensamento de morte vinha a

todo momento. Era como se espíritos sem luz estivessem por perto e, vez por outra, soprassem sugestões no meu ouvido. Mas, graças a Deus, algo me manteve firme.

Por insistência das minhas filhas, marquei uma consulta com um hipnoterapeuta e iniciei um tratamento. Entretanto, a melhora não vinha. Sessões e sessões e minha conversa era sempre a mesma: não quero mais viver! O profissional disse que teria que chamar meu marido e minhas filhas para conversar, pois não poderia assumir aquela responsabilidade. Fiquei muito brava e resolvi parar com as sessões. Um tempo depois, porém, fiquei sabendo pelas meninas que, no dia seguinte à minha última sessão, ele as chamou ao consultório e conversou com elas.

A partir desse encontro com o hipnoterapeuta, Débora e Luísa decidiram conversar com minhas irmãs. Resolveram também buscar a ajuda de uma profissional, uma psicóloga com quem Débora já havia feito terapia. A terapeuta tinha bastante experiência no tratamento de pessoas com transtornos psiquiátricos. Minhas filhas marcaram uma primeira consulta, que passou a ser uma espécie de "terapia familiar", na qual todos — Débora, Luísa, Vladmir, Clarice e Helenice — opinavam sobre o que poderia ser feito para mudar minha situação.

Débora, Luísa e Vladmir me contaram que, junto de Clarice e Helenice, estavam trabalhando para achar uma solução para a questão da mamãe. Aquilo, por si só, foi para mim como uma injeção de ânimo. Passei a não me sentir sozinha naquela empreitada, e uma nova esperança começou a nascer dentro de mim.

Após algumas sessões, a psicóloga disse que queria conhecer mamãe para avaliar a condição em que ela estava. Mamãe foi então levada ao consultório por Clarice e Helenice sob o falso argumento de que a profissional estava cuidando de mim e precisava saber de questões que só mamãe poderia informar.

Logo no início da conversa, a psicóloga percebeu que mamãe precisava urgentemente de tratamento psiquiátrico e, era provável, de uma imediata internação. Ela conversou novamente com o grupo e só então as meninas me colocaram a par de todas as sessões. A indicação era objetiva: precisávamos com urgência levar mamãe para uma consulta com um psiquiatra.

A ideia de internar mamãe me incomodava profundamente. Desde que me entendo gente, inúmeras vezes a ouvi contando os horrores que sofrera quando foi internada após o nascimento de Helenice.

— Internar? Será que não há outra opção de tratamento? Fico com pena. Mamãe tem um trauma enorme da internação pela qual passou quando éramos pequenas — eu disse para a psicóloga quando fomos apresentadas.

— Ivanice, os tratamentos psiquiátricos atualmente são muito humanizados. Eu conversei com a sua mãe e é nítido que ela não está nada bem. Se não fizermos nada, ela vai piorar dia após dia. Imagine se você chegasse ao apartamento de sua mãe e se deparasse com ela caída na sala sangrando. O que faria?

— Chamaria uma ambulância para levá-la ao hospital o mais rápido que pudesse — respondi por impulso.

— Pois bem, o cérebro de sua mãe está sangrando, e ela precisa de ajuda urgente.

~

Depois da fala da psicóloga, deixei a resistência de lado. Bati o pé apenas sobre uma coisa: de forma alguma ela seria internada no mesmo hospital da primeira internação. As histórias que ouvi da mamãe durante minha infância tinham deixado traumas profundos em mim, imagine nela. Narrativas sobre os tratamentos com eletrochoques foram o cenário de muitos dos meus pesadelos.

A psicóloga indicou um psiquiatra da sua confiança e eu marquei uma consulta. Mamãe aceitou ir sob a mentira de que era um clínico geral. Afinal, ela adorava ir a médicos para se queixar de tudo. Quando chegamos ao consultório, com alguns malabarismos, consegui evitar que ela descobrisse qual era a verdadeira especialidade do doutor. Assim que entramos na sala do médico, dona Pietá começou a falar descontroladamente. E, quanto mais ela falava, mais ficava evidente o tamanho do problema.

A mesa do psiquiatra era de vidro e tudo no consultório mostrava que o médico era adepto de extrema organização. Nunca vou esquecer a cara dele quando mamãe tirou da bolsa um saquinho plástico com diversas folhas de plantas variadas, algumas sujas de terra. Foi colocando as folhas sobre a mesa e dizendo que ali estavam as provas de que entravam na casa dela e jogavam algum líquido nas plantas.

O médico começou a escrever algo e, ao terminar, sem que mamãe visse, passou-me o papel. Naquele momento ela estava totalmente envolta em sua tarefa de convencer o profissional do quanto ela precisava se mudar de apartamento, já que estava correndo risco de vida. Pude ler ali mesmo o pedido de internação psiquiátrica emitido pelo médico em meio ao falatório da paciente.

Excluindo o hospital psiquiátrico onde mamãe ficara internada após o nascimento de Helenice, nossa única opção era uma clínica que tinha apenas dezesseis vagas. Passei a ligar diariamente para o local, na tentativa de conseguir uma para mamãe, mas a resposta era sempre negativa. Cheguei a entrar em contato com o médico que dirigia a clínica, expliquei a ele o quanto era importante conseguir uma vaga e mostrei o pedido médico. Ele anotou meus telefones e disse que faria o possível.

As semanas foram passando e nada. Mamãe só piorava, assim como meu sofrimento. Ela ficava o dia todo ligando para amigos e familiares, tentando convencer alguém do quanto precisava mudar de apartamento. Isso me remetia a todas as mudanças que fizemos na minha infância, sempre com a mesma promessa: "Lá vai dar certo! Seremos muito felizes!". Eu, na minha inocência infantil, acreditava piamente; o coração chegava a disparar. Porém, me decepcionei todas as vezes.

Um pouco mais de um mês depois da consulta com o psiquiatra, em certa manhã, mamãe me ligou bastante nervosa, como de costume, dizendo que precisava ir ao pronto-socorro, pois estava passando muito mal. Quando ela foi atendida, eu já sabia de antemão qual seria a reclamação, e não deu outra:

— Eu estou correndo risco de vida onde estou morando! Preciso me mudar imediatamente! — ela clamava.

A médica ficou extremante assustada com a confusão mental da mamãe e, após concluir a consulta, pediu que ela aguardasse do lado de fora, pois queria conversar sozinha comigo. Contrariada, mamãe acabou obedecendo.

— Sua mãe está em surto. O que ela tem? — a médica me perguntou.

— Ela tem alguns transtornos psiquiátricos.

— Desde quando?

— Desde que me entendo por gente. De uns tempos pra cá, está pior. Estou com um pedido de internação feito por um psiquiatra com o qual ela fez uma consulta. O pedido foi feito em setembro. De lá pra cá, tenho tentado uma vaga, mas até agora não consegui. O plano de saúde tem apenas dois hospitais conveniados. Em um deles a mamãe esteve internada quando eu era pequena e foi muito traumático, não tenho coragem de colocá-la lá de novo. O outro é uma clínica pequena que está sem vagas. Estou aguardando uma ligação há quarenta dias.

— Meu Deus! Vamos ter que dar um jeito nisso! Vou te dar um novo encaminhamento. Como amanhã é feriado, já no dia seguinte vá à clínica e peça para falar com o administrador do local. Mostre os dois pedidos de internação e diga que, caso não internem sua mãe, você procurará o Ministério Público. Dona Pietá precisa de tratamento com urgência.

Agradeci à médica e saí do consultório com esperança. Quem sabe agora daria certo...

— O que ela quis conversar com você sozinha? O que vocês falaram de mim? — mamãe me interrogou.

— Nada, mãe. Ela achou que eu estava muito nervosa. A conversa foi sobre mim...

O dia da internação

Após o feriado, acordei cedo, peguei os dois encaminhamentos médicos solicitando a internação de minha mãe e me dirigi à clínica. Minhas irmãs já estavam de sobreaviso. No caminho, rezei e pedi a Deus que guiasse as pessoas certas para me atender. Eu, que sempre descartara completamente essa possibilidade, havia chegado à conclusão de que a única saída seria a internação.

Peguei a senha para atendimento e, quando chegou minha vez, meu coração disparou. Falei com o rapaz que me atendeu:

— Minha mãe precisa ser internada com urgência e estou aqui com dois pedidos médicos. Há quase dois meses venho tentando uma vaga pra ela. Se você disser que não há vaga, quero então falar com a gerência da clínica, antes de procurar o Ministério Público.

— Um minuto, por favor — disse o funcionário, apreensivo. Após falar rapidamente ao telefone, ele continuou: — A senhora pode subir. No andar de cima, vai falar com a dra. Vânia. Ela está aguardando.

Subi as escadas com o coração aos pulos. Chegando ao segundo andar, a médica já me aguardava. Senti muito acolhimento da parte dela e contei resumidamente tudo o que estava acontecendo. As lágrimas vinham aos meus olhos a todo tempo durante a conversa, mas eu engolia o choro e continuava a contar um pouco do calvário dos últimos meses.

— Dra. Vânia, preciso da sua ajuda! Minha mãe precisa muito desse tratamento — eu supliquei.

Nesse momento, a médica pediu que eu aguardasse na recepção até que ela fizesse alguns contatos. Esperei por uns trinta minutos, que pareceram trinta horas, até que o funcionário que havia me atendido me chamou e disse:

— A dra. Vânia conseguiu uma vaga para a sua mãe. Você deverá trazê-la hoje para internação às duas e quarenta da tarde. Preencha, por gentileza, estes formulários e veja se você está com todos os documentos citados ao final da primeira folha.

Minha vontade era gritar de alegria, mas me contive e iniciei o preenchimento da papelada. Saí de lá agradecendo a Deus e pedindo a Ele que me intuísse sobre como eu deveria agir dali em diante. Liguei primeiro para minhas irmãs, e pedi a elas que estivessem na clínica no máximo às 14h30. Sozinha eu não conseguiria.

Em seguida, liguei para mamãe e disse que Cândida, sua sobrinha, havia sido internada após uma crise nervosa e que queria muito vê-la.

— Mãe, a visita lá começa às duas horas. Vou passar aí na sua casa à uma e meia pra te buscar.

— Uma e meia não dá! Passe então às duas horas.

Era sempre assim. Uma característica da mamãe era jamais aceitar uma imposição. A última palavra tinha que ser sempre dela.

— Combinado, então! Não vá atrasar. Cândida quer muito ver a senhora.

No horário combinado, passei na casa dela com o coração aos pulos. E, depois de muito insistir que estávamos atrasadas, consegui que ela fechasse a porta para irmos. Olhei todo aquele ritual. O osso da mão direita estufado de tanto repetir o movimento de forma a conferir se a porta estava fechada mesmo. As orações e o sinal da cruz com as mãos em direção à porta. O nome do Pai para finalizar.

Durante o trajeto, tentei não falar muito, com medo de cair em contradição. A cada fala da mamãe, eu dizia que precisava prestar atenção no caminho. Quando estacionamos na clínica, avistamos minhas irmãs.

— Uai! O que as meninas estão fazendo aqui? — dona Pietá questionou.

— Vieram ver a Cândida. Qual é o problema?
— Nenhum — respondeu, um tanto contrariada.

O funcionário da recepção já havia sido orientado pela Clarice de que a internação seria involuntária e que, por isso, mamãe estava ali achando que faria apenas uma visita. Assim que entramos na clínica, fomos orientadas a subir e procurar pelo dr. Márcio. Mamãe não prestou atenção nisso, porque Helenice ficou conversando com ela para distraí-la. Subimos, então, as quatro, e o médico nos aguardava na porta do consultório. Olhou para mamãe e disse:

— Dona Pietá?
— Sim!
— Vamos entrar, por favor.
— Não estou entendendo. Eu estou aqui para visitar minha sobrinha, que foi internada ontem por causa de uma crise nervosa — ela foi logo dizendo.
— Dona Pietá, as suas filhas estão aqui para que possamos conversar sobre a sua saúde. Elas estão muito preocupadas com a senhora — o médico sentenciou.

O semblante dela mudou instantaneamente e seus olhos me fuzilaram com um sentimento de ódio. Era como se, naquele momento, só estivéssemos nós duas.

— O que significa isso, Ivanice? O que você está fazendo?

O dr. Márcio percebeu logo a mudança de humor da mamãe e disse novamente:

— Dona Pietá, suas filhas estão preocupadas com a senhora. Não precisa ficar nervosa. Vamos fazer o seguinte: a senhora toma esse remedinho aqui para ficar mais tranquila e assim podemos conversar um pouco.

— Não vou tomar coisa nenhuma! Eu fui enganada! Não preciso de remédio nenhum. Estou ótima! A Ivanice é que está doente, precisando de tratamento. Ela é que precisa de remédios. Eu vou embora.

E foi se dirigindo à porta, que, dada à experiência do médico, estava fechada. Quando mamãe percebeu isso, passou a gritar e me xingar. Clarice e Helenice tiveram que segurá-la para que não viesse me bater.

— Você vai pagar, Ivanice! Você vai pagar o que está fazendo comigo!

O dr. Márcio falou rapidamente ao telefone, e logo bateram à porta. Era um enfermeiro com uma injeção em punho. Aí a coisa complicou ainda mais. Mamãe gritava sem parar. Só meu nome era ouvido.

— Ivanice! Eu te odeio! Eu te odeio! Você vai me pagar!

Não consegui conter as lágrimas. Um filme passou em rotação acelerada na minha cabeça. *Quantas vezes ouvi isso apesar de ser a única a ajudá-la, a única a estar por perto?*

Aqueles minutos foram eternos. Helenice pediu que eu saísse. Os gritos foram ficando mais baixos, até cessarem por completo. Eu, do lado de fora, chorava. Desejava muito um colo de mãe, uma mãe que eu não conheci, que pudesse me acalmar, passar a mão no meu cabelo com doçura e dizer com voz serena que tudo ficaria bem.

Em meio a esses devaneios, eis que o médico abriu a porta do consultório. Ele apoiava minha mãe de um lado, e o enfermeiro do outro. Os olhos dela estavam quase fechados, como se estivesse com muito sono. Ainda assim, ao passar por mim, lançou-me um olhar de ódio.

Helenice e Clarice subiram com o médico até os quartos da clínica. E uns quinze minutos depois voltaram para me buscar, para que eu pudesse ver onde nossa mãe estava. Ela parecia estar embalada em um sono tranquilo.

— Faz quanto tempo que você não vê nossa mãe dormindo assim, numa cama? — perguntou Helenice.

Fazia muito tempo. Durante longos anos, por causa de uma cisma, mamãe dormira numa poltrona. Confortável, sim, mas não a ponto de substituir uma cama. Naquela hora, vendo-a dormindo realmente deitada, consegui sorrir.

Nós três fomos embora. Clarice foi para casa, e eu e Helenice seguimos para o apartamento da mamãe para pegar algumas roupas. Achei estranho entrar na casa sem que ela estivesse lá. Por mais que eu lhe dissesse que seria importante eu ter uma chave em caso de qualquer emergência, mamãe nunca permitiu. Ninguém a não ser ela possuía a chave do apartamento. Mesmo assim, vivia dizendo que estavam entrando na casa dela, fosse para roubar algo ou para machucá-la.

Agora, de fato, eu e Helenice estávamos entrando na casa da mamãe sem que ela estivesse ali. Senti meu coração apertado e uma vontade danada de chorar, mas engoli o choro, porque precisávamos de foco na empreitada. Peguei a chave do guarda-roupa na bolsa da mamãe — porque ela mantinha o armário trancado — e separei conjuntos suficientes para uma semana. Peguei também chinelos, escova de dente, pente e um saquinho com batons e cremes de rosto e corpo. Em que pese a doença, dona Pietá nunca perdeu a vaidade.

Voltamos para a clínica. Lá chegando, um enfermeiro desceu para pegar as coisas.

— A mãe de vocês continua dormindo. Está tranquila.

O tratamento

Assim que cheguei em casa, tomei um bom banho, caí na cama e apaguei. Um cansaço físico e mental de grandes proporções tomou conta de mim. No dia seguinte, acordei cedo e bastante preocupada. Liguei para a clínica e fiquei muito triste com as notícias:

— Quando o efeito da medicação passou, dona Pietá acordou bastante agitada. Disse que tinha que ir embora, que não dormia fora de casa de jeito nenhum, que iriam entrar na casa dela e mexer em tudo. Tentamos acalmá-la de todas as formas, dizendo que o médico que poderia liberá-la não estava na clínica e que ela estava internada. Quando o enfermeiro pronunciou a palavra "internada", ela ficou muito nervosa. Foi preciso levá-la para a cama e contê-la, caso contrário ela poderia se machucar. Demos outro medicamento e agora ela está dormindo.

— Nossa. Fico triste com as notícias.

— Mas é assim mesmo. Fique tranquila. Vai dar tudo certo. O médico responsável pela sua mãe, dr. Álvaro, é um excelente profissional. Em pouco tempo ela estará bem. Daqui a umas duas horas você liga novamente. Sua mãe com certeza já terá acordado e você poderá falar com ela.

Desliguei o telefone com muita tristeza. Em menos de uma hora, meu telefone fixo tocou. Era uma ligação a cobrar.

— Ivanice, venha agora me tirar daqui. Você ficou louca? Por que está fazendo isso comigo, Ivanice? Estou com os braços roxos. Eles me amarraram esta noite. Venha agora!

Mamãe falava sem parar. Eu tentava responder, sem nenhum sucesso. A sensação era de que ela não escutava nada do que eu dizia.

Falei mais alto e de maneira firme que ela estava em tratamento e que só o médico poderia dizer por quanto tempo.

— Você é um monstro! Eu odeio você! Vou ligar pra todo mundo que eu conheço e vou contar o que você está fazendo comigo.

Alguém certamente tomou o telefone da mamãe e colocou no gancho. Minutos depois, eu liguei para a clínica. O enfermeiro que atendeu disse que eu não deveria ir lá por uns dois ou três dias, tempo suficiente para ela se acalmar. Sugeriu também que minhas irmãs e os netos fossem vê-la só a partir do dia seguinte.

O dr. Álvaro me ligou já no fim do dia e disse que mamãe estava mais calma. Que ela havia participado das atividades e interagido com outros pacientes. Ele me orientou a visitá-la somente dois dias depois e concordou que, no dia seguinte, dona Pietá já poderia receber a visita das outras filhas, contanto que elas reforçassem que a decisão de buscar ajuda médica fora tomada em conjunto, na intenção de que ela pudesse ter uma vida mais tranquila.

Clarice e Helenice visitaram mamãe, conforme o médico orientou, e no dia seguinte Miguel e Débora também visitaram a avó. Só no quarto dia eu apareci na clínica. Para minha alegria, mamãe me recebeu bem. Lógico que não fez festa, mas só de não ter me xingado já foi para mim um ganho enorme.

— Oi, mãe! Como a senhora está?

— Mais ou menos. O dr. Álvaro é muito bonzinho, e eu já fiz amizades aqui. Depois do café da manhã temos aula de artesanato e pintura. O almoço é bom. Depois do almoço tem sempre um bate-papo. Já contei a minha vida pra todo mundo. Não deu pra contar tudo, porque a médica diz que todos têm que falar um pouco. A minha companheira de quarto é boazinha. Mas eu quero saber: que dia eu vou embora pra casa?

— Mãe, eu conversei com o dr. Álvaro e ele disse que a senhora precisa ficar até que ele veja qual é o medicamento que vai trazer melhores resultados. Mudando de assunto, tia Graça me ligou e disse que está vindo visitá-la.

Consegui distrair mamãe com essa última frase. Ela, muito vaidosa, foi logo dizendo:

— A Graça está vindo? Então vamos ao quarto comigo. Vou passar um batom.

Fiquei tão feliz que registrei aquele momento. Minutos depois, tia Graça chegou e conversamos tranquilas, até que a enfermeira passou avisando que o horário de visitas havia terminado. Voltei para casa com esperança de que tudo ficaria bem.

~

Passei a visitar mamãe todos os dias. Além disso, uma vez por semana, eu, Clarice e Helenice participávamos da "terapia em família" promovida pela clínica. Era um encontro com uma psicóloga durante o qual a família buscava orientações de como lidar com o paciente durante o tratamento.

Tudo parecia caminhar bem até que certo dia, faltando menos de uma semana para completar um mês da internação, assim que cheguei para a visita fui abordada pela colega de quarto da mamãe:

— Sua mãe hoje não está nada bem. Está muito trêmula. Não quis almoçar. Acho que deve ser efeito colateral de algum medicamento que ela está tomando.

Corri para o quarto, e lá estava mamãe com um olhar distante e os lábios entreabertos. Ela não esboçou nenhuma reação quando me viu. Estava completamente estranha e alheia.

— Oi, mãe! Como a senhora está? A senhora almoçou?

Ela levou um tempo para responder, como se a mensagem tivesse demorado a chegar ao seu cérebro.

— Não estou me sentindo bem. Não consegui almoçar. Estou com muita saliva na boca.

Mamãe pronunciou essas três frases bem mais devagar que de costume. Chamei a enfermeira e pedi que fizesse a gentileza de medir a pressão da mamãe. Estava alta. A enfermeira deu logo um medicamento para controlar a pressão e disse que mamãe havia de fato acordado diferente. Fiquei com ela até o final do horário da visita, mas dona Pietá quase não falou nada. Continuava com o olhar distante e vazio. Saí da clínica completamente atordoada. Uma tristeza imensa tomou conta de mim.

No dia seguinte, encontrei mamãe ainda pior. Estava babando e bastante trêmula. A enfermeira me informou que o médico havia prescrito o remédio para controle da pressão, mas que ainda não tinha surtido efeito. No terceiro dia, Clarice chegou pouco depois de mim e se assustou ao ver como mamãe estava diferente.

— Meu Deus! O que está acontecendo com ela?

— Não sei, minha irmã. Estava tudo indo tão bem. Anteontem cheguei aqui e ela estava estranha. Ontem estava ainda pior, e hoje está assim: aérea, trêmula, babando. A pressão está alta, mesmo com a medicação. Não sei o que fazer.

Mamãe, quando se deu conta da presença da Clarice, pronunciou com dificuldade:

— Clarice, me deixa ir pra sua casa?

Clarice, visivelmente triste, disse:

— Temos que falar com o dr. Álvaro.

— Ele não está aqui. Só retorna à clínica na segunda-feira — respondi.

— Meu Deus! Mas hoje ainda é quinta. Não podemos deixar a mamãe da forma como ela está.

Clarice sempre teve o pavio muito curto. Assim que acabou o horário de visitas, descemos para a terapia familiar e ela se dirigiu à psicóloga:

— Mamãe está péssima. Tem alguma coisa errada com o tratamento dela.

— Vocês têm que ter calma. Medicamentos psiquiátricos, como quaisquer outros, têm efeitos colaterais. Cada pessoa reage de forma diferente aos remédios utilizados. É por isso que a internação é importante. O médico vai avaliando o paciente e adequando a medicação. É um processo lento — respondeu a profissional.

Mesmo assim, Clarice se mostrou nervosa e disse que mamãe não poderia ficar daquele jeito. Resolveu interromper a sessão de terapia familiar e conversar com o psiquiatra de plantão. Mamãe, quando viu novamente Clarice na área de internação, repetiu:

— Clarice, me deixa ir pra sua casa.

Essa piora repentina nos desestabilizou completamente e, alguns dias depois, temendo que mamãe piorasse ainda mais, resolvemos pedir ao dr. Álvaro que desse alta a ela. Nos comprometemos a cuidar dela em casa, continuando com os medicamentos que ele prescreveu. O médico disse que o ideal era que ela continuasse o tratamento na clínica, mas que, já que era um desejo nosso, ele daria a alta.

Mamãe acabou indo para minha casa. Passei a me dedicar inteiramente a ela, mas, mesmo com toda a atenção, ela não demonstrava nenhuma melhora. Só queria ficar deitada. Estava completamente apática. Deixou de ter interesse pelas novelas, pelas músicas que gostava tanto de ouvir. Não dizia coisa com coisa e tinha a fala arrastada. Continuava a babar, e o tremor das mãos aumentou muito. Queixava-se de paralisia na boca e de dificuldade para mastigar e engolir.

Esse período foi muito difícil. Dona Pietá permaneceu comigo por mais de duas semanas, depois cismou de voltar para sua casa. Entretanto, era preciso monitorar o momento de tomar os remédios. Defini uma escala com Clarice e Helenice de forma que mamãe tivesse sempre uma de nós por perto na hora da medicação. Porém, ela demonstrava muita resistência à nossa ida à casa dela para monitorar a ingestão dos remédios. Era fácil perceber seu desejo de abandonar o tratamento.

Entre um tempo na minha casa, outro no próprio apartamento, um curto período numa casa de idosos e, por fim, uma estadia com

Clarice e uma ajudante, mamãe continuou piorando a cada dia, com alucinações tomando sua sanidade novamente. Ficou evidente que não estávamos dando conta do recado.

Certa ocasião, no meio de um delírio, seguido de um surto sobre a "iminência da explosão do apartamento" quando estávamos usando o forno do fogão a gás, concluímos que não havia outro caminho: mamãe teria que ser internada novamente. Quando contei a ela que iríamos para a clínica, tudo piorou:

— Eu não vou! Você não pode me obrigar!

— Vai sim, mãe. É para o seu bem. E nosso também. Não dá pra viver assim.

Vladmir me ajudou, e levamos a mamãe quase no colo até o carro. Chegando à clínica, ela adotou uma postura de completa apatia. No fundo, acho que estava clamando por ser tratada. Conversei com o dr. Álvaro na frente dela e ela nada disse.

— Doutor, eu sei que nós erramos ao pedir ao senhor que desse alta para a mamãe num momento em que o tratamento estava apenas começando. Assumo que temos culpa por ela estar desse jeito. Se conseguirmos uma nova vaga de internação para ela, prometo que deixaremos que o senhor conduza o tratamento da forma como deve ser. Não vamos dar palpites e faremos de tudo para conter nossa ansiedade e aguardar o momento certo de ela sair.

— Ivanice, de fato, quando você e sua irmã me pediram que eu desse alta para a dona Pietá, não era o momento. Um tratamento psiquiátrico, para dar bom resultado, exige que o médico acompanhe o paciente de perto para entender como o organismo está reagindo aos remédios. Não existe matemática, e o tratamento que funciona para um paciente não necessariamente funciona para outro.

Quando ele começou a me dizer que não havia leito disponível, a dra. Vânia interrompeu a conversa, em um enorme gesto de empatia, e disse:

— Vamos remanejar os pacientes, fique tranquila. Sua mãe será internada agora mesmo.

Fui tomada por completa alegria e esperança. Mamãe não esboçou nenhuma resistência em subir novamente as escadas para o terceiro andar. Entreguei mamãe ao dr. Álvaro e agradeci imensamente a Deus por aquele milagre.

~

Mamãe ficou sob os cuidados do dr. Álvaro nessa "segunda vez" por quase quatro meses. Foi, aos poucos, dando sinais de melhora. Durante o tratamento, fui à clínica praticamente todos os dias para ajudá-la a tomar banho. Contando o dia da primeira internação, em 16 de novembro de 2017, até a data da alta, no fim de junho de 2018, quase o tempo de uma gestação, mamãe perdeu uns quinze quilos. Por isso, eu tinha medo de ela cair na hora do banho, por se encontrar muito fraca. Em contrapartida à perda de peso, mamãe foi melhorando gradativamente o humor, a fala, os tremores das mãos e a lucidez.

O dr. Álvaro foi ajustando a medicação como um pintor que, com calma, descobre os matizes mais adequados para sua obra. Vendo a melhora da mamãe, foi "soltando" aos poucos a paciente, permitindo que ela passasse alguns finais de semana conosco.

Em um belo dia, o médico me mandou uma mensagem pedindo que eu marcasse na clínica um horário para que ele pudesse conversar com nós três: eu, Clarice e Helenice.

— Chamei vocês porque tenho uma boa notícia! — ele começou. — A mãe de vocês está pronta para ir para casa. Mas eu só vou dar alta para a dona Pietá quando vocês voltarem aqui e me disserem que conseguiram montar uma rotina para ela envolvendo todos os cuidados de alimentação, medicação, companhia, moradia, enfim, tudo o que uma pessoa com os problemas que ela tem precisa para se manter estabilizada. Já conversei sobre isso com vocês três. Os transtornos psiquiátricos não têm cura. O paciente, com a medicação e os cuidados adequados, fica estabilizado. A estabilidade de dona Pietá vai depender da vida que ela terá daqui para a frente. Depois da alta, vocês deverão continuar a trazê-la à clínica, a princípio de segunda a sexta-feira. Aos poucos, vamos diminuir essas vindas. Vou aguardar quantos dias forem necessários até que vocês pensem como vai ficar a rotina de dona Pietá. Assim que definirem, marquem outro horário comigo.

No período durante o qual mamãe esteve internada, aproveitei para dar uma geral no apartamento dela. Tirei quarenta e cinco caixas de papelão lotadas de entulho, cuidei das plantas e contratei uma faxineira para fazer uma boa faxina de quinze em quinze dias. Para abrir as janelas que ficaram fechadas por oito anos, Vladmir precisou bater com o martelo em uma chave de fenda e usar muito desengripante. Passei para Clarice as sementes de laranja que mamãe juntara durante anos para que fossem plantadas no quintal. Joguei fora as dezenas de tampinhas de requeijão que ficavam enfileiradas na janela da cozinha e encomendei uma grade para que mamãe se sentisse segura. Troquei um vidro quebrado de um quadro de que mamãe gostava muito, mandei fazer um móvel planejado para guardar livros, miniaturas, LPs e CDs. Com isso, doei vários móveis, o que fez a sala do apartamento ficar com o espaço de circulação adequado para um idoso.

Na cozinha, tirei tudo que era supérfluo e arrumei ou substituí todas as coisas que estavam danificadas. Coloquei cortinas novas nos quartos e levei uma cama de solteiro da minha casa para ser usada pela pessoa que passaria a dormir com mamãe sempre que ela não estivesse comigo ou com Clarice. Ficou tudo tão lindo que não me contive e comprei um quadrinho escrito "Lar Doce Lar", que pendurei bem na entrada.

Após a conversa com o médico, eu, Clarice e Helenice nos reunimos e acertamos como ficaria a rotina da mamãe, que, diferente de antes do tratamento, incluía almoçar todos os dias, a ajuda frequente de Clarice e Helenice e jamais dormir sozinha. Retornamos ao dr. Álvaro, e ele, então, definiu a data da alta.

Quando levei mamãe à sua casa, estranhei a reação dela. Criei a expectativa de que ela ficaria muito feliz ao ver a mudança, mas não foi o que aconteceu. Ela andou pelos cômodos deixando transparecer, pela sua fisionomia, que estava achando tudo muito estranho. Franzia a testa com ar de preocupação, mas não xingou.

Tive pena e tentei entender como devia ser difícil mudar, ainda que para melhor. As pessoas se acostumam com tudo, inclusive com as dificuldades e com o caos. Romper com anos de escravidão em uma vida cheia de rituais deve realmente ser algo difícil. Mamãe estava diante de uma vida nova, e tudo o que é novo assusta.

Depois de andar pelo apartamento, ela se sentou em uma das poltronas da sala, mas permaneceu calada. Passados alguns minutos, pediu para irmos para minha casa. Naquele dia, não deixei que ela fechasse a porta. Eu não queria correr o risco de me deparar com aquela cena novamente: a mão de minha mãe indo e voltando para ver se a lingueta da fechadura tinha realmente chegado até o final. Fazia algumas semanas que eu havia voltado às sessões de terapia com Maria Elisa, e o foco das nossas conversas era como lidar com mamãe de forma a solidificar a transformação que todos nós esperávamos após aqueles meses de tratamento. No momento de fechar a porta, lembrei-me de Maria Elisa dizendo que eu deveria tomar as rédeas de cada situação, pelo bem de todos. Ao recordar isso, eu disse:

— Deixe que eu fecho a porta. Preste bem atenção, pois não vou conferir.

Fechei as quatro fechaduras, dizendo "ok" em cada uma. Meu objetivo era acostumá-la a trancar a porta de casa sem rituais. O tratamento parecia ter dado bom resultado. Havia muitas coisas a serem redesenhadas, e eu estava disposta a ajudar minha mãe naquele prenúncio de uma vida realmente nova.

Novos voos

Coincidência ou não, a alta da mamãe aconteceu exatamente no dia em que haveria uma viagem para a cidade de Aparecida, organizada pela sogra do Miguel. O convite para participarmos desse passeio chegou a mim quando o dr. Álvaro já havia falado que mamãe estava pronta para sair da clínica. Eu, Clarice e Helenice decidimos comprar lugares para nós três na excursão e também para mamãe, com a intenção de convencê-la a ir conosco. Eu sabia que ela resistiria, mas era preciso tentar. Dona Pietá estava com setenta e nove anos e jamais havia feito um passeio como aquele.

Enquanto as pessoas iam chegando e acomodando as malas no bagageiro do ônibus, mamãe falava, quase ao meu ouvido, para ninguém escutar:

— Ivanice, eu não vou a esse passeio. Que loucura é essa? Viajar de ônibus a noite inteira? Isso é um perigo!

— Mãe, a senhora chegou até aqui! Quanta coisa já venceu! Não vamos fraquejar agora. A senhora não confia em Deus? Não vai acontecer nada de mal conosco, Ele vai nos guiar na ida e na volta.

E assim, com falas positivas, consegui fazer mamãe entrar no ônibus. Apesar de alguns percalços, chegamos bem ao nosso destino.

Como os quartos do hotel eram duplos, mamãe me pediu que ficasse com ela. Clarice e Helenice ficaram juntas. Colocamos as malas no lugar e descemos para tomar café. Nunca vi os olhos de minha mamãe brilharem tanto! Ela sempre amou quitutes e guloseimas e ficou encantada com tanta variedade e fartura no café da manhã.

Depois de comer, fomos passear em um parque. Mamãe estava magra e fraquinha, então providenciei uma cadeira de rodas que ajudou muito no deslocamento dela. À tarde, fomos à missa agradecer a Nossa Senhora Aparecida por aquele milagre. À noite, uma festa junina no hotel voltou a trazer brilho aos olhinhos da mamãe. Quando voltamos para o quarto, ela era puro encantamento e alegria.

Minha oração naquela noite foi somente de agradecimento a Deus, por termos conseguido tirar mamãe daquele lugar sombrio no qual ela vivia. Um lugar cheio de inimigos, formigas, cupins, desorganização, solidão e tristeza. Era chegada a hora de aproveitar o tempo perdido. Aos setenta e nove anos, dona Pietá finalmente começaria a descobrir que a vida pode ser bela, apesar das dificuldades.

No dia seguinte, mamãe acordou plena. Era a primeira vez que eu deparava com um sorriso tão genuíno no rosto dela. Pedi que ela tomasse um banho rápido para descermos e tomar aquele café maravilhoso. Estranhei ela ter conseguido tomar um banho em dez minutos. Fez tudo muito mais rápido que de costume.

— Mãe, enquanto a senhora se apronta, passa seus cremes, penteia o cabelo, passa o batom, vou tomar uma chuveirada rápida.

Quando saí do banheiro, mamãe estava arrumando as camas.

— Por que a senhora está fazendo isso?

— Porque tem uma plaquinha aqui com o escrito: "Favor arrumar o quarto".

Nessa hora, dei uma gargalhada daquelas. Era a primeira vez em muitas décadas que minha mãe ficava em um hotel. Na hora do café, nós quatro rimos muito dessa piada.

Na viagem de volta, infelizmente o ônibus deu alguns defeitos, o que deixou mamãe muito assustada. Entre rezas, ela conseguiu se manter calma. Assim, essa ida a Aparecida foi "o batismo" de Pietá para uma vida nova. Outras viagens estavam por vir.

~

Encantadas com o sucesso da primeira viagem na vida da mamãe, que desde a chegada não falava de outra coisa, eu e Clarice resolvemos que era o momento de dona Pietá fazer sua primeira viagem de avião e conhecer o mar. Ao falarmos sobre nossa ideia, ela respondeu com um misto de medo e expectativa:

— Ai, meu Deus! Será? Eu tenho tanto medo de avião!

— Mãe, depois daqueles apertos na viagem de ônibus para Aparecida, a senhora não tem que temer mais nada. Aliás, depois que viajar de avião, vai ver o quanto é bom chegar rapidinho ao destino, sem as preocupações que a gente passa na estrada.

— Vai ser uma viagem deliciosa, mãe! Imagina eu, a senhora e a Ivanice, soltinhas no Rio de Janeiro! — disse Clarice.

Mamãe deu o sinal verde, e eu e Clarice começamos a procurar passagens e uma hospedagem em Copacabana, bem em frente ao mar. A ocasião merecia o melhor que pudéssemos encontrar.

~

A viagem para o Rio estava se aproximando, e Clarice decidiu que seria melhor que Vladmir viajasse no lugar dela. Tomei as providências necessárias em relação ao voo e, no feriado de 7 de setembro de 2018, lá estávamos eu, Vladmir e mamãe no aeroporto.

Dona Pietá era só sorrisos. Quantas novidades e quanta expectativa! Já sentadas, enquanto aguardávamos a decolagem, perguntei para ela enquanto a filmava com o celular:

— O que a senhora está achando desta experiência?

— Eu estou assim... como se fosse... assim... um acontecimento muito... Tipo quando uma moça vai pra igreja para se casar. É surreal.

Mamãe falava com a respiração entrecortada. Parecia estar realmente voando. Um voo que passei tantos anos imaginando ser impossível. E agora esse sonho estava ali, na nossa frente, se tornando realidade.

Ao chegarmos ao hotel, mamãe ficou na varanda por muito tempo, com os olhos fixos no mar. Um mar que até aquela data só havia sido contemplado por ela pela televisão e pelas revistas.

Foram três dias maravilhosos! Visitamos o Cristo Redentor e o bairro da Urca, onde mamãe quis conhecer o prédio em que morava o seu ídolo Roberto Carlos. Quis também assistir a uma missa na igreja que ficava bem próxima ao prédio. Ao vê-la na igreja, sorri ao pensar que, decerto, mamãe estaria imaginando que seu ídolo já havia se sentado no mesmo banco em que ela estava. Fizemos um lanche delicioso na Confeitaria Colombo e fomos a um programa de televisão, quando mamãe foi entrevistada para contar que estava, com quase oitenta anos, vendo o mar pela primeira vez.

Mas a ida ao Pão de Açúcar foi, de todos os passeios, o que mais mexeu comigo. Eu me lembrei da mamãe diversas vezes dizendo que nunca, jamais, entraria no bondinho, pois morria de medo de aquilo cair.

— Mãe, a senhora se lembra de quantas vezes me disse que jamais entraria no bondinho? E aí? Vai entrar?

— Estou com medo — ela disse sorrindo.

— Vai dar tudo certo! Tem uma música linda que diz o seguinte: "Ei, medo! Eu não te escuto mais. Você não me leva a nada" — eu cantei, e ela ficou encantada.

Quando o bondinho chegou, mamãe entrou nele feliz. Assim que começamos a subir, ela sorriu e me perguntou:

— Como é mesmo aquela música do medo?

Eu comecei a cantar e ela me seguiu:

— "Ei, medo! Eu não te escuto mais. Você não me leva a nada. E se quiser saber pra onde eu vou, pra onde tenha sol. É pra lá que eu vou..."

As pessoas em volta sorriram. Algumas até se emocionaram. Nenhuma delas sabia quão longo fora o caminho que fizemos até o Pão de Açúcar.

O retorno para nossa cidade foi de muita conversa e alegria. Mamãe começava a ter, aos setenta e nove anos, assuntos interessantes sobre os quais conversar.

A trajetória do papai

Ao longo de todos esses anos, papai entrou e saiu da nossa vida algumas vezes. Inicialmente ele passou uma boa parte da vida morando longe de nós. Até que sofreu um golpe, perdeu tudo o que tinha e estava sendo ameaçado pelas dívidas. Então Clarice, com muita coragem, foi buscá-lo para que morasse com ela.

Foi um período relativamente tranquilo. Embora papai sentisse muita falta da família que havia construído nessa outra cidade, parecia grato pelo que tinha no momento.

Quando forçamos aquela primeira alta da mamãe e tentamos colocá-la em uma casa de idosos, obviamente não deu certo. Então mudamos papai para lá, para que ele tivesse os cuidados necessários enquanto nos concentrávamos em dona Pietá. Ele foi feliz, se dava muito bem com todos.

Um pouco antes da nossa ida ao Rio de Janeiro, ele, já idoso, passou mal e precisou ser internado. Por isso Clarice sugeriu que Vladmir viajasse em seu lugar, para que ela pudesse acompanhar o tratamento do papai.

Tão logo chegamos de viagem, Clarice me ligou para dizer que ele não estava bem. Estava no Centro de Terapia Intensiva (CTI), e as visitas eram de apenas uma hora na parte da manhã e uma hora no fim da tarde. Combinei de ir ao hospital no dia seguinte pela manhã.

Assim que cheguei, um sobrinho do papai que o estava visitando saiu para que eu entrasse. Quando olhei para meu pai, percebi que ele estava prestes a nos deixar. Estava em coma induzido e intubado. Uma tristeza imensa tomou conta de mim. Com esperança de que ele me ouvisse, eu disse baixinho:

— Pai, eu quero que você fique conosco mais um pouco. A gente demorou tanto pra ficar mais próximo. Na realidade, só depois que você veio morar com a Clarice tivemos mais oportunidade de estar juntos. Gosto muito do senhor e acho que ainda temos muita coisa a dizer um para o outro. Estou rezando para que o senhor fique bem. Seja forte!

Revi como um filme a história do meu pai. Senti pena dele. Sua vida não havia sido nada fácil. Imaginei o início do casamento: duas filhas em menos de dois anos de casados, um barracão e um salário pequeno, uma esposa com transtornos psiquiátricos cuidando de dois bebês sem qualquer ajuda.

Depois um aborto espontâneo e uma quarta gravidez de outra menina, cujo pós-parto culminou na necessidade da internação de minha mãe em um hospital psiquiátrico. Imagino o desespero do meu pai naquele momento, e as dúvidas sobre o que fazer com as três filhas pequenas. Como teria sido tomar a decisão de deixar Helenice sob os cuidados do seu irmão e de sua cunhada?

Fiquei imaginando o quanto meu pai deve ter sido pressionado pela família para não pegar Helenice de volta após a alta de minha mãe. Voltei à infância e recordei minhas lembranças mais remotas. O quanto meu pai deve ter se sentido dividido: de um lado, mamãe, que queria sua filha de volta; do outro, a família dele, implorando para que Helenice permanecesse sendo criada pelo outro casal.

Pensei em como tudo poderia ter sido diferente se as pessoas tivessem se unido para ajudar minha família. Lembrei do quanto davam guarida ao meu pai quando eu e Clarice éramos pequenas. *Seria uma forma de manipulá-lo?* Agora ele estava ali: idoso, doente, e eu não o via recebendo tanta atenção quanto no passado.

Papai não esboçou nenhuma reação. Saí do CTI muito triste. Meu primo me aguardava em um banco próximo à entrada. Ao me ver saindo, ele veio ao meu encontro e me abraçou. Eu caí no choro:

— Eu não quero que ele vá embora agora. Ainda tenho muitas coisas a dizer a ele. Eu quero que ele viva mais um pouco.

— Prima, você acabou de ver o seu pai. Eu também o vi antes de você chegar. Há vida ali naquele corpo? Eu amo o tio Valdinei. Tenho vindo aqui quase todos os dias desde que ele foi internado. Eu também gostaria que ele vivesse mais, mas hoje, para nossa tristeza, eu não vi vida ali.

Aquela fala doeu fundo em mim, mas meu primo tinha toda a razão. Meu querido pai não tinha mais vida. Podia ter o coração batendo e a respiração funcionando, mas a forma como estava não podia ser chamada de vida. Abracei meu primo e lhe agradeci pelo carinho das visitas.

Voltei para casa e conversei com mamãe:

— Mãe, papai está morrendo. Ele está realmente no fim. Penso que a senhora deveria ir vê-lo. Talvez ele ainda não tenha ido embora porque está aguardando a senhora.

Mamãe concordou em ir ao hospital. No finalzinho da tarde daquele mesmo dia, eu a levei. Ela entrou por alguns minutos e saiu logo depois.

— Como ele estava, mãe?

— Estava dormindo. Mas eu falei com ele e tive a impressão de que ele suspirou quando me ouviu

— O que a senhora disse?

— Eu disse que estávamos todos rezando pela recuperação dele. Que, se fosse da vontade de Deus, ele ficaria bom. Mas que, se tivesse chegado o momento de ele partir para os braços do Pai, que ele fosse tranquilo, levando o meu perdão.

Saímos do hospital e voltamos para casa. Lá pelas dez da noite, Clarice me ligou chorando. Papai havia acabado de falecer.

~

Na hora da abertura do velório, eu e Clarice já estávamos lá. Vi meu pai com um semblante tranquilo, vestindo o terno azul que minha irmã havia escolhido. Poucas flores adornavam o local. Mamãe não quis ir ao velório nem ao enterro. Voltou a dizer que não gosta de ir a cemitérios, e eu respeitei seus motivos. Além disso, se ela fosse, encontraria muitas pessoas que tanto a fizeram sofrer.

Durante todo o dia, vários parentes e amigos compareceram para nos abraçar e dar o último adeus ao meu pai. As únicas pessoas que não compareceram foram os filhos de Helenice — prova de como uma questão mal resolvida pode impactar mais de uma geração. Tentando entender aquilo, concluí que talvez meu pai não representasse para meus sobrinhos um avô, e sim um pai que havia rejeitado a própria filha. Certamente foi isso que meus sobrinhos ouviram desde criança.

No instante em que o caixão desceu, um tucano pousou em uma árvore bem próxima. A imagem marcou para mim aquele momento de despedida. Após os últimos abraços, voltamos para casa. Sozinha no meu quarto, revi a cena do hotel, quando meus pais fizeram as pazes e voltamos a viver juntos. Eu me lembrei da minha alegria ao ver meu pai chegando à festa dos meus quinze anos e ao meu casamento.

Após um bom banho e um lanche leve, eu me deitei. O sono só veio na madrugada, mas trouxe consigo um sonho lindo. Sonhei que havia dormido no quarto de Débora e que havia acordado de repente, querendo tomar um banho e tirar a roupa do dia inteiro. Só então percebi que papai estava de pé, na porta do quarto. Usava o terno azul e segurava em uma das mãos uma pequena maleta, semelhante a uma pasta executiva. Sorri ao vê-lo, e ele também sorriu para mim. No sonho, eu não me dei conta de que papai havia morrido.

— Oi, pai! Aonde o senhor vai com essa maleta? — perguntei.

Ele apenas respondeu:

— Vim me despedir de você. — E me deu um abraço carinhoso e leve.

Acordei assustada. Eu estava na minha cama. Percebi que havia sido um sonho. E tive a nítida certeza de que papai tinha vindo se despedir de mim.

Uma nova vida

A perda do meu pai doeu mais forte e por mais tempo do que eu imaginava. Aos poucos, tentei transformar aquela dor em saudade e aceitação. Revi nossas fotos, relembrei a viagem que fizemos à praia quando eu estava prestes a ganhar Débora, recordei a alegria dele no dia em que o presenteei com meu celular usado e passei horas tentando ensiná-lo a utilizar o aparelho. Rememorei seus "causos" e, no meu coração, agradeci à minha irmã Clarice por ter resgatado o papai e tê-lo trazido para perto de nós, para que pudéssemos conviver com ele pelos dezesseis anos em que ele morou na casa dela.

Enquanto meu luto ia se tornando saudade, mamãe melhorava dia após dia. Recuperou o peso e até o gênio difícil que lhe era peculiar. Dava um pouco de trabalho para ir às consultas, como uma criança que faz birra para não ir à escola de vez em quando. Mas, em vista do que era, mamãe se tornou uma dama! Conseguia conversar calmamente, passou a gostar de sua casa e a permitir que minha ajudante realizasse uma faxina de quinze em quinze dias. Suas roupas passaram a ser lavadas e passadas também pela minha ajudante. Continuou a frequentar a clínica em regime de hospital-dia. Lá almoçava e jantava, interagia com todos e fazia com capricho os trabalhos manuais que eram executados nas aulas de artesanato.

O dr. Álvaro diminuiu, gradativamente, as idas da mamãe à clínica, à medida que acompanhou sua melhora. Um dia, em uma das consultas, perguntada por ele se estava feliz com as mudanças na sua vida, mamãe respondeu:

— Sim! Estou feliz! Mas confesso que sinto falta de agir mais livremente. De comer o que quero e na hora que quero.

Aquela fala me colocou para pensar em como o ser humano se acostuma inclusive com a desordem. Percebi que seria necessário um trabalho diário de muita vigilância até que mamãe criasse laços com uma rotina, até que se acostumasse com a nova vida e deixasse cair no esquecimento toda aquela escuridão na qual vivera durante tantos anos. Por mais incrível que possa parecer, ela estava feliz com as mudanças, mas sentia falta da liberdade que tinha, sem horário para nada, e da sua alimentação irregular.

— Ok, dona Pietá! Então escolha um dia da semana para a senhora comer o que quiser e na hora que quiser — o dr. Álvaro sabiamente respondeu.

Fiquei encantada com a forma como ele conduziu a situação. Se dissesse "não", possivelmente afastaria sua paciente. Se dissesse "sim", colocaria tudo a perder. Imaginei mamãe como um pássaro nas mãos do médico; era preciso saber a dose certa entre apertar e abrir a mão. Com o doutor, descobri que há um ponto certo, um equilíbrio sem o qual não se consegue a estabilidade de quem tem algum transtorno.

Após a alta da mamãe das atividades do hospital-dia, eu e Clarice passamos a dividir os cuidados com ela. Revezávamos o período de sexta a terça, uma semana na minha casa, e na outra na casa de Clarice. Contratei uma pessoa de confiança para dormir na casa da mamãe nas noites de terça a quinta. Já Helenice passou a fazer uma visita e almoçar com mamãe às quartas. Às quintas, ficou estabelecido que seria o dia de mamãe visitar e almoçar com tia Graça. Sexta-feira passou a ser o "dia da liberdade alimentar". Com a tranquilidade proveniente da medicação, dona Pietá tomou gosto por colorir e ficava horas executando esse hobby.

Com as idas quinzenais à casa de Clarice, mamãe passou a ter um convívio frequente e próximo com os netos e bisnetos. Sempre que passava o fim de semana com Clarice, na terça-feira mamãe era deixada na minha casa para almoçar. Em uma dessas ocasiões, chegou entusiasmada e feliz:

— Miguel me convidou para fazer um passeio com eles. Vão todos para Gramado no mês de novembro: Clarice, Daniel e a namorada, Miguel com a esposa e os meninos.

— Que beleza, mãe! A senhora vai amar o passeio! A Serra Gaúcha é maravilhosa! Fico muito feliz que ele tenha convidado a senhora. A senhora demorou a começar a passear, mas agora, pelo visto, vai tirar o atraso.

Mamãe riu da minha fala com a carinha mais feliz deste mundo. Apesar do convite, meu afilhado não providenciou a passagem para mamãe, mas eu consegui dar um jeito de garantir a ida dela.

As longas horas que passei nos sites de passagens valeram todo o esforço. Dos passeios que mamãe fez após renascer aos setenta e nove anos, a ida à Serra Gaúcha é a que ela mais gosta de relembrar:

— Gostei de Gramado, mas gostei ainda mais de Canela. É uma cidade mais tranquila. E é linda! Ficamos hospedados bem pertinho da igreja. Perto de onde ficamos havia uma confeitaria deliciosa. Nunca comi tanto chocolate na minha vida. Estranho é que eu achava que tinha alergia a chocolate. Mas nessa viagem vi que posso comer chocolate, sim. Comi muito e não tive nenhum problema.

Não me canso de ouvir mamãe falar sobre essa viagem. Até hoje, todas as vezes que fala, diz a mesma coisa, e eu finjo que nunca ouvi.

~

No final de janeiro de 2019, eu e Clarice começamos a preparar a festa de aniversário da mamãe. Em março, dona Pietá deveria assoprar suas oitenta velas. Mas, na minha visão, era como se fosse o primeiro aniversário, agora que ela era dona de uma vida completamente nova.

Eu e Clarice contratamos o buffet escolhido pela aniversariante. Consegui autorização do pároco da paróquia onde eu cantava havia dez anos para realizar a festa no salão da igreja. No convite, avisei os convidados que assistiríamos juntos à missa antes da festa.

Também sugeri que vestissem azul, a cor preferida da mamãe, em homenagem à aniversariante. Comprei balões azuis e brancos e aluguei uma máquina de gás. Enchi um a um os balões e, no fim da missa, antes de entrarmos no salão, pedi a Débora, Luísa e Clarice que distribuíssem um balão para cada convidado.

— Hoje é um dia muito especial — eu comecei o discurso. — Dona Pietá está comemorando oitenta anos de vida e menos de um ano de uma vida completamente nova. Agradeço a Deus por ter atendido as nossas preces. Sei que todos vocês torceram para que este dia chegasse. Que mamãe possa aproveitar a nova fase. Que Deus lhe conceda muita saúde e nos conceda sabedoria para que consigamos manter nos trilhos esse "trem bonito" chamado Pietá. Nós vamos soltar juntos os balões e, ao soltar, que cada um envie a Deus um desejo para a mamãe: paz, saúde, alegrias, vida longa, sabedoria e muita luz.

Todos, então, soltaram os balões, e o céu se encheu de pontos brancos e azuis, recheados de desejos bons para a aniversariante. Ela, por sua vez, estava só sorrisos.

Foi uma festa linda, embora simples. Dançamos, cantamos e festejamos, como a vida deve ser.

~

Os anos seguintes transcorreram com normalidade. Alguns desafios, com certeza, mas nada comparado ao passado. No longo período da pandemia de covid-19, mamãe, que não tinha mais cisma de deixar sua casa sozinha, se revezou entre a minha casa e a casa de Clarice. A "nova" dona Pietá tomou gosto por viagens, por comemorações e por estar perto da família. Agora era prazeroso recebê-la em nossa casa, fazer planos, viajar e curtir um show ao lado dela, coisas impossíveis pouco tempo atrás.

Um ponto que considero fundamental para o sucesso do tratamento da mamãe foi a sua enorme vontade de viver. Olhando para ela, relembrando sua batalha, por vezes não consigo entender como se manteve firme sem nunca ter fraquejado ou desistido da vida. Em uma de nossas conversas após o tratamento, refletindo sobre a finitude do ser humano, mamãe me disse:

— Quando eu me for, mas isso ainda vai demorar muito, porque eu já conversei com Deus e disse a Ele o quanto eu gosto de viver, quero lhe pedir para não me enterrar no Cemitério da Saudade.

Imaginei logo o motivo. O bairro Saudade é onde Helenice foi criada pelos meus tios. Temos muitas lembranças tristes daquele local.

— A senhora não quer ser enterrada lá porque o bairro lhe traz lembranças ruins? — perguntei.

— Também. Mas o motivo principal nem é esse. Eu acho o Cemitério da Saudade muito triste. Até no nome.

— Então me diga, mãe. Quando chegar a sua hora, onde a senhora quer ser enterrada?

— No Cemitério Renascer! — ela imediatamente respondeu. — Assim, quem sabe eu renasço mais rápido.

Ri muito da sua resposta, e ela sorriu também.

Mamãe sempre teve tiradas ótimas. Entretanto, antes do tratamento, não havia espaço para uma boa conversa, um bom papo. Só consegui descobrir o quanto podia ser agradável conversar com ela depois de tudo o que passamos.

Nos finais de semana em que mamãe ficava em minha casa, comecei a curtir sua presença como nunca. Passamos a conversar sobre assuntos inéditos na nossa convivência. Eu vibrava com a autoestima elevada de dona Pietá. Mamãe sempre foi assim: segura e exageradamente apaixonada por si mesma. Em um desses bate-papos, ela mais uma vez me surpreendeu:

— Você já ouviu dizer que Jesus Cristo, na realidade, nasceu no mês de março e não em dezembro?

— Não, mãe. Nunca ouvi isso.

— Pois eu já li que Jesus nasceu em março, mas que a Igreja Católica fixou como o nascimento de Jesus o dia 25 de dezembro para coincidir com as festas pagãs do Oriente e de Roma.

Conhecendo tão bem minha mãe, logo reconheci a intenção daquela conversa.

— Olha... Que coincidência... A senhora faz aniversário em março. Seria a senhora, então, uma encarnação do Menino Jesus? — provoquei.

E ela, com seriedade, respondeu:

— Do Menino Jesus eu não sei, mas de alguma Santa, eu tenho certeza!

~

A cada fim de semana com mamãe, a cada passeio que eu fazia com ela, eu agradecia a Deus por aquele tratamento. Não que a transição tivesse sido fácil. Até que o dr. Álvaro encontrasse a "fórmula certa" e definisse os medicamentos e as doses adequadas, foram muitas dúvidas. E muito choro também.

No início do tratamento cheguei a me arrepender de ter tentado, de não ter deixado as coisas como estavam. Mas o dia da colheita havia finalmente chegado. É preciso continuar adubando, regando, tirando as ervas daninhas. A vida é um constante caminhar, e a felicidade não é um destino, mas o caminho!

A melhora da mamãe causou um impacto gigantesco na minha vida e, por consequência, na de toda a minha família. Por isso, passei a me manter vigilante a fim de que nada pudesse tirá-la do prumo. Desde a alta da mamãe, passei a estar atenta a tudo aquilo que pudesse contribuir para que ela permanecesse estável.

Em relação aos medicamentos, encontrei uma forma segura de organizá-los de maneira que eu tivesse certeza de que mamãe estava tomando todos nos horários certos, sem faltar um único dia. Comprei saquinhos e etiquetas de papel. Separei 62 saquinhos e os identifiquei assim: "dia", numerados de 1 a 31, e "noite", também numerados de 1 a 31. Toda semana eu conferia os saquinhos vazios para me certificar de que mamãe estava tomando os remédios direitinho.

Percebi numa das vezes que ela havia tomado os comprimidos da noite pela manhã. Quando deparei com o problema, arrumei dois saquinhos de tecido, um com desenhos de estrelas e outro com desenhos de flores.

— Mãe, qual desses saquinhos lembra a noite? — perguntei.

— O que tem estrelas.

— Certo! Então, os remédios que a senhora vai tomar à noite estarão sempre no saquinho que tem as estrelas. E os remédios que a senhora vai tomar pela manhã estarão sempre no saquinho de flores. Ok? Entendeu direitinho?

— Entendi, general!

Aquele "título", tantas vezes repetido pela mamãe, já havia me incomodado bastante no passado. Mas naquele momento consegui até rir dele.

~

Passei a manter sempre em dia as consultas e os exames da mamãe, tanto com o geriatra como com o dr. Álvaro. Ela demonstrava um carinho enorme por ele. E eu pensava que sustentar aquele vínculo era extremamente importante. O contato frequente com o médico manteria viva na memória dela a importância do tratamento. Era fundamental continuar, a cada consulta, pontuando as mudanças positivas que o tratamento trouxera a sua vida. E, com muito jogo de cintura, mantivemos a rotina estabelecida para dona Pietá funcionando bem.

Concomitante a todo esse esforço, eu buscava sempre, em que pese o gênio difícil de minha mãe, estar em paz com ela. Ver filmes, sair para tomar um sorvete, sentar para conversar, ver com atenção e elogiar seus coloridos, pesquisar na internet a agenda de shows do seu ídolo, passear e viajar quando possível.

Os assuntos que eu sabia que poderiam causar discussões eram abordados apenas na presença do dr. Álvaro. Foi assim que contei para mamãe sobre a viagem de um mês que eu havia decidido fazer com Vladmir, em comemoração aos nossos quarenta anos de casados.

— Dr. Álvaro, vou contar para o senhor e também para a mamãe uma coisa maravilhosa que eu e Vladmir faremos em breve. Vamos fazer uma viagem de um mês para comemorarmos nossas Bodas de Esmeraldas.

O dr. Álvaro sorriu ao mesmo tempo em que mamãe franziu a testa.

— Que maravilha, Ivanice! Bodas de Esmeraldas são quantos anos de casados?

— Quarenta! — respondi.

— Mas precisa ser um mês? — disse mamãe.

— Queremos aproveitar enquanto temos saúde e enquanto não chegam os netos, mãe. Mas a senhora pode ficar muito tranquila. Já combinei tudo com a Clarice. A senhora ficará em segurança. E tem mais: para que a senhora mate a saudade que vai sentir de mim, após quinze dias do meu retorno vamos para a praia juntas!

Mamãe abriu um sorriso de orelha a orelha.

— Para onde?

— Para Porto de Galinhas. Será o sexto encontro de mães dos intercambistas. A senhora vai amar! Um encontro só de mulheres em uma linda casa de frente para o mar. A senhora topa?

— Lógico!

Eu tinha certeza de que o grupo receberia mamãe com muito carinho. A maioria conhecia a história de superação, fé e mudança de vida da nossa família. Esse grupo foi formado quando Luísa resolveu fazer intercâmbio, enquanto estava cursando sua graduação. Vendo minha preocupação com a decisão dela de passar um ano longe de casa, do outro lado do oceano, ela me sugeriu participar do grupo de mães.

— Mãe, aqui está o link para você entrar no grupo que foi criado pela mãe de uma intercambista — minha filha disse na época. — O objetivo é justamente apoiar as mães que, como você, não estão conseguindo curtir esse momento em razão de preocupações.

Entrei para o grupo e não saí mais. Os filhos terminaram o intercâmbio, se formaram, cada um seguiu seu caminho, e as mães permaneceram unidas. Anualmente, o grupo faz encontros em diferentes estados do Brasil. Mamãe iria participar comigo do sexto encontro.

Após aquele convite, dona Pietá não pensava em outra coisa. Depois de conhecer o mar da Cidade Maravilhosa, em sua primeira viagem logo após a alta da internação, ela voltou ao Rio de Janeiro para um fim de semana com Helenice e Miguel. Helenice, apoiando mamãe pelo braço, conseguiu que ela chegasse até a beirinha do mar, deixando molhar os pés, exibindo uma fisionomia de medo. Mas eu ainda tinha o sonho de ver minha mãe caminhar sozinha até o mar.

Então, nossa viagem chegou! Fomos muito bem recebidas pelas mães que organizaram o encontro. Assim que chegamos, dona Pietá ganhou de presente uma caixa de doces que quase devorou inteira no primeiro dia.

Foram dias deliciosos! Vi que minha ideia de levar mamãe comigo havia sido muito acertada. Casa em frente ao mar. Paisagem linda. Um quarto com banheiro só para nós duas. Momentos de muita conversa e alegria. Noites de música e festa à fantasia.

Mas o ponto alto do passeio se deu quando consegui tornar realidade o meu sonho.

Com oitenta e quatro anos, na praia de Porto de Galinhas, minha mãe caminhou sozinha e com muita firmeza em direção ao mar, apesar das dificuldades de locomoção em decorrência do atropelamento sofrido aos quarenta e um anos. Vestindo sua primeira saída de praia, comprada minutos antes, ela deixou a água salgada molhar seus pés.

Mamãe sempre amou contar para todos que é do signo de peixes. Antes do tratamento, sempre que eu a ouvia dizer isso, pensava com tristeza: *Um peixe de mar revolto que talvez não consiga ver o mar ao vivo nesta passagem pela Terra.* Felizmente, eu estava errada. Não existe impossível quando se tem força de vontade, quando se encara as dificuldades, quando se tem Deus.

Ao ver minha mamãe caminhar decidida em direção ao mar, peguei meu celular e comecei a filmar, enquanto dizia, muito feliz:

— Mais, mãe! Mais, mãe! Mais! Mais um pouquinho! Vai, mãe! Vai, mãe! Isso! Mais um pouco! Mais! Ui!

A onda veio e atingiu seus pés. Mamãe se assustou.

— Estou ficando tonta. Vem me pegar! Eu vou cair sentada aqui! Vem me pegar, Ivanice! — ela disse, com semblante de medo.

— Não vai cair, não... Vai ficar feio no vídeo. Sorria! Levanta os bracinhos!

Ela, vaidosa como sempre foi, se colocou ereta e sorriu, com as duas mãos apoiadas sobre as pernas.

— Não vou levantar. Estou firmando aqui.

— Levanta os braços!

Ela, mais confiante, levantou um dos braços. Eu insisti:

— Levanta os dois!

Mamãe sorriu. Em um momento de plena felicidade, levantou os dois braços.

Eu quase não me continha de tanta alegria. As lágrimas brotaram nos meus olhos. Comemorei muito essa grande conquista! Na minha cabeça, tocava o trecho de uma canção que eu adoro: "Você não sabe o quanto eu caminhei pra chegar até aqui. Percorri milhas e milhas antes de dormir...".

Um relato do presente

Antes dos anos 2000, tudo aquilo que fugia dos padrões de comportamento tidos como "normais" era considerado loucura. E a "loucura" era tratada de forma genérica pela maioria dos profissionais da área de saúde nos ditos "manicômios". Isso afastava a ideia de se buscar ajuda médica para os doentes psiquiátricos, visto que as famílias tinham dúvidas se seu ente querido receberia um tratamento que de fato traria melhoras.

Há muita literatura que confirma essa afirmativa. Depois de 2001, com a aprovação da Lei Antimanicomial no Brasil, as coisas começaram a melhorar. Os hospitais psiquiátricos foram substituídos por Centros de Atenção Psicossocial (CAPs), nos quais os pacientes recebem atendimento humanizado por equipes multidisciplinares que incluem, além de médicos e enfermeiros, psicólogos, assistentes sociais, terapeutas ocupacionais, pedagogos e até artesãos. Na outra ponta, também a sociedade passou a ter mais consciência de quão necessário é o tratamento, incluindo a ingestão diária de medicamentos, para a estabilidade do doente e, consequentemente, a tranquilidade da família.

Além disso, no passado, os transtornos psiquiátricos por vezes passavam despercebidos por muitos familiares, principalmente quando o enfermo se mostrava funcional e articulado. Isso porque os sintomas da doença são abstratos, o que levanta dúvidas sobre a pessoa ser de fato doente e levando à crença de que as atitudes são fruto de gênio ruim, maldade e até falta de caráter.

Hoje, com o avanço das pesquisas, dos tratamentos e da medicação, o doente psiquiátrico, quando tem a sorte de encontrar um bom médico e uma clínica que desenvolve um trabalho de excelência, recebe acompanhamento personalizado, voltado para sua necessidade. Quando isso se alia ao trabalho conjunto da família, na manutenção de condições que contribuam para a estabilidade da pessoa que está sendo tratada, ela passa a viver bem, o que traz benefícios para todos que estão envolvidos na situação.

Concomitantemente, nossa sociedade caminha em direção ao fim das várias formas de preconceito contra o doente mental. Aliás, no passado esse preconceito atingia não só a pessoa em si, mas também os seus descendentes.

Agradeço a você, leitor, que se debruçou sobre esta história de situações tristes, mas também de persistência, de luta e de amor por alguém que não escolheu nascer com deficiências. Espero que este livro possa motivar você a buscar ajuda para alguém próximo e querido, portador de transtornos mentais, muito antes de ele ou ela estar prestes a completar oitenta anos.

Além de tantos outros, um grande aprendizado que tive com minha querida psicóloga foi o seguinte: as pessoas estão divididas em dois grandes grupos, as que ajudam e as que precisam ser ajudadas. Portanto, se você tem a sorte de estar no grupo daqueles que podem ajudar, não titubeie! Ajude sempre, e em todo lugar! Sobretudo, ajude as pessoas mais próximas a você, pois, com certeza, ali está parte da sua missão. E não deixe de olhar para si mesmo. Como muito bem disse Maria Elisa, nunca se esqueça de que você também tem uma missão consigo: a de ser feliz!

Para encerrarmos a nossa jornada, compartilho com você um vídeo muito especial, da nossa querida dona Pietá do mundo real:

Leia o QR code com a camera do celular ou acesse:
https://bit.ly/3AZL5Bk

FONTES Instrument Serif, Kepler, Scotch Display
PAPEL Pólen Natural 80 g/m²
IMPRESSÃO Paym